UNIVERSALE
ECONOMICA
FELTRINELLI

CW00765622

GIUSEPPE CATOZZELLA
Il grande futuro

Stampa Grafiche Busti - VR

ISBN 978-88-07-88894-6

www.feltrinellieditore.it
Libri in uscita, interviste, reading,
commenti e percorsi di lettura.
Aggiornamenti quotidiani

IL RAZZISMO
È UNA
BRUTTA STORIA.
razzismobruttastoria.net

Chiunque uccida un uomo sarà come se avesse ucciso l'umanità intera. E chi ne abbia salvato uno, sarà come se avesse salvato tutta l'umanità.

Corano, 5:32

Parte prima

AL VILLAGGIO

*Dove Amal scopre che una felicità,
da qualche parte, lo aspetta*

1.

Due luci, due nomi, due vite

Se è con la luce che la vita si presenta, io nacqui due volte.

La prima volta fui Alì, e nascendo seppi tutto quello che c'era da sapere: che l'unica legge che governa la vita è la legge dell'amore.

La seconda fui Amal, che significa speranza, e rinascendo cancellai ciò che sapevo. Poi impiegai tutta la vita a ricordarlo.

Luce su luce, dice il testo sacro. *Nurun ala nur.*

E così, per me, fu.

Il giorno della seconda luce e del Grande Boato mi trovavo dove non avrei dovuto: ai confini del villaggio, là dove c'era posto per l'ultima moschea soltanto, che sovrastando tutto aveva aperto il raccoglimento al silenzio del deserto e all'infinità del mondo. Ora non veniva più usata, i fedeli si radunavano in quella nuova, giù al villaggio.

L'*adhan*, il richiamo alla preghiera, lassù risuonava nel vuoto, e per questo era sempre sembrato più puro: simulava il silenzio.

Mi trovavo nel posto proibito, sul retro dell'edificio sacro. Là dove il baobab secolare largo e basso faceva ombra sullo spiazzo, e si diceva che i primi pellegrini si fossero fermati in cerca di ristoro. Era un luogo sacro e non doveva essere profanato.

Fatima, mia madre, quel giorno me l'aveva detto: "Non andare fin là".

Io non avevo risposto e mi ero arrampicato sull'altura insieme ad Ahmed – il ricco, il figlio del signore, il mio migliore amico – e a Karima – la serva, la mia pari.

Mio padre, il silenzioso e rugoso Hassim, era fuori come sempre con il suo *dhow* di legno, per la pesca.

Come ogni volta che ci arrampicavamo fin lassù per lo scosceso sentiero di terra sabbiosa e rossiccia, nel fitto del bosco di sequoie che saliva alla cima dell'isola, Karima si era fermata a fissare il mare. Era blu, era vasto, era calmo.

Erano giorni di *Iid*, la festa di fine Ramadan, che quell'anno era stato nominato "Ramadan di sangue": giornate infinite di fuoco feroce e incrociato tra l'Esercito Regolare e i Neri, coloro che in una mano impugnano il fucile e nell'altra il libro sacro.

Da sotto, dal villaggio, sulla riva, i razzi nella notte disegnavano scie luminose.

Su alla moschea si diceva si fermassero talvolta a dormire, i Neri. Si diceva usassero l'altura come strategia.

Quella mattina, al risveglio, ognuno di noi tre aveva alzato la testa e aveva guardato, dalla propria casa, il profilo delle colline, dalla parte opposta del mare: nessun filo di fumo era visibile. I Neri non erano alle porte del villaggio, non avevano acceso fuochi per dormire sulla sabbia del deserto di là dalle case abitate, alla maniera dei beduini.

Venimmo fuori in fila indiana dall'ultima svolta della serpentina del sentiero. Ci appiattimmo a terra, sull'erba verde e folta, a guardare verso la costruzione sacra.

Non arrivavano suoni, non c'erano movimenti.

Ahmed si mise in ginocchio e, silenzioso, partì in perlustrazione.

Karima vibrò di terrore.

Io l'abbracciai e non mi mossi.

Mai avremmo potuto immaginare, io e Ahmed, quel pomeriggio, che molti anni dopo ci saremmo ritrovati a combattere quella stessa guerra, uno dalla parte dei Neri e l'altro da quella dell'Esercito Regolare. Se qualcuno ce l'avesse rivelato, l'avremmo guardato come pazzo.

La guerra era una cosa presente, l'inaudito era divenuto quotidiano, e come tutto ciò che è quotidiano ci apparteneva nella carne e non nel pensiero.

I Neri invadevano il villaggio a loro piacere, e lo stesso facevano i Regolari. Arrivavano, perlustravano, razziavano, andavano: divenire guerrieri noi stessi, per di più nemici in guerra, sarebbe stato impossibile, come la luna che una notte decidesse di non salire.

Ahmed non ci badò, s'avvicinò piano alla piccola moschea. Tirò la porta e l'aprì, senza entrare. Girò la testa verso di noi: dentro non c'era nessuno. S'avviò verso destra, fece il giro della costruzione e rispuntò dal lato sinistro. Di nuovo nessuno.

Si poteva giocare.

Giocavamo a *ostgmah*, nascondino.

Ahmed era più grande e vinceva sempre, le sue gambe erano più lunghe.

Decisi di usare l'astuzia, nascondendomi dove era proibito. Nessuno m'avrebbe visto, nessuno avrebbe saputo.

Era Ahmed a contare, e fino al baobab non si sarebbe spinto. M'avrebbe cercato a lungo nella moschea e tra le sequoie, poi rassegnato avrebbe gridato al vento che s'arrendeva, che avevo vinto. Karima non avrebbe avuto niente da ridire.

M'avvicinai piano all'albero sacro, facendo attenzione a non far muovere nemmeno una foglia. Da lontano, arrivava attutita la voce di Ahmed che veloce scandiva i numeri prima di scattare a cercarci.

Mi muovevo come fanno i gatti, al rallentatore, silenzioso. Davanti a me, il baobab era immenso.

Con la coda dell'occhio vidi Karima accucciata dietro

una siepe bassa, Ahmed l'avrebbe scoperta all'istante. Mi guardò con occhietti colmi di terrore: non avrei dovuto fare ciò che stavo facendo.

Raggiunsi i piedi del gigantesco tronco.

L'ultimo passo, poi mi sarei arrampicato e nascosto tra le fronde.

D'un tratto, come una sensazione che non apparteneva al mio corpo, percepii il terreno che cedeva appena sotto i piedi.

Un niente, un minuscolo sprofondare.

Attorno, totale silenzio.

Fu un istante improvviso: tutto cambiò.

Accadde il Grande Boato, e la luce infinita m'accecò.

Al risveglio ero a pancia in su.

Sdraiato nell'ospedale della grande città, il dolore era ovunque. Avevo mani e piedi al loro posto, quello fu il mio primo pensiero, ero vivo.

L'esplosione era stata tanto potente e il mio peso talmente poco, che mani invisibili m'avevano afferrato e scagliato dieci metri più in là. La mina aveva invece sventrato il sacro baobab, spargendo proiettili di dura corteccia tutt'attorno.

Una scheggia m'aveva centrato il petto e s'era conficcata tra i polmoni, scalfendo il cuore. Il muscolo che pompava sangue dentro il mio corpo era stato intaccato.

Avevo subìto un intervento. Stranieri erano lì da qualche anno per situazioni come la mia: ferite di guerra.

Mi ritrovai con un pezzo di cuore di una bambina bianca, una cristiana, nel petto.

Così dissero a mia madre: arrivava da una piccola donatrice.

"Nera?" chiese.

"Bianca," risposero.

Fatima era accanto a me, e pregava Allah, e ringraziava Dio per aver salvato suo figlio.

Da allora non fui più Alì.

"D'ora in avanti sarai Amal, speranza," disse mia madre

carezzandomi i capelli. "Io ti ho dato il primo nome, io ti do il secondo."

Rimasi in silenzio, mortificato dal dolore.

"Se sei rimasto vivo vuol dire che c'è una speranza. E tu sarai quella speranza, finché vivrai. Sarai Amal. Luce su luce."

"Nel petto ho il cuore di una cristiana, porto il cuore del nemico," disse Amal.

"Soltanto una valvola," disse mia madre.

"Ma mi batte dentro il cuore del nemico," ripetei.

"No, ti batte il tuo."

"Uomini bianchi, cristiani, hanno aperto il mio petto e ci hanno infilato il cuore del nemico. Perché mi avete fatto questo? Non potevate lasciarmi morire?" dissi con un filo di voce.

"Non saresti morto, solo avresti fatto fatica a vivere," rispose mia madre.

"Farò più fatica così" furono le ultime parole di Amal, per quel giorno.

"Ricordati della tua *fitra*, e prenditene cura. Il resto non conta," disse mia madre.

E intendeva il soffio divino che anima ognuno di noi, e lo fa aspirare alla pace.

Amal chiuse gli occhi e cercò, con dolore, di prendere sonno.

Quando uscii dalla convalescenza, avevo sul petto una lunga cicatrice spessa due dita. A chi apparteneva il mio cuore? Fui afferrato da questo pensiero. Nel modo misterioso in cui si manifestano alcune cose, sentii che quell'interrogativo m'avrebbe accompagnato per tutta l'esistenza.

Perché dovevo ospitare quell'energia nemica in corpo, essere diviso in due? Mi avevano messo dentro la guerra.

Quando mia madre aveva visto la cicatrice, finalmente libera dalle fasciature, non aveva potuto non pensare al profeta Maometto, che ne portava una simile sulla schiena.

Si diceva che due uomini vestiti di bianco, quando il Profeta non era che un bambino, avessero estratto il suo cuore e l'avessero purificato con la neve.

A Fatima, mia madre, tanto bastò per credere che suo figlio, Amal, io, fosse speciale.

Fui speciale per davvero: quel cuore di bambina m'indebolì. Col fiato corto, imparai a fingere normalità.

Non è normale, un cuore che perde battiti quando più servirebbero: il mio, da allora, prese ad agire così. Il dolore mi piegava.

Mai nessuno seppe, neppure mia madre: il dolore è privato, se condiviso infiacchisce.

Portavo la guerra nel petto: quel dolore privato, nel cuore del mio cuore, rimase per sempre il mio segreto.

2.

Chi è Amal? Amal è l'ultimo
(Storia della mia stirpe)

Il mio villaggio sorgeva su un'isola circondata da acque solcate in ogni direzione da *dhow* di legno con un corto albero centrale a cui stava appesa una vela di fibra spessa.

Soltanto quindici minuti di *dhow* dividevano l'isola dalla terraferma; secoli prima i fondatori del villaggio, discendenti degli arabi della Mecca, avevano scelto proprio quella terra e il suo fiume per esportare il tempio e ricalcare il miracolo del pozzo di Zamzam: quello che Dio fece sgorgare sotto il tallone di Ismaele, nella valle della Mecca, dopo le preghiere di sua madre, la serva Agar, la seconda moglie di Abramo, la moglie sfortunata. Il pozzo di Zamzam fu il punto in cui venne fondato il tempio originario, chiamato la Ka'bah, il cubo: così nacque e prosperò la religione dell'Islam. Nata da Abramo, padre comune dell'ebraismo e del cristianesimo, ma fondata dal figlio sfortunato: il figlio della serva.

I fondatori del mio villaggio, molti secoli fa, erano rimasti intrappolati nella foresta dopo mesi di cammino in carovana lungo la Strada dell'Incenso, che tagliava il Medio Oriente e virava verso sud, dentro il cuore dell'Africa.

Decimati dalla traversata del deserto, il giorno in cui, disperati, scorsero il verde della boscaglia, i miei avi vi si diressero senza esitare.

La vegetazione, però, si rivelò talmente fitta da costringerli ad abbandonare i carri. Proseguirono a piedi, per quelli che la leggenda racconta come cinquanta giorni di siccità. Quando si resero conto che non avrebbero mai trovato la strada per uscire dalla foresta, molti morirono di sete e disperazione. Con gli alberi incontrarono ombra e vita, ma persero la via.

Fu un bambino di nove anni a vedere per primo il fiume.

Si chiamava Fatiq, e da allora è il simbolo del villaggio. Fiero, coraggioso, si diceva avesse sconfitto un leone a mani nude. Suo padre non era sopravvissuto al deserto, e sua madre alla sete.

"Io vado," annunciò il piccolo ai suoi derelitti compagni di cammino, esausti all'ombra degli alberi.

Non arrivò risposta.

S'incamminò da solo, con l'idea di segnare i tronchi con una pietra rossa che aveva raccolto dove principiava il deserto.

Dopo due giorni di cammino, all'orizzonte, incastonato tra due enormi alberi secolari, scorse il fiume.

Quando fu di ritorno, dopo altri due giorni, vive erano rimaste diciotto persone.

Dieci giorni dopo, i superstiti della spedizione fondarono il mio villaggio e la nuova Ka'bah nei pressi di quelle acque che allora parvero miracolose. Solo in seguito spostarono il villaggio sull'isola.

Erano rimasti in quindici.

Era acqua che cercavano, e acqua avevano trovato.

Il tempio poteva essere esportato.

Fu stabilito che il bambino che aveva scorto per primo l'acqua, Fatiq, divenisse il custode del santuario.

Quando fu in età da matrimonio, Fatiq sposò la figlia di una cugina e generò quattro bambini. Per tutta la comunità era il terzo figlio il più meritevole di succedergli. Ma Fatiq, diventato ormai vecchio, preferì il primogenito e gli affidò il potere. Questi comandò incontrastato per tutta la vita.

Nella generazione successiva, però, il villaggio si divise. Una metà si schierò con Hashim, il figlio del terzogenito di Fatiq. Furono fatti giuramenti di sangue, e costituite due fazioni.

Mai era scoppiata la guerra tra noi.

Allah stesso, però, intervenne e decise che fosse Hashim a prendere il controllo del tempio.

Hashim si aprì al commercio.

Ebbe tre mogli, che gli diedero altrettanti figli. Di una sola, tuttavia, s'innamorò: era una donna del deserto. Da lei ebbe uno splendido figlio, dotato fin da bambino d'una bellezza e d'una fierezza mai viste. Il suo nome era Shaybah, e nacque come un nomade, e dal deserto prese la bellezza. Alla morte del padre gli succedette.

Con Shaybah il villaggio conobbe un lungo periodo di prosperità. Verso i quarant'anni, tuttavia, Shaybah cominciò a sentire la mancanza d'una discendenza. Sua moglie, infatti, non gli aveva dato neanche un figlio.

Una notte Shaybah fece un voto a Dio, e gli promise che se gli avesse dato dieci figli maschi avrebbe sacrificato l'ultimo al tempio. Allah esaudì il suo desiderio.

Shaybah conobbe lunghi anni di felicità, finché non arrivò il momento in cui tutti i suoi figli furono maturi, tranne l'ultimo, Yonus. Yonus era il suo favorito, fiero e dotato d'una bellezza eccezionale, il volto costantemente illuminato da una luce magnifica.

Quando venne il tempo del sacrificio, Shaybah partì e andò a chiedere consiglio a una nobile e libera saggia che viveva nel deserto. Nobiltà e libertà erano inseparabili, e il nomade, come quella saggia, era libero. Lei interpellò gli animali e gli disse che al posto del figlio poteva uccidere cento cammelli. Gli disse però anche che il figlio di quel figlio avrebbe per la prima volta portato la guerra in seno al villaggio.

Yonus, qualche anno dopo, prese in sposa una serva. Avrebbe potuto avere qualunque donna, ma quella serva era l'unica che mai avesse osato guardarlo negli occhi.

Yonus viaggiava molto, commerciava con gli stranieri. A trent'anni s'ammalò di una malattia sconosciuta e dopo qualche settimana morì.

La moglie fu presa dalla disperazione, ma in lei serbava un segreto: aspettava un bambino. Decise di chiamarlo Alì Yonus, in onore del padre. Alì Yonus era dotato di una bellezza ancora più straordinaria di quella paterna, e di una fierezza mai conosciuta, ma divenne servo come la madre.

Quando ebbe compiuto quindici anni, il nonno, il valoroso Shaybah, morì. Alla sua morte, i nove figli rimasti iniziarono a litigare per assumere il controllo del villaggio.

Accecato dall'ira per essere stato estromesso in quanto servo, andando incontro al suo destino Alì Yonus decise di portare la guerra in seno alla famiglia. Da solo lottò contro gli zii e ne uccise sei, a uno a uno. Durante un combattimento, una lancia lo perforò senza ucciderlo, lasciandogli sul petto una cicatrice che a tutti ricordò il segno del profeta Maometto, la stessa cicatrice che porto anch'io.

I tre zii superstiti compresero l'eccezionale valore del nipote e si allearono contro di lui. Alì Yonus venne sconfitto e cacciato, e rimase per sempre sotto il giogo della servitù.

Fu così che, in seno al villaggio, nacque la stirpe dei servi.

Erano stati la stessa famiglia, generata da quel gruppo di quindici persone sopravvissute al deserto grazie al coraggio di un bambino di nome Fatiq. Ma la memoria dell'unità originaria s'era stinta, e andò per sempre perduta.

Generazioni e generazioni, secoli e secoli dopo, si arrivò all'incontro, dentro la stirpe dei servi, tra mio padre Hassim e mia madre Fatima. Mia madre era fiera e giovane, discendente di quella meravigliosa schiatta che arrivava da Shaybah e dal deserto, e portava la bellezza. Mio padre allora era già vecchio, ma colmo di forza e nodoso come un tronco di noce.

Si videro, e fu amore.

Dalla loro unione nacqui io, Amal, portatore della stessa luminosa bellezza della stirpe di mia madre, e dello stesso segno sul petto di Alì Yonus.

Ecco chi sono io: al termine della catena che mi ha portato a esistere, io sono l'ultimo.

L'ultimo tra gli ultimi. Col cuore in guerra. L'ultimo che un giorno sarebbe diventato guerriero lui stesso.

3.
Vita nel villaggio

Stavamo per incendiare il *dhow*! Mio padre mi avrebbe ucciso.

"La sabbia, buttiamoci sopra la sabbia!" aveva gridato Ahmed, dopo che l'avevamo capovolto. Eravamo ancora piccoli.

Ci rintanavamo là sotto, la sera, a raccontarci segreti. E accendevamo fuochi per fare luce, dentro la sua pancia ribaltata. Erano anni che quella barca stava lì, sdraiata al contrario sulla sabbia, ad aspettare il mare.

Mio padre, il rugoso Hassim, aveva infatti impiegato anni a costruire il suo *dhow*, quel legno duro e leggero che avrebbe portato il pesce.

Fatima la fiera, mia madre, s'era occupata della grande vela centrale, e l'aveva finita già tre anni prima. Giaceva ripiegata, nei suoi mille colori, in una baracca di lamiera in cui un tempo erano entrate sì e no tre caprette, e che ora usavamo come magazzino. Gli animali risalivano a quando ero nato io: ero stato nutrito a latte umano e caprino.

"È per questo che sei venuto selvatico," diceva sempre mia madre.

Per tutti quegli anni mio padre, ogni sera, al tramonto, al ritorno dal lavoro nella casa di Said – il ricco signore del villaggio, il padre di Ahmed –, prima di entrare in quelle due stanze di legno e lamiera e trovare sua moglie a cucinare, si era fermato nello slargo, la testa nella baracca di latta: guardava quel fagotto di vela e intravvedeva la sua liberazione.

Capitava che me ne accorgessi; facevo finta di niente, giravo la testa dall'altra parte. Temevo fosse un'illusione.

Un giorno di molti anni dopo, finalmente accadde.

Ero ormai grande, già dieci anni avevo vissuto.

La barca, lunga quattro metri e non di più, ma con un ventre rigonfio da femmina gravida, fu messa in acqua.

A vederla galleggiare, mio padre si morse le labbra. Mancava ancora la grande vela. Poi anche quella fu tirata su.

"Oh issa!" gridò mio padre, con gioia.

Quando per la prima volta il legno si torse sotto la pressione dell'aria, ecco che arrivò la commozione. Hassim nel ventre del *dhow* e io e mia madre sulla riva.

Al nostro fianco, Tarif, l'anziano e saggio imam del villaggio, che lo aveva aiutato a spingere la barca in mare. Lui, di mio padre, era l'unico vero amico. Coetaneo, era d'altra famiglia, stirpe di commercianti istruiti, ma era l'unico con cui fin da bambino mio padre avesse legato. Tarif, invece, parlava con tutti: era parte del suo lavoro di imam, ma era anche il modo in cui stava al mondo. Più degli altri, però, era mio padre che il vecchio Tarif amava.

Amava molto anche me, sempre mi considerò il figlio che non aveva avuto. Mio padre gli era legato anche per questo, nonostante la cosa gli procurasse un continuo, sottile dolore: il rugoso Hassim sperava che Tarif mi desse l'educazione che lui non era in grado di darmi. Desiderava che lo frequentassi, ma al contempo ne era geloso, anche se era certo che attraverso l'istruzione l'imam sarebbe riuscito a strapparmi al mio destino di servo.

Per sé, aveva accettato la sua natura di servitore. Sapeva appena scrivere, il mio vecchio padre: le sue erano mani grosse e spesse, adatte a governare il timone e a maneggiare le reti.

"Questo *dhow* sarà la liberazione!" esclamò mio padre.

Avrebbe infatti smesso d'occuparsi della casa, del giardino e degli umori di Said, e si sarebbe procurato da vivere solo col pesce.

Avrebbe goduto di quella libertà.

La sua prima libertà.

"Ogni sera passerò dalla casa del signore e lascerò tre grandi pesci. Il resto del pescato, se ce ne sarà, sarà nostro," disse mio padre. Era felice.

In più, la mattina Said avrebbe concesso a me di prendere qualche lezione in casa sua, dagli insegnanti di suo figlio Ahmed, l'amico migliore che avevo.

La sera del varo del *dhow*, dopo cena, mio padre e il padrone, come sempre, dovevano incontrarsi nella moschea del vecchio Tarif per la *salat al-isha*, la preghiera comune della notte.

Mia madre, come ogni donna, faceva *du'a* a casa, pregava da sola.

"Padre, mi porti con te?" gli chiesi.

"Non puoi venire," rispose.

Evitava che lo vedessi da solo col padrone. Io speravo che la barca avrebbe cambiato le cose, che non saremmo più stati servi, e volevo vedere.

Lo seguii di nascosto.

Volevo guardare lui e il signore prostrati davanti allo stesso Dio, sottomessi alla stessa trasparente volontà.

Mi acquattai fuori e spiai all'interno, attraverso le fessure tra le canne di bambù.

Erano pari: le fronti sulla medesima ruvida stuoia di corteccia.

Quasi m'illusi.

Durò pochissimo.

Non appena ritornarono in piedi, Said ristabilì la disparità.

Lo vidi da come si fece portare i sandali, da come chiese a mio padre d'inchinarsi nel gesto d'infilarglieli, di chiudere le fibbie.

Said era un gigante, torreggiava sul minuscolo corpo piegato di mio padre.

"Le fibbie!" gli urlò.

Mio padre eseguì.

Lo guardava dall'alto in basso, senz'altra intenzione che quella di ricreare la distanza che esisteva alla luce del sole. Io lo vidi.

E lo udii, sulla porta della moschea, gridargli di non tardare il giorno dopo.

Era mio padre. Eppure, in quei momenti, avrei voluto non lo fosse.

Provai vergogna. Il *dhow* non aveva cambiato niente.

Dopo quella sera continuai a spiarlo, mai distolsi lo sguardo, nella speranza di riuscire almeno a domare quella vergogna.

Non accadde.

Accadde invece che mi incisi nel cuore la promessa: non avrei mai lasciato che il mio amico Ahmed mi trattasse come il figlio del servo.

Accadde che sentii nascere dentro l'ira. Dopo averla a lungo combattuta, un giorno sarebbe sfociata nella sua strada naturale: la guerra.

Ahmed, il mio amico migliore, era figlio di Said il ricco.

Era il minore, i suoi fratelli erano già adulti e avevano abbandonato il villaggio per la grande città.

Fin da bambino, mio padre m'aveva portato con sé nella casa del signore, con la speranza che qualcosa venisse fuori. Ne era nata quell'amicizia mal assortita: Ahmed era ricco e aveva cinque anni più di me.

Nonostante questo, eravamo diventati inseparabili.

Io ammiravo in lui la sicurezza e il coraggio, l'età e la ricchezza. Ahmed ammirava in me la bellezza, che lui non possedeva, e il modo schietto con cui affrontavo ogni cosa.

"Non hai protezioni," mi disse una volta, "è per questo che sei forte." Non capii.

Ahmed era basso, tarchiato e robusto come un toro. I capelli ricci erano un'indomabile massa informe. Uno degli occhi, il destro, era un poco strabico verso l'esterno.

Io ero da tutti considerato il giovane più bello mai nato nel villaggio. Il più bello, e il fiaccato. Nascondevo il difetto di forza sotto quell'evidente qualità. Seppi fin da piccolo che la bellezza cela molte cose, offre allo sguardo un manto meraviglioso. Più di tutto, diceva mia madre, erano i miei occhi, quasi trasparenti e baciati dalla luce delle stelle, allungati, e la pelle lucida come quella d'un delfino, la statura alta, le spalle ampie. A me non interessava, così come non mi interessavano il giorno della nascita, o il dove. Portavo il mio corpo e la mia faccia come la più sciagurata delle eredità: la bellezza era figlia della servitù.

4.

Il fucile

Il villaggio, come tutta l'isola, da qualche tempo era territorio dei Neri. Giungevano a gruppi, di notte, con motoscafi, oppure a bordo di *dhow*.

Stavano acquattati nel bosco, su in cima alla vecchia moschea, o in casupole di legno sparse nella parte selvaggia dell'isola, quella esposta all'oceano aperto e violento, disabitata.

S'appostavano e, pazienti, attendevano di colpire: stranieri, ma anche i pochi ricchi del villaggio.

Passavano di notte e battevano col bastone chi agiva in contrasto con la *sharia*: ascoltare musica, non portare il velo, leggere libri. Si spingevano nelle case e distruggevano i quadri. L'immagine era proibita.

Una volta devastato, ripartivano.

Noi tutti, nel villaggio, c'eravamo abituati alla loro presenza intermittente e silenziosa. In pochi s'opponevano.

L'imam Tarif nei sermoni li chiamava "fanatici". Ricordava Uhud. Diceva che Uhud era simbolo della debolezza dei Neri. Era il nome del monte su cui il Profeta aveva perso una battaglia per l'ingordigia dei suoi soldati, attratti dal bottino di guerra.

"Dobbiamo scacciarli," diceva Tarif, "ciò che fanno è contro il volere di Allah."

A me e ad Ahmed non interessava, le nostre vite andavano avanti in ogni caso.

Bastava non mettersi in mostra, non fare niente che non dovesse essere fatto.

Conoscevamo i rifugi dei Neri, e ogni tanto ci andavamo. Trascorrevamo pomeriggi interi su una grande roccia che sorgeva piatta dal mare e consentiva una buona visuale dentro il bosco.

Rimanevamo sotto il sole per ore, soltanto per veder passare i Neri tra le fronde. Incolonnati, le punte dei fucili superavano la vegetazione in altezza.

"Che belli," diceva Ahmed, ogni tanto, quando vedeva i fucili da guerra.

"Che belli," ripetevo io.

Said, il padre di Ahmed, possedeva un fucile. Non era un fucile da guerra, era un'arma da caccia.

Era già capitato che io e Ahmed, esaltati dalla vicinanza dei Neri o dall'eco degli spari, da quel luccichio violento e immediato che soltanto un razzo nella notte possiede, lo rubassimo, mentre Said era via, e di nascosto andassimo a sparare.

Se il signore del villaggio l'avesse scoperto, avrebbe cacciato di casa il figlio, dopo averlo picchiato a sangue: lo avrebbe mandato dai fratelli nella grande città, lo avrebbe costretto a lavorare. E avrebbe cacciato mio padre: io e la mia famiglia saremmo piombati nella più misera povertà.

Sparare era vietatissimo e pericoloso: se i Neri ci avessero visti ci avrebbero ucciso, e forse avrebbero portato la guerra fin dentro al villaggio, lo avrebbero raso al suolo. La nostra sopravvivenza danzava sul precario equilibrio dello scoppiare d'una scintilla. Ed era come se io e Ahmed, senza neppure saperlo, giocassimo con una pietra focaia.

Ma altro non c'era, nel nostro animo, che la volontà di rimanere ciò che eravamo: amici. Un'energia più forte di noi ci teneva legati nonostante il destino.

Era magnetismo. Finivamo con l'attrarci, in ogni cosa che facevamo. E a questa forza non potevamo opporci.

La forza dell'Amore tiene insieme mondi separati, aveva detto una volta il vecchio Tarif.

Erano le parole di Dio, quelle.

E parlavano di noi.

Erano le parole di Dio, ma non potevano prevedere lo scoppio d'un incendio.

Con Ahmed andavamo a sparare in una gola dell'area desertica dell'isola, dentro un avvallamento tra dune di sabbia rossa.

Mimavamo la guerra. Ne ripetevamo i suoni e i movimenti, gli appostamenti, le strategie. Correvamo fino a tagliarci il fiato, diventavamo paonazzi, le braccia e le gambe a fine giornata tremavano dalla stanchezza.

Ci arrivavamo a piedi, con due ore di cammino, il pesante fucile a turno sulle spalle. Ogni tanto il cuore si faceva sentire, perdeva qualche colpo. Il solito tonfo sordo mi batteva in petto e in gola. Mi piegavo. Ahmed m'aspettava, paziente, senza chiedere. Mille volte mi vide piegarmi: mai una parola.

Da subito aveva saputo della mia deformità, ma non l'aveva fatta pesare neppure una volta. Usava i suoi cinque anni in più su tutto, pur di prendersi gioco di me. Ma mai sull'unica cosa che davvero contava. Era brusco, duro, era anche violento Ahmed. Ma non era un codardo, non colpiva per fare male.

Piazzavamo un barattolo arrugginito a una cinquantina di metri e cercavamo di centrarlo. Chi perdeva portava il fucile in spalla al ritorno.

"Vai!" gridavamo a turno.

All'inizio ero sempre io a perdere. Dopo un po', cominciò anche Ahmed.

Ero bravo. Sparare mi faceva sentire pieno, come non avessi bisogno d'altro.

La prima volta Ahmed aveva portato pochi proiettili; poi ne portò sempre di più. Rimanevamo delle ore per terra, sulla sabbia bollente, a sparare.

Mi piaceva tutto: il botto nelle orecchie, che era secco, limitato, non immenso com'era stato il Grande Boato. Il fischio del proiettile. Il rimbombo che arrivava fino a su, ai bordi del villaggio. Vedere il barattolo schizzare via.

Quando finivamo, decine di bossoli giacevano ai nostri piedi sulla sabbia come grandi vermi immobili.

Bossoli da otto centimetri.

"Sono la prova del nostro coraggio," disse un pomeriggio Ahmed.

Decidemmo di sceglierne uno a testa. Sarebbero stati i nostri amuleti, li avremmo tenuti sempre con noi.

Usammo il bordo dei cilindretti di metallo per incidere la carne. Quando sui pollici comparvero le gocce rosse, sigillammo il giuramento, unimmo il sangue. Poi lasciammo che qualche goccia colasse sui bossoli. Lui prese quello con il mio sangue, io quello con il suo.

"Uniti. Per sempre," dicemmo insieme.

Saremmo rimasti uguali per il resto dei nostri giorni.

Guerrieri, e paladini coraggiosi. Legati per l'esistenza. Uguali nel sangue nonostante le origini differenti.

Niente era certo, questo lo sapevamo, essendo nati nella guerra. "Soltanto una cosa rimarrà per sempre uguale: la nostra amicizia," ci promettemmo.

Un pomeriggio, dallo scoglio, vedemmo i Neri tra gli alberi.

Tanta fu l'eccitazione che il giorno seguente prendemmo il fucile e andammo a sparare.

"Andiamo su?" disse.

Al ritorno dagli spari, Ahmed mi propose di arrampicarci fino alla moschea proibita, sulla vetta dell'isola, là dove il petto anni prima m'era stato sventrato.

Non c'eravamo più tornati.

Senza esitare, accettai.

Come si può prevedere un maremoto da una singola, minuscola, iniziale e inoffensiva onda? Stavamo soltanto per disobbedire a un ordine.

Sempre, del resto, facevamo cose vietate. La nostra vita altro non è stata che una pericolosa escursione attraverso i divieti. Una spedizione nel regno di *haram*: del peccato. C'è forse altro modo per sentirsi vivi? C'è altro modo per sentire tutta la potenza della vita concentrata in un solo momento?

Il caldo era pesante, giunsi stanchissimo là dove il sentiero tra gli alberi s'apriva nella radura che preparava a quella che era stata la santità della moschea. Più volte credetti che il mio cuore avrebbe ceduto.

Come arrivammo in capo al sentiero, ci appiattimmo a terra e strisciammo.

"Rumori," disse Ahmed. Era vero.

Qualcuno c'era, qualcosa stava per accadere. Occhi larghi, bocca secca.

Da lì a poco li vedemmo.

Venivano avanti dal retro, dov'erano stati celati fino a quel momento: un grande mitragliere su ruote da jeep, cigolando, li precedeva. A spingerlo, erano in tre.

Forse lo stavano pulendo. O forse intendevano usarlo.

Una volta posizionato il mitragliere sul lato destro della moschea, un Nero venne avanti e guardò nella nostra direzione.

Non ci vide, ma tanto bastò a paralizzarci.

Era alto e grosso. In testa portava una *kefiah* nera, indosso una mimetica, ai piedi scarponi neri da guerra. Il viso inciso forse dal sole, forse dal risentimento di qualche ferita.

Rimanemmo impietriti. Non parlammo.

Era il nostro primo contatto ravvicinato con un Nero. Una morsa mi serrò la bocca dello stomaco. Era impossibile, ma dal punto in cui eravamo mi sembrò di sentire perfino l'odore di quel soldato.

Intenso, acuto come menta e rosmarino, parlava di guerra.

Era stato il fucile a infonderci coraggio.

Quel fucile, e la pratica e l'affinamento della mira, ci facevano sentire forti. Ci avevano spinti fin là.

Stavamo immobili, non respiravamo.

La guerra la conoscevamo da lontano, nei rombi assordanti, nelle scie infuocate di luce, nelle grida che ogni tanto ci raggiungevano, nella violenza della sopraffazione al villaggio.

Sopraffazione dei Neri. Sopraffazione dei Regolari. Il dolore per gli schiaffi, per i calci. Sopraffazione per le donne, che a volte subivano violenze.

Da vicino, la guerra aveva un altro aspetto. Era insieme lì ed eccessiva. Vera, concreta, eppure sempre troppa.

Mi sentii vulnerabile. Ebbi paura di morire. Di nuovo, quel luogo, lassù sulla collina, minacciava la mia vita.

Avvertii nella pancia il rantolo dell'animale e nel petto il battito della guerra del mio cuore mezzo nemico.

D'un tratto mi vennero in mente i visi di mia madre e di Karima.

Senza parlare, la paura vinse.

Non ci guardammo neppure.

Era troppo, perfino per due avventurosi come noi.

Bastò uno sguardo veloce, e sparimmo.

Di corsa, prendemmo la discesa.

Silenziosi, tornammo verso casa, il fucile stretto in mano, senza dire una parola. Neanche i passi si udirono, tanto leggeri erano i nostri piedi sul terreno.

Le gambe tremavano di stanchezza e di paura. I cuori, di terrore.

Nello slargo di fronte a casa trovai Karima, la nostra amica, che trafficava con mia madre e con i loro oli.

Karima era figlia dei domestici del padre di Ahmed. Era di due anni minore di lui e di tre maggiore di me, nata e cresciuta nella casa del suo padrone. Serva, forse ancora più di me.

Non aveva la pelle scura, in lei i segni dorati degli antichi arabi della Mecca s'erano mantenuti. Portava lunghi i capelli ricci, bruciati da quel sole che tutto l'anno batteva l'isola.

Di mia madre Fatima, come succedeva a uomini e donne, l'aveva affascinata la bellezza; già a tre anni, Karima era stata attratta dalla mia casa operosa. I veli e le velature che i Neri imponevano, nulla potevano infatti contro l'andatura elegante di mia madre, il modo sinuoso di muovere le mani o di posare lo sguardo: la carne cocente della sua anima.

"Sei bella," le diceva Karima fin da piccola, e l'accarezzava.

Da bambino, camminare per il villaggio con lei era stato un tormento. Non percepivo altro che gli sguardi degli uomini. La facevano cosa loro, in modo oltraggioso.

Ero piccolo. "Ti proteggerò," dicevo.

Nessuno si sarebbe azzardato a rivolgerle la parola. Era *haram*. *Haram* per lei e per il seccatore, come la *sharia* comandava.

La giovane e bella Fatima passava gran parte delle giornate nel silenzio e nell'ombra dello slargo davanti a casa nostra a fabbricare oli ed essenze profumate. E Karima era sempre con lei.

Era stata l'occupazione della madre di mia madre, e prima ancora di sua nonna: era diventata anche la sua.

La casa materna era abitata da migliaia di profumi differenti che Fatima, a poco a poco, aveva imparato a distinguere. Boccette, bottiglie, flaconi, contagocce, tappi e tappini, alcol: gli ingredienti della sua vita.

Fin da bambina, aveva imparato a vedere il mondo attraverso i profumi. A ogni avvenimento importante ne associava uno.

Teneva da parte le boccette, le segnava con il nome dell'avvenimento. Se capitava di ricordare qualcosa, apriva il suo stipo, cercava la boccetta giusta e la mostrava.

Se io o mio padre non ricordavamo, agiva al contrario: prendeva la boccetta, la apriva e ce la passava sotto il naso. Allora ricordavamo.

Di pomeriggio, in un angolo del villaggio vicino al bazar, mostrava agli stranieri che tornavano dal mare il frutto del suo lavoro, esposto sopra un telo rosso steso a terra.

"Per i vostri ricordi più preziosi," diceva.

Quasi nessuno capiva che quelle boccette contenevano molto più di semplici profumi: la possibilità di preservare la memoria delle cose. Il loro valore era inestimabile.

"Parla con gli spiriti," diceva invece mio padre. "Dentro quelle boccette tiene nascosti i suoi *jinn*," scherzava. "Quando non ci siamo li libera, lascia che danzino per casa."

Mia madre era così, indomabile e libera. In contatto con il mondo ultraterreno dei *jinn*.

L'amavo solo quando faceva *du'a* ad Allah, nel silenzio della sua camera, prostrata, mite, coperta.

Solo quando pregava, il velo sui capelli, anche se nel suo modo particolare.

Lì era quello che volevo che fosse: mia madre. Solo mia.

5.

L'incontro con i Neri

I giorni s'infilavano uno dietro l'altro trainati da piccole gioie volatili. Per settimane, dopo l'appostamento alla vecchia moschea, io e Ahmed non parlammo che di quello. Evitavamo anche Karima, che trascorreva le sue giornate con mia madre, per interrogarci liberamente su cosa avremmo dovuto fare.

"È pericoloso," dicevo ad Ahmed.

Se ci avessero scoperti ci avrebbero tagliato la gola, continuavamo a ripetercelo. Discutevamo. A turno, uno dei due cercava di dissuadere l'altro. Giravamo in tondo.

Su una cosa però eravamo d'accordo: non saremmo mai più risaliti su quella collina senza il fucile.

La paura di quello che avrebbe potuto farci suo padre Said se ci avesse scoperti svanì nella nostra eccitazione.

La guerra aveva preso casa nella nostra casa.

"Noi prendiamo casa dentro la guerra," disse Ahmed.

Dopo qualche giorno ritornammo in cima alla collina.

Ahmed aveva rubato il fucile senza fatica.

C'incontrammo nel solito posto, una radura seminascosta al principio del sentiero che portava in alto.

"Dobbiamo provare ad avvicinarci," disse Ahmed, col fucile in mano. Quella grande arma gli dava un'aria da guerriero invincibile. La voce non tremava più. "Oggi potrebbe essere la volta buona. Con questo." Sporse in avanti il fucile. La canna brillò al sole.

Non potevo essere io quello che aveva paura. "Sì," risposi, cercando di mantenere salda la voce. "Magari riusciremo anche ad ascoltare cosa si dicono."

Quando arrivammo, un gruppo di quattro Neri era appostato fuori dalla moschea, sul lato destro, quello che guardava al mare. Là dove la volta precedente svettava quell'arma enorme.

Stranamente, la paura era passata. Non mi tremavano le mani a tenderle in avanti. Neppure il cuore faceva sentire la sua fiacca voce.

Tra me e Ahmed passava un grande senso di potenza: ci sentivamo invulnerabili. Dovevamo stare in silenzio.

I Neri avevano acceso un piccolo fuoco e gli stavano attorno, cuocevano cibo. Parlavano, ridevano, erano tranquilli.

Uno teneva una sigaretta tra le dita, tirava lunghe boccate e sbuffava fuori un fumo denso.

Cercammo di cogliere qualche parola, ma eravamo troppo distanti.

Dopo un po', la situazione divenne insostenibile.

Non potevamo rimanere lì immobili tutto il tempo.

Eppure, non potevamo nemmeno ritornare a casa.

Fu Ahmed a farsi coraggio. Era il suo miglior talento, fin da piccolo: dalle situazioni pericolose traeva la misteriosa forza d'agire; si nutriva della spinta del nemico. Gli s'accendevano le pupille e agiva d'istinto, prima ancora di trovare il tempo di pensare.

"Guarda qui," disse.

Mi fece segno di stare all'erta e mi passò il fucile.

Non avevo idea di cosa volesse fare.

Solo uno dei quattro soldati era rivolto verso di noi, il più lontano del gruppo, gli altri ci davano la schiena. Uno solo, ma era comunque troppo pericoloso per avventurarsi a fare alcunché.

Ahmed raccolse un sasso da terra.

Attese paziente che quello con gli occhi rivolti nella nostra direzione si distraesse.

A turno i Neri rimestavano nel grande pentolone, fumando e ridendo. Cucinavano carne, carne e qualche verdura, arrivava un buon profumo.

D'un tratto, il soldato che vedevamo in faccia indicò qualcosa agli altri in direzione del mare.

Tutti si girarono verso il largo.

Fu allora che Ahmed, con la velocità d'un giaguaro, si tirò in ginocchio e lanciò la pietra.

Quella accarezzò con un sibilo le fronde d'una sequoia alle spalle del gruppo, e andò a rotolare lontana, perdendosi nel fitto del bosco.

I guerrieri si voltarono bruschi a cercare la fonte del rumore.

Fu l'istante in cui come gazzelle balzammo in piedi e corremmo verso l'ingresso della moschea. Ci appiattimmo contro la facciata, strisciammo fino al muro laterale di sinistra, dal lato opposto rispetto ai soldati.

Tenevo il fucile tra le mani, lo sentii più pesante di quanto mi fosse mai sembrato. Fui colto da un senso di potenza, sapere che se soltanto avessi voluto avrei potuto fare fuoco. Passò in un attimo. Mi concentrai a trattenere il respiro.

Udimmo uno scalpiccio sulla ghiaia, scarponi che pestavano foglie secche.

Qualche borbottio e tutto tornò tranquillo.

I soldati presero a mangiare, le stoviglie di latta cozzavano le une contro le altre.

La moschea stava tra noi e i soldati, vuota.

Lentamente, ci muovemmo verso l'angolo più lontano.

Ahmed sporse la testa prima di voltarlo.

Il sacro baobab giaceva ancora con il tronco squarciato.

Nessuno: potevamo proseguire, schiacciati contro la parete posteriore della moschea.

I Neri erano dietro l'angolo, sul lato che apriva verso il basso, verso il mare.

Ahmed fece un gesto con la mano: rivoleva il fucile. Glielo passai.

Avanzammo piegati in due, addossati al muro bianco che si scrostava al nostro passaggio. Piccoli *crac* si generavano al contatto con le braccia bagnate di sudore. Non era troppo rumore. Ogni tanto qualche corvo, nell'aperto, gracchiava.

Più in là, nel pieno del bosco, le cicale frinivano senza pietà.

I Neri mangiavano e ruttavano, e insieme giungevano parole.

Stavano parlando di un rapimento.

Era per questo che si trovavano sull'isola. Non arrivavano mai senza motivo.

Rapimento era la parola che più spesso pronunciavano.

Già altre volte era accaduto. L'estate precedente i Neri avevano rapito una coppia di stranieri. Poi, una vecchia stropicciata che viveva in una grande villa su un'isoletta a due minuti di *dhow* dal villaggio. Era morta mentre a notte fonda la caricavano sul motoscafo.

Non avremmo mai capito perché gli stranieri, nonostante tutto, continuassero ad arrivare sulla nostra isola, come potessero considerarla un paradiso.

Sarei tornato indietro, ma Ahmed voleva capire meglio, e mi fermò. Mi fece segno di stare tranquillo.

Continuammo ad ascoltare.

I Neri erano giovani, s'intendeva dalle voci.

Due di loro erano a favore del rapimento, gli altri due pensavano fosse pericoloso.

Discutevano animatamente.

Ahmed stava accovacciato, la testa a filo con lo spigolo del muro. Il fucile era saldo nella mano destra, appoggiato al suolo.

Io ero schiacciato contro di lui, più lungo di lui. Ero già più alto, le spalle più larghe. I miei dodici anni già avevano compiuto lo sviluppo.

I Neri, di là dal muro, continuavano a parlare. Di Allah, del suo nome misericordioso; dei *kafir*, gli infedeli; delle ingiustizie che i musulmani subivano dai conquistatori cristiani. Del numero di morti nelle nostre fila: era giunto il tempo della vendetta, dicevano.

"Ogni cosa ha il suo tempo," disse uno. "Il tempo del mondo è giunto a quello della nostra ira."

La vendetta.

D'un tratto Ahmed si sporse.

"Dove vai?" sussurrai, e lo tirai per la maglia."

Ahmed alzò la mano dietro la schiena, a dirmi di tacere.

Alle spalle dei soldati, all'improvviso, era comparso un gatto nero spelacchiato con qualche chiazza bianca sul dorso. Doveva essere stato là per tutto il tempo, ma Ahmed non se n'era accorto. Forse era rimasto accucciato, aspettando il suo turno per mangiare. Forse invece s'era appena presentato dal fitto della boscaglia.

Il gatto si stiracchiò, prima di andare a cacciare la testa dentro la scodella che i quattro avevano lasciato a terra.

Ahmed era immobile.

Finito di leccare il fondo, il gatto si rianimò.

Ahmed iniziò a indietreggiare, mi fece segno di sbrigarmi.

Uno dei soldati chiamò svogliatamente l'animale. "Vieni qua!"

Quello continuò dritto per la sua strada.

Veniva verso l'angolo che ci riparava.

Poi saltò.

Quando ci raggiunse, iniziò l'indolente litania di miagolii. Cercammo d'allontanarci, quello insisteva. Erano le nostre attenzioni che la bestia elemosinava. O forse era altro cibo.

Cominciai a camminare verso l'angolo opposto della moschea.

Fu un istante.

Una forza sovrumana m'afferrò per il collo e mi sollevò.

Con la coda dell'occhio vidi che Ahmed era già a terra, alle sue spalle enormi ombre.

Quella forza, con la stessa rapidità con cui m'aveva afferrato, mi scaraventò al suo fianco, tra la polvere.

Era finita.

I Neri strapparono il fucile dalle mani di Ahmed. Ci tirarono in piedi dai capelli. Così da vicino, il terrore gelò in gola.

Erano grandi. I volti coperti dalle *kefieh*, gli occhi parlavano di morte. Occhi che avevano visto la morte, che avevano dato la morte. Erano folli, erano vitrei e arrossati, inafferrabili. I vestiti puzzavano di polvere da sparo e sudore. I fiati sapevano di marcio, di qualcosa che non c'era più.

Cosa ci facevamo lì? Chi eravamo?, chiesero.

Dissero che ci avrebbero tagliato la gola.

"Chi sei, pidocchio?" tuonò verso di me quello che sembrava il capo, un uomo enorme di cui vedevo soltanto gli occhi crudeli.

"Sono Alì," mentii, tremando. Per proteggermi mi uscì un nome che non era più il mio, il nome con cui nessuno più mi conosceva. Per lui un nome valeva l'altro, ma quello mi uscì.

Il guerriero mi squadrò dalla testa ai piedi e mi trovò insignificante. Subito se la prese con Ahmed, se la prese con i suoi vestiti costosi. Io fui lasciato in disparte.

"Sei ricco?" chiese il soldato ad Ahmed.

Non era così giovane come la voce aveva fatto credere. Al contrario, la voce era dura adesso, sembrava arrivare dal centro della terra. Soltanto gli occhi erano scoperti. Aveva mangiato, come si usa tra le tribù del deserto, infilando il cibo sotto la *kefiah*, le dita della mano destra erano sporche.

"Sono il figlio del signore del villaggio," rispose Ahmed. Era senza paura. Forse credeva che lo avrebbero lasciato andare.

Il soldato gli tirò un ceffone.

"Bravo," disse. "Lo dici con quel tono da padrone."

"Non mi devo vergognare," s'azzardò Ahmed. "Non è *haram*."

"Con chi fa i soldi, tuo padre, pidocchio? Non è *haram*, questo?" chiese il soldato, prendendolo di nuovo per i capelli e strattonandolo.

"Non lo so!" rispose Ahmed, gridando di dolore.

"Te lo dico io, se non lo sai." Tirò di nuovo, forte. "Con noi no. E neppure con i servi come il tuo amico. Li fa commerciando con gli infedeli, i suoi sporchi soldi *haram*."

Mollò la presa, si ritrasse e guardò il nostro fucile, che adesso era tra le mani di un Nero al suo fianco.

"E questo?" Prese il fucile. "Da dove viene questo?"

Non parlammo.

Il Nero gridò. "Da dove viene, *questo*?!"

"Mio padre ci va a caccia," rispose Ahmed.

"Adesso è nostro."

Il Nero sembrava soddisfatto di quel bottino, lo studiò girandoselo e rigirandoselo tra le mani. Poi si ricordò di noi.

"Voi due adesso andatevene e non fatevi vedere mai più, altrimenti vi portiamo al campo. È pieno di ragazzini come voi, laggiù. Anzi..." continuò rivolto ad Ahmed, "a te tagliamo la gola, e al tuo amico facciamo provare il campo dei *mujahidin*. Sembra abbastanza grande e coraggioso."

Non c'era coraggio in me.

"Via, andate via!" gridò un altro soldato.

Non furono necessarie altre parole.

Era il tempo di scappare.

Il primo passo fu il più difficile, c'era la paura che arrivasse un colpo nella schiena.

Nessun colpo arrivò.

Gli altri passi vennero più semplici, infilati uno dietro l'altro.

Non mi curai del mio amico, lo dimenticai. All'ordine di andare, non pensai più ad altro.

Quando fui a una ventina di metri, al principio della discesa del sentiero, iniziai a correre a perdifiato verso il basso, tra le sequoie, senza pensare.

Solo dopo tornai a sentire i passi pesanti di Ahmed alle mie spalle.

Non ci fermammo che una volta al limitare della foresta, ormai alle porte del villaggio.

Ci guardammo. Gli occhi erano grandi. Non dicemmo niente.

Là dove il sentiero si biforcava, ognuno prese silenziosamente la strada che portava alla propria casa.

Quasi giunto allo slargo della mia, fuori da una minuscola abitazione di lamiera scorsi la vecchia Raja. Non usciva mai, mai si faceva vedere. Per tutti era la strega del villaggio. Aveva vissuto la sua vita appartata, s'era abituata a parlare e a non ricevere risposta.

Quando passai davanti alla sua tana, stendeva vestiti bagnati su un filo di ferro arrugginito.

La strada era stretta, smisi di correre ma mantenni un'andatura sostenuta per superarla il più velocemente possibile.

Come fui davanti alla sua porta, Raja si voltò.

"Il *bello*!" gracchiò. "Il più bello del villaggio da generazioni." Mi puntava contro quei suoi occhi cisposi e indagatori.

Non risposi, meglio non parlare. Era bassa, tutta coperta di nero, il dito puntato sembrava un rametto secco.

La voce catarrosa sputava le parole. "E porti il segno in petto!" urlò.

Tossì, cacciò fuori anche l'anima. Poi riprese: "Sei come Alì Yonus della leggenda: il guerriero, colui che per primo ha portato la guerra in seno al villaggio".

Un brivido mi percorse, allungai il passo ed evitai il suo

sguardo. Ma lei continuava a tenere gli occhi duri fissi su di me, non mi dava tregua. "Anche tu porti la guerra, ragazzo. Sei come lui. Lo vedo. Porterai la guerra, vedrai."

Osai alzare gli occhi: il suo sguardo era fulmineo, labirintico, folle.

Il cuore mancò un battito. Il dolore mi piegò.

Tutto avrei voluto ascoltare in quel momento, tranne la profezia di una vecchia pazza.

M'accasciai sulle ginocchia, incapace di rialzare la testa.

Quando riuscii a rimettermi faticosamente in piedi, il suo ghigno diede forza alle mie gambe: m'allontanai senza neppure salutarla, come invece la sua età m'avrebbe imposto di fare.

Non era più a casa che volevo andare.

C'era un unico posto che in quel momento poteva accogliermi, e non era casa mia.

6.
Alla moschea

Raggiunsi Tarif alla moschea, per la prima volta senza che fosse mio padre a condurmi o senza rimanere nascosto dietro il recinto.

Lo trovai nel giardino sul retro, intento a zappare il piccolo orto.

Non portava tunica né copricapo, ma una camicia leggera su un paio di pantaloni chiari di cotone.

Quando lo chiamai, il vecchio Tarif era chino a sradicare erbacce.

"Chi si vede!" mi salutò, alzandosi. "Benvenuto nella casa del signore... o sul suo retro," rise.

"Ti voglio parlare, Tarif," dissi in fretta.

"Bene," rispose. "Ti sei già confrontato con tuo padre?"

"Mio padre è fuori per la pesca."

Tarif si chinò nuovamente e con calma finì di strappare le erbacce.

"Dimmi, allora, piccolo Amal," disse senza fermarsi, una mano alla schiena e l'altra che tranciava come falce.

"Ho paura per quello che diventerò," sussurrai.

Si girò di nuovo verso di me, così piegato, e inclinò la testa per difendere gli occhi dal sole calante. Usò il mio corpo come ombra.

"E allora non diventarlo," disse.

Non mi mossi, né parlai.

Capì che c'era qualcosa. Si tirò su e mi lanciò una delle

sue occhiate. Erano così profonde da costringere a distogliere lo sguardo. Sembrava mettesse a fuoco un punto dietro la testa, o dentro. Ero già più alto di lui. Ero di forme più grandi della mia stessa anima.

"Non posso," risposi.

"Perché non puoi?"

"Perché al destino non si sfugge. Se sei un uccello puoi volare, se sei un uomo puoi parlare." Tarif sorrise. Io continuai: "E se sei servo non puoi che rimanere servo".

"Non è proprio così, caro Amal," mi disse Tarif. "Ci fu un tempo in cui su quest'isola eravamo uguali. Lo sai cosa dice la leggenda: il villaggio fu fondato da quindici uomini uguali di fronte a Dio, quindici uomini senza legge. Uguali anche di fronte a se stessi."

Esitai.

"È passato troppo tempo, vecchio Tarif. Molto più dei tuoi anni. E sai meglio di me che non è più così. Chi nasce servo muore servo."

"Questo non è corretto, Amal. Prendi noi. Noi musulmani, intendo. Prendi la *Ummah*, la nostra comunità. C'è stata un'età in cui comandavamo il mondo. Ne è seguita un'altra in cui siamo servi del mondo. Ma questo non significa..."

"Infatti!" gridai. "È quello che dico! Siamo servi del mondo, e sempre lo saremo!" Ero furioso. La mia ira stava montando, l'ira che ogni tanto veniva a trovarmi e mi spaventava. Quel maledetto latte caprino che mi saliva agli occhi.

"No," proseguì calmo Tarif. "Arriverà un tempo in cui gli uomini impareranno a vivere in pace. Arriverà un tempo in cui le cose tra noi e i cristiani saranno cose di pace. Ma non sarà presto, Amal..."

S'interruppe, mi mise una mano sulla spalla.

"Io ho paura, vecchio Tarif..." Dovetti ricacciare indietro le lacrime. Ascoltavo la mia voce, ed era voce d'adulto. S'era fatta profonda, arrivava da un posto dentro di me che fino a poco prima non c'era.

"Paura di cosa?"

"Questa dannata cicatrice sul petto, questa dannata cicatrice che non posso nascondere, mi fa diventare pazzo! Sento che contiene un segreto..." Presi fiato. "Tarif, ho paura d'avere una scelta soltanto per sfuggire al mio destino di servo."

L'imam si rabbuiò.

Aveva compreso le mie parole.

Forse pensava che avessi ragione. Quello era il destino di molti giovani poveri del nostro villaggio, dei villaggi a noi vicini, di tutti i villaggi dell'Islam.

I Neri erano diventati potentissimi.

Su quello fondavano la loro fortuna, nei villaggi trovavano soldati per rinforzare i loro eserciti. A volte erano gli stessi genitori: preferivano un soldato a un servo.

Credetti di leggere tutti questi pensieri nel suo cuore.

"Tu non devi temere niente, piccolo Amal," disse Tarif, guardando adesso nella direzione del sole che aveva scavato la sua strada dietro la vetta dell'isola. "C'è tuo padre a vegliare su di te. Sei al sicuro." Conoscevo bene Tarif, indovinavo i suoi pensieri.

"Non è di mio padre, Tarif..." risposi, "...è di me stesso..."

"Di te stesso cerca di guardare la luce, e non preoccuparti d'altro. Pensa al soffio, pensa alla luce che porti dentro e che ti eleva al livello di Dio. Cerca di sviluppare il tuo risveglio, testone," chiuse a pugno la mano rugosa e me la batté sulla tempia, "e non curarti del resto. Il resto non è affar tuo. Il resto è affare di Dio."

Mi venne da pensare alla mia seconda luce, a quella che m'aveva dato il nome che adesso portavo. Quella luce conteneva il mio segreto.

Avrei voluto chiedere una buona volta a Tarif cosa fosse il risveglio di cui continuamente parlava, ma in quel momento fu di nuovo ira. Quando accadeva non potevo nulla. Era più forte di me.

"'Affare di Dio' non significa niente," dissi a denti stretti, mentre scostavo veloce la testa da quelle dita ossute.

Tarif non aveva sentito. Forse faceva finta.

Mi chiese di ripetere: "Lo sai che sono sordo".

"Niente," risposi. "Non ho detto niente."

Gli voltai la schiena e me ne andai.

Lo lasciai lì, in piedi, a reggersi la schiena artritica e curva, a pensare che aveva fallito, che ero a portata di mano, per una volta, e non era riuscito a trattenermi.

Era la mia vendetta contro un vecchio che non aveva parole per me, contro un vecchio che amavo e che parlava soltanto con le parole di Dio, mai con le sue.

Provò a chiamarmi, si schiarì la voce, tossì.

Udii alle mie spalle quel soffio di voce che si perdeva nel vento.

Provò a gridare il mio nome ancora. "Amal!"

Quanta debolezza nella vecchiaia, pensai. Quanta inutile dolcezza.

Ero già al di là di quel sottile recinto di bambù a cui la notte da bambino m'attaccavo. Ne conoscevo l'odore, ne conoscevo il sapore.

Fui crudele con Tarif, non mi voltai.

Volevo fargli del male perché m'aveva deluso.

A lui avevo pensato come all'unico in grado d'ascoltarmi. Non mio padre, non mia madre, non Ahmed, non Karima. Soltanto il vecchio Tarif.

Ora dovevo cancellare anche lui. Se non era capace di dirmi parole di salvezza nel momento del bisogno, non ne sarebbe stato capace mai.

Lo odiai.

Odiai la sua voce debole e il suo sguardo ferito dal sole.

Odiai la fragilità che s'era fatta strada attraverso quel corpo provato dalla vita. Odiai quello stesso corpo, indebolito dal tempo.

Mentre lasciavo la moschea, mi sentii infinitamente più forte di lui. Un pensiero terribile mi colse d'improvviso: ucciderlo. Volevo che si rimangiasse le sue parole vuote. La *fitra*. Diventare *rabbani*. A cosa servivano?

Fu un momento.

Ebbi subito orrore di quel pensiero.

Avevo già percorso molti passi, ma decisi di tornare da lui.

Lo trovai ancora lì, quasi nella stessa posizione.

Quando mi vide, il suo volto s'illuminò di un grande sorriso. Non mi portava rancore.

Quell'uomo m'amava, io ero stato ingiusto.

"Forse mi chiamavi," dissi. "M'era parso di sentire il mio nome."

"Sì, ti chiamavo, la mia voce ha perso la forza," disse Tarif. "Volevo solo ricordarti che la felicità è un diritto di tutti, Amal. Ricorda queste parole, qualunque cosa accada alla tua giovane vita. Hai diritto alla tua felicità. Se la cercherai, lei si farà trovare. Te lo prometto." Pensai alla guerra che mi avevano messo nel cuore, alle due metà nemiche. Soltanto quando si sarebbero rappacificate avrei trovato la mia felicità.

Poi sorrisi, come adesso sorrido a te, e come ora è a te che affido la promessa del vecchio Tarif. La felicità è un diritto di tutti, anche tuo.

"Sì," risposi. Non ero che un ragazzo. "Le ricorderò."

"Ora vai. È quasi il tramonto, devo preparare per la *salat al-maghrib*."

Andai.

Le cose terribili che avevo pensato mi resero Tarif ancora più caro, avrei voluto abbracciarlo, lasciarmi abbracciare da lui.

A casa, mi sdraiai sull'amaca di corda che mio padre aveva inchiodato tra il muro di legno e quello del magazzino.

Avevo capito una cosa.

Non erano né le formule di Dio né le parole del mio anziano e amato imam ciò che poteva salvarmi.

Che la felicità fosse un mio diritto, con le due metà nemiche che combattevano dentro di me, quella sera mi sembrò impossibile.

7.

Riprendersi il fucile

Ahmed era riuscito a nascondere a suo padre la sparizione del fucile, ma sapeva che non sarebbe stato per molto. E Said gliel'avrebbe fatta pagare.

Non perdonava: l'avrebbe battuto e mandato dal fratello maggiore, nella grande città, a imparare il commercio. Ahmed sarebbe stato costretto ad abbandonare l'isola e me, le nostre scorribande, le mezze parole e i gesti sottomessi e timidi di Karima.

Giocare con le armi in un territorio di Neri, da figlio del signore del villaggio, era stato stupido. Quei soldati l'avrebbero fatta pagare alla sua famiglia. Li avrebbero ammazzati in piazza, lapidati, fucilati.

Ahmed lo sapeva, eppure aveva rubato il fucile ed era andato a sparare.

Doveva a tutti i costi recuperare l'arma.

Mi chiese d'accompagnarlo alla moschea.

Ci avventurammo una mattina, il sole era appeso in mezzo al cielo.

Quando arrivammo all'ultima svolta del sentiero, il cuore mi batteva nella testa e nella gola. Ebbi la fuggevole sensazione di andare incontro al mio destino, che quella mattina qualcosa sarebbe cambiato per sempre.

Davanti alla moschea non si vedeva nessuno, e neppure di fianco, dove la volta precedente bivaccavano i soldati.

Ci nascondemmo dietro un albero e cercammo di capire se davvero non c'era nessuno.

Giunse un rumore di ferraglia.

I soldati erano dentro l'edificio sacro, forse stavano pulendo i fucili.

Avremmo dovuto aspettare.

Il caldo era asfissiante, l'umidità da togliere il respiro.

Passata un'ora, accucciati contro quel tronco ruvido, perdemmo la pazienza.

I volti sudati, ci muovemmo lentamente verso la porta della moschea rimasta socchiusa. Eravamo finiti preda del volere di un *jinn* malefico che guidava le nostre azioni, ci portava a gesti folli: eravamo ragazzi.

Che si fossero addormentati tutti? Di rumori non ne arrivavano da un pezzo.

Quello che dovevamo fare era tentare di capire quando i soldati si sarebbero allontanati, e poi entrare e cercare il fucile, sperando che fosse lì.

Ahmed avvicinò l'orecchio allo spiraglio della porta, io rimasi indietro.

Alzò due dita: due voci.

Poi le voci divennero più forti, arrivarono anche a me.

Erano adulti, forse vecchi. Parlavano di non fare feriti, o peggio morti. Già la cosa in sé, dicevano, avrebbe portato scompiglio. Dovevano tenere a bada i giovani, dicevano. Quelli si sarebbero messi a sparare. Quelli sparavano sempre. Invece andava preso senza fare danno e portato via.

A chi si riferivano?

Forse al padre di Ahmed?

I suoni andavano e venivano, i due adesso parlavano piano, girati di spalle. Ahmed scrutava dentro il buio di quello che era stato l'edificio sacro, la testa quasi ficcata nello spiraglio.

"Come faranno senza di lui?" mi giunse alle orecchie.

"Dopo un po' lo sostituiranno" fu la risposta. La voce sembrava quella del più vecchio.

"Questa comunità lo ama, e lui ama loro. Io non credo..."

"È stato ordinato" furono le ultime parole che sentii.

D'un tratto, uno sparo assordante. Un boato secco, che risuonò dentro la volta della moschea.

Io e Ahmed saltammo all'indietro.

Si gelò il sangue, la bocca asciutta.

Poi, silenzio. Un silenzio grande quanto quella deflagrazione improvvisa.

I due soldati imprecarono.

"Stavi per ammazzarmi, *mallon!*" gridò uno.

"Questi fucili sono vecchi e s'inceppano... Non fanno mai quello che devono!" urlò di rimando l'altro. "Potevo farmi saltare la testa, *hemar!*" imprecò.

D'un tratto Ahmed si girò verso di me, e con gli occhi dilatati, le pupille come spilli, disse d'andar via, di tornare al villaggio.

"È affar mio," disse. Non capii.

Era agitato.

Gli occhi brillavano come quando fiutava un pericolo: qualcosa che lo esaltava.

"Vai via, non è affar tuo. Il fucile è il mio. Sono io che devo rischiare," disse.

Perché si comportava così? Cosa aveva visto là dentro, subito prima che partisse lo sparo? Non me l'avrebbe rivelato. Non lì, non in quel momento. Cosa aveva sentito, che io non avevo sentito?

Ahmed mi spinse via, e tornò a sbirciare.

I due soldati continuavano a borbottare.

Rimasi fermo, a un passo dalla sua schiena, piantato a terra.

Il bosco alle mie spalle, la moschea muta di fronte.

Non sapevo cosa fare.

Non c'era un filo d'aria, il sole mi cuoceva il collo e le braccia.

Ahmed si girò di nuovo, gli occhi rossi, di brace. "Vattene, ho detto."

Temevo di udire un altro di quei tremendi tuoni di fuoco.

Ero impietrito come un animale selvatico che sente una minaccia. L'attesa vigile, poi lo scatto.

Feci lo stesso.

Attesi.

Guardai Ahmed. Mi fece un altro segno.

Aveva capito che questa volta sarei andato, si era già voltato di nuovo verso la porta della moschea, l'orecchio teso.

Era cinque anni più grande di me, sapeva di potermi comandare. Era anche il figlio del mio padrone.

Attesi ancora.

Poi mi lanciai verso il sentiero che scendeva al mare.

8.
Karima, Ahmed e Amal

Quella notte, in lontananza si videro fuocherelli danzare. I cani ululavano. Piccoli astri luminosi sospesi nell'aria, immersi nel buio del cielo senza stelle e senza luna.

Quelli erano segnali che noi del villaggio conoscevamo bene: arrivavano nuovi Neri.

Karima ne era spaventata.

Io e Ahmed, al contrario, qualche volta di giorno c'eravamo anche avventurati fin là, tenendo d'occhio i fili di fumo che si alzavano dai fuochi spenti, nella speranza di trovare resti di qualcosa che neppure noi sapevamo, resti di qualunque cosa, segni di sangue e battaglie.

Non avevamo mai trovato niente, a parte quegli ampi cerchi di cenere bianca, dentro cui pure rovistavamo.

La mattina seguente, non vedevo l'ora che finisse la lezione di lettura per parlare con Ahmed.

Quando finalmente fummo soli, gli chiesi cos'era successo alla moschea con i Neri, se era riuscito a entrare, del fucile.

Mi aspettavo di trovarlo su di giri, invece era tranquillo.

"No," rispose a tutte le mie domande.

"No cosa?" chiesi.

"No, niente."

Era taciturno, non aveva voglia di parlare.

"Niente cosa?" lo incalzai.

Stette in silenzio per un po'.

Poi, guardando in basso, disse: "Da solo, me la sono fatta sotto. Questa è la verità. Sono tornato a casa come una femmina". Lo disse d'un fiato.

"Te la sei fatta sotto?!" Scoppiai a ridere.

"Non c'è niente da ridere, *mallon*!" gridò Ahmed. "Ho avuto paura e sono tornato a casa, tutto qui. Dovremo studiare un'altra strategia, non posso lasciare lì il fucile. Mio padre m'ammazza..." Si fermò. "E se invece mi scoprono i Neri mi ammazzano loro... In che bella situazione mi sono ficcato."

Risi di nuovo.

Dovevamo trovare il modo di recuperare il fucile.

Decidemmo di andare fin sulle colline, a frugare nella cenere dei fuochi con cui i nuovi Neri s'erano scaldati, con cui quella notte avevano tenuto lontane le bestie.

Magari lì dentro avremmo trovato risposte.

Karima aveva il terrore dei Neri. Quei piccoli segnali lontani erano per lei il peggiore dei presagi. I Neri erano portatori di sventura e distruttori dell'ordine perfetto e intimo del villaggio.

Quella notte, Karima aveva preso quei segni infuocati come presagi di un destino personale.

Era sicura che qualcosa di terribile sarebbe accaduto da lì a poco.

Il giorno prima, infatti, due Neri s'erano avvicinati a lei e a mia madre, appena giunte nel loro solito angolo, vicino al bazar e alla piazza grande del villaggio: là dove mostravano i loro oli agli stranieri. Avevano steso il telo e disposto con cura le boccette. I Neri erano arrivati e avevano urlato che era vietato, dovevano coprirsi la testa e il viso, e non potevano vendere agli stranieri, non potevano avere rapporti con gli stranieri, non potevano nemmeno parlare agli stranieri, era *haram*.

"*Haram*!" avevano gridato. "È *haram* secondo la *sharia*."

Lo avevano ripetuto molte volte, per assicurarsi che tutti quelli che si trovavano vicini sentissero.

Avevano scalciato le boccette, alcune le avevano pestate con gli scarponi. Uno dei due s'era incantato a guardare Fatima la fiera. Non le aveva staccato gli occhi di dosso finché l'altro non lo aveva trascinato via. Che io un giorno avrei potuto fare lo stesso era un pensiero impossibile.

Per Karima, quello era un segno sicuro che *haram* era caduto su di lei e l'aveva marchiata, e di lì a poco l'avrebbe pagata, come la *sharia* prevedeva.

Quei fuochi notturni le erano sembrati un ulteriore presagio.

Difatti, Karima la notte dopo si svegliò con i serpenti tra le gambe.

Bisce verdi e bitorzolute che si scavavano la via per uscire dal suo ventre. S'era alzata per il dolore.

Poi ne era stata certa: rivoli di sangue denso e violaceo le colavano sotto la tunica fino alle caviglie.

Rimase sveglia tutta la notte, sicura che da lì a poco sarebbe morta. Allah voleva portarsela via: aveva osato parlare e commerciare con gli infedeli.

Era colpa di Fatima, sua madre aveva ragione a metterla in guardia. Fatima era malvagia, l'aveva portata alla morte. Sarebbe sopravvissuta poche ore, forse pochi minuti, prima che quei serpentelli che non aveva il coraggio di guardare finissero di mangiarla da dentro.

Non fosse stata notte, sarebbe corsa da me.

All'alba, venne.

Uscì senza fare rumore e lungo il tragitto si fermò qualche volta soltanto per strappare erbacce e ripulirsi del sangue che arrivava a lambirle le caviglie, sporgendo dalla tunica.

Il dolore era passato, la vergogna no.

Arrivata allo slargo s'infilò in casa a passi svelti. Sulla stuoia, una scodella e un cucchiaio: Hassim era già fuori, a pesca. Fatima doveva dormire ancora.

Io giacevo addormentato.

Karima mi guardò, alla poca luce che penetrava dalla finestrella e dalla tenda che al suo passaggio era rimasta scostata. I capelli arruffati mi facevano assomigliare a un leone. Il petto era nudo, la cicatrice evidente e dritta.

Karima la tastò piano. Mi girai dall'altra parte.

Poi mi chiamò, con un filo di voce.

"Amal, sono io. Svegliati, sto per morire."

Non mi mossi. Qualcosa d'impercettibile arrivò a sfiorare i miei sogni.

Karima s'avvicinò al mio orecchio e ripeté: "Amal, devo salutarti. Sto per morire".

Mi svegliai e socchiusi le palpebre.

"Devo salutarti," mi disse di nuovo. "Sto per andare."

Con le lacrime agli occhi, sollevò appena l'orlo della tunica e mi mostrò il rivolo di sangue secco sul polpaccio. Poi disse che doveva stringermi forte, che quello era l'unico modo per diventare una persona sola con qualcun altro, e così portarlo con sé per l'eternità.

"È la regola degli abbracci," sussurrò Karima. "Per portare qualcuno per sempre con te devi abbracciarlo almeno una volta nella vita, tenerlo stretto. È come *hajj*, il grande pellegrinaggio alla Mecca: bisogna farlo almeno una volta." Sorrise. "Io e te non ci siamo mai abbracciati. Solo unendo i due respiri finché non diventano uno, e i due cuori un unico cuore, ci si può fondere con l'anima di qualcun altro."

Feci cenno di sì. Per metà stavo ancora dormendo. Forse non mi rendevo conto appieno che stava davvero per morire, o forse non ci credevo.

Mi strinse a sé.

La strinsi anch'io, sentii il suo pianto silenzioso sulla spalla.

Dopo un po', vidi che aveva ragione: avevamo preso a respirare in sincrono. I battiti dei due cuori s'erano trasformati in uno solo, centrale, più potente.

"Lo senti?" chiese.

"Sì" fu la mia risposta.

"Abbiamo un battito soltanto. Uno solo per tutti e due."

"È così," dissi io.

Lei si staccò e fece un lungo sospiro.

Chiuse gli occhi.

"Ora sono pronta per morire," mi disse Karima all'orecchio.

In quel momento dalla camera da letto uscì Fatima, gli occhi ancora pieni di sonno.

"Karima dice che sta per morire," annunciai. "Dice che ha nella pancia dei serpenti che la divorano da dentro e sputano fuori il suo sangue."

Mia madre s'avvicinò e sollevò appena l'orlo della tunica di Karima.

Vide la traccia del sangue secco.

"Avanti," le disse, scuotendo la testa. "Torna a casa e lavati. Oggi sei diventata donna."

"Cosa significa? Non sto per morire?"

"In un certo senso sì," rispose Fatima. "Ma non sarà oggi, né tra poco tempo. Da oggi sei donna: ti puoi sposare, puoi fare figli, puoi provare vergogna, puoi macchiarti di *haram*. Va' da tua madre e diglielo."

Karima si alzò. "Quindi non sto per morire?" ripeté con voce spezzata.

"Non oggi," la rassicurò mia madre. "Da oggi sei un pensiero in più per tua madre e uno in meno per tuo padre."

Quando se ne fu andata, rimasi in silenzio e ripensai alla sua regola. Era vera soltanto a metà.

Stringendo una persona e aspettando un poco, i respiri e i cuori diventano uno. Ma, avevo sentito, più ti sforzi di avvicinarla a te, e più ti accorgi che mai, neppure per un brevissimo istante, quella persona può essere tua. Rimarrà sempre un confine a separare le due carni. Più si prova a schiacciarlo, più quel confine si fa sentire.

C'è, tra le persone, qualcosa che le rende tanto più sole quanto più disperatamente cercano di non esserlo.

9.

Il vento, e il primo incontro con la felicità

C'era una cosa soltanto che non mi faceva sentire separato dal mondo: il vento. Quando lo prendevo, mi sentivo tutt'uno con l'universo.

Said, il padre di Ahmed, possedeva il *dhow* più bello dell'isola. Era anche il più grande, costruito con un legno fatto arrivare dal Medio Oriente: lucido, leggero e indistruttibile.

Unico, montava due grandi vele, una al centro dello scafo e l'altra a prua, un poco obliqua: andava al doppio della velocità delle altre imbarcazioni.

Ahmed mi svelò il segreto della velocità.

Uscivamo dal porticciolo, attenti a non urtare i pescatori che trafficavano alla fonda con le loro reti malconce. Poi, davamo due mani alla vela grande e issavamo la seconda.

Appena fuori dall'insenatura, il *dhow* cominciava a volare.

Nelle giornate di vento teso da nord, prendeva tanta velocità da saltare sul mare come un delfino.

Quel legno era fatto per danzare.

Ahmed stava al timone e io al centro, a manovrare le vele: quelle due funi dure erano le redini con cui volavo sul mio delfino.

Ahmed si divertiva a spingere il *dhow* al limite e a prendere il vento di prua, così da far inclinare la barca. Per non cadere in mare mi legavo in vita una fune che all'altro capo era agganciata al grande albero centrale.

Nelle giornate di vento forte riuscivamo a inclinare il *dhow* anche di novanta gradi rispetto all'acqua. A un segnale di Ahmed, mi tiravo in piedi sul bordo mentre la barca prendeva vento e s'inclinava dalla parte opposta: stavo fuori dal *dhow* piegato verso il mare, e col mio peso lo bilanciavo, legato all'albero.

Quando la barca minacciava d'andare giù, davo forti scossoni per rimetterla dritta.

Furono i primi momenti della vita in cui mi sentii immortale. Avrei provato di nuovo quella sensazione, in mezzo alla violenza.

Lì, fuori dallo scafo, le braccia alzate al cielo e gli occhi chiusi, il vento che s'infilava tra i capelli e li gonfiava, gli spruzzi d'acqua salata sulla faccia e fin dentro la bocca aperta, sentivo con la precisione delle cose certe che avrei vissuto in eterno. Tutto il resto smetteva di esistere: i Neri, il mio cuore, il mio destino, la mia malattia.

In quei brevissimi istanti d'equilibrio e di vento c'era tutto.

Niente al mondo, né la ricchezza dei mercanti né il potere dei re né la fama dei profeti, niente mai avrebbe potuto uguagliare la mia potenza. Perché, con gli occhi così chiusi, ero grande come l'universo intero.

Era un assaggio di felicità, quella felicità di cui parlava Tarif: era mio diritto, anche se ero l'ultimo degli ultimi. Quella fuggevole sensazione arrivava come una vertigine, sfiorava il terrore di cadere e poi svaniva. Era la promessa di Tarif, ma durava troppo poco.

Se Ahmed avesse virato sarei caduto in acqua, e tutto sarebbe finito. Invece veleggiavamo in perfetto equilibrio.

La felicità accadeva lì, in quel momento, e accadeva divisa in due. Era doppia, condivisa, ed era duplice perché in bilico su un crinale di opposti bisogni, vissuta da due opposti desideri.

Per me questo era arrendermi, era alzare le mani al cielo in segno di resa. Con il viso verso il sole, le ombre sarebbero rimaste alle mie spalle.

Per Ahmed, invece, quella stessa felicità arrivava dal sentire che io ero in suo possesso. Lui, dopotutto, era il signore del villaggio, e non riusciva a non vedere ogni cosa, me compreso, in quella prospettiva.

Non era cattivo, mai m'avrebbe fatto del male, ma mi voleva per sé.

Era un'amicizia pura, la nostra. Per quanto pura possa essere un'amicizia.

Ogni tanto portavamo Karima con noi sul *dhow*, ma allora i pomeriggi diventavano soltanto tranquilli pomeriggi di pesca. Facevamo il bagno, e Karima era spensierata: con noi era al sicuro. Poteva bagnarsi senza temere le rappresaglie dei Neri. Poteva nuotare, avvinghiarsi ora all'uno ora all'altro, senza temere di essere lapidata o fucilata.

Giocavamo in acqua, facevamo gare di velocità, nuotando. Io ero forte, avevo gambe e braccia lunghe.

Capitava che Ahmed, bagnato e in piedi nella barca, il respiro ancora corto, la pancia tirata, il petto gonfio, ci guardasse giocare in mare. Capitava che ci osservasse come un padre o un fratello maggiore. Gli occhi gli si facevano languidi, sorrideva. Stava fermo e ci fissava.

Noi ci spruzzavamo, Karima m'abbracciava e io la respingevo, le schiacciavo la testa sott'acqua.

Erano i suoi servi, quei chiassosi esseri che si dimenavano in mare, rozzi, goffi, scomposti, eppure senza di noi non avrebbe saputo cosa volesse dire amicizia, o amore.

Eravamo i suoi servi, ma eravamo uniti.

Là sopra, con il vento, con il mare, con le spinte e con gli schizzi, eravamo la stessa cosa: esseri acerbi che combattevano la loro silenziosa guerra per diventare maturi.

Erano poi arrivate quelle notti movimentate, che avevano spazzato via improvvise le giornate di mare.

I barbagli delle granate dell'Esercito Regolare avevano più volte illuminato il nero del cielo.

C'era stato anche uno scontro ravvicinato, là dove il deserto incontrava le ultime colline erbose, nei pressi del fiume, di là dal mare, sulla terraferma.

Le voci erano giunte subito al villaggio, la mattina dopo, trasportate dal volo alto e veloce dei cormorani.

Mia madre aveva avuto le sue cattive visioni. I *jinn* le avevano trasmesso nei sogni un senso d'agitazione. Quando s'era svegliata, già sapeva tutto.

Una pattuglia Regolare s'era imbattuta in un commando di Neri. Nella notte non si era visto bene chi era chi e i due mezzi s'erano accostati, sospesi. A gettarsi sulla via era stato per primo un Nero, sbarrando il passo alla jeep dei Regolari, intimando di fermarsi; nessuno, dissero, avrebbe sparato.

Furono parole al vento, un ufficiale Regolare fece la mossa di scendere a sua volta, il fucile a tracolla e ben serrato in mano, il dito al grilletto. Come mise piede a terra si beccò una fucilata in faccia.

E si cominciò a sparare.

Dal villaggio udimmo distintamente i *rat-ta-ta, rat-ta-ta-ta-ta-ta* dei fucili automatici.

Mia madre lo disse sia a me sia ad Ahmed, che si trovava per caso nel nostro slargo, il giorno dopo tutto quel baccano.

"Non ci provate ad andare là vicino," disse, "come a volte fate a caccia della cenere di quei bivacchi. Quel deserto è pieno di spiriti maligni. Cercano una strada per liberarsi dalla morte. Se in mezzo a tutta quella sabbia non la trovano, come rischiò di accadere ai nostri antenati nel fitto della boscaglia, poi si sfogano su di voi."

Fece per scacciare un cattivo pensiero, come si fa con le mosche.

Poi continuò. "Già prenderanno un *dhow* e andranno verso quella direzione tuo padre e l'imam, domani mattina, per capire che cosa fare di quei corpi, se dargli sepoltura o lasciarli lì dove sono, in pasto al deserto e alle sue bestie. E io spero che Hassim non mi ritorni con qualche spirito malvagio nascosto in corpo."

Ahmed non commentò.

S'alzò di scatto e, senza salutare, andò.

Ci lasciò lì come due stupidi, come rapito da un pensiero più importante.

Io e mia madre restammo in mezzo allo slargo, immobili.

"È la maleducazione dei padroni," disse lei.

Di Ahmed rimase soltanto il giallo della maglietta che svolazzava nel vento mentre veloce saliva verso la sua casa.

Tutto stava per accadere, e non lo sapevamo.

10.

Segnale

La mattina dopo, Ahmed tornò da noi.

Venne a svegliarmi presto e disse che per quel giorno non ci sarebbero state lezioni. Dovevo prepararmi, saremmo usciti a pesca.

Non ne avevo voglia. Ancora fasciato dal sonno, mi opposi.

Ahmed disse di muovermi e di prepararmi, sarebbe tornato da lì a mezz'ora.

Camminavamo svelti.

Dal porticciolo saltammo sul *dhow* di Said e rapidi levammo le vele, le mettemmo a vantaggio del vento e prendemmo il largo. Il sole non era ancora caldo.

Rapidamente facemmo il giro dell'isola e cominciammo le operazioni per la pesca.

Eseguivo, affidato agli ordini di Ahmed, e non capivo il perché di quella fretta.

Lui mise la barca in stallo e tirò le reti, una per parte. Io, come sempre, stavo a prua con una canna corta.

Trascorsero ore.

Non aveva ancora abboccato niente, soltanto due pescetti troppo piccoli che avevo ributtato in mare, quando da lontano udimmo il rombo d'un motoscafo.

Quello che veniva verso l'isola era un mezzo di Neri.

Subito ritirai la mia canna e mi misi a pregare Allah il Misericordioso che nulla accadesse. I presagi di mia madre avevano finito per entrare dentro di me.

Non era eccitazione quella che provavo, quel motoscafo carico di soldati era una minaccia. Tutte le raffiche di due notti prima, tutti quei morti nel deserto. Temevo che i Neri volessero prendersi il villaggio una volta e per sempre.

Ora quel motoscafo, di mattina, era una presenza inquietante, una minaccia scoperta.

Come li vide, Ahmed mi ordinò d'aiutarlo a ritirare le reti, smontò lo stallo e diede mano alle vele.

Quelle si gonfiarono subito, era una giornata di vento potente.

Il *dhow* iniziò a muoversi verso il largo, proprio dove parevano puntare i Neri.

Sembrava dovessimo doppiare la punta orientale dell'isola. Proseguendo in quella direzione c'era poi soltanto la terraferma. Quella era zona buona per la pesca. Pensai che Ahmed avesse intenzione di fermarsi lì.

Dalla poppa invece mi gridò che voleva avvicinarsi a terra, voleva stare dietro ai Neri e capirne le intenzioni.

"Stiamo-dietro-ai-Neri," scandì da là in fondo, per cercare di strappare le parole al vento.

Gli occhi luccicavano. Aveva in mente un piano per recuperare il fucile?

Era il pericolo che stava cercando, ma quella mattina in me non avrebbe trovato un complice.

Dissi qualcosa, le mie parole si persero nel sibilo che s'infilava prepotente in mezzo alle vele. Mettersi a gridare sarebbe stato fiato sprecato.

Tenni duro e parlai ad Allah, mentre ero seduto sul bordo, i piedi piantati contro l'albero maestro, le cime strette in mano.

Alla fine apparve la terraferma. I Neri erano lontani, un punto minaccioso all'orizzonte.

Era da un po' che non ci spingevamo fin lì.

Tante barche erano immobili in mare, vicine alla costa.

Anche quello era un punto adatto per pescare, c'era buon pesce, e poi a quell'ora c'era un gran viavai dall'isola alla grande città. Alcuni facevano quel tratto di mare ogni giorno, per andare a lavorare.

Tutt'attorno era un luccichio sfavillante, e nel silenzio si sentiva la risacca che con costanza sbatteva sulle pietre degli attracchi.

Il sole non era ancora alto, ma proiettava la sua luce sull'acqua dalla terraferma, accecando chi fissava il molo.

Eravamo in prossimità del porticciolo, quando Ahmed virò per fermare la barca. Chiusi a imbuto per raggiungere l'attracco: eravamo in attesa, insieme a un'altra trentina d'imbarcazioni, *dhow* e motoscafi.

Tutte quelle vele e quegli scafi, in lontananza, erano coriandoli colorati gettati in una bacinella d'acqua.

Non facevamo niente, aspettavamo.

Non troppo lontano, riconobbi il *dhow* del vecchio Tarif.

Con lui c'era mio padre Hassim.

Li vidi e mi s'allargò il cuore. Un senso di tranquillità mi si diffuse nelle vene.

Mi feci loquace, faticavo a stare fermo.

Provai a sbracciarmi, ma quei due stavano come sempre parlando di qualcosa. Attendevano che si liberasse il porticciolo per avvicinarsi.

"Non c'ero mai venuto, di mattina," dissi.

"Io sì," rispose Ahmed. "Qualche volta ho accompagnato mio padre alla grande città."

Il motoscafo dei Neri, che fino ad allora s'era mantenuto lontano, nel frattempo era finito vicino all'assembramento.

Non avevano dovuto virare e controvirare per fermarsi: avevano invertito la rotazione del motore e l'avevano spento.

Avanzavano piano, silenziosi, sfruttando l'inerzia, come un grande pesce predatore.

Chi non li avesse sentiti arrivare, probabilmente non li avrebbe notati.

Ahmed girò un po' la vela maggiore verso vento, lentamente il *dhow* iniziò a portarsi con la prua verso la poppa del *dhow* di Tarif e mio padre.

Pensai che Ahmed volesse avvicinarsi a salutarli, ne fui sollevato.

Non era così.

Fermò nuovamente la barca. Tirò una cima e issò sull'albero maestro la banderuola rossa che aprivamo quando volavamo sull'acqua. Cosa stava facendo? Si annoiava? Non riuscivo a capire.

I Neri, alle nostre spalle, avanzavano silenti.

Lentamente finirono col mettersi proprio dietro di noi, a una cinquantina di metri dalla nostra poppa.

D'un tratto parve che le prime barche, là in fondo, verso la terraferma, iniziassero un timido moto d'attracco: forse qualcosa al porticciolo s'era mosso.

Senza preavviso, Ahmed si mise ad armeggiare con la rete da pesca che aveva lanciato in tutta fretta sul fondo dello scafo.

Cercò di coglierne i due capi maestri, desistette, l'acciuffò in tutta fretta e con due balzi fu a prua.

Continuava a non parlarmi, quasi fosse lì da solo.

Io, per bilanciare la barca, fui costretto a fare gli stessi due balzi al contrario, verso poppa.

"Vuoi pescare?" domandai. "Se vuoi pescare è meglio se non stiamo in coda a tutti, ma ci spostiamo un po' al largo."

Non rispose.

Dal colmo della prua, le dita dei piedi fuori dal bordo dalla barca, Ahmed compì il mezz'arco con le braccia e scagliò la rete in mare, proprio davanti a noi.

La rete, ancora avvoltolata, finì a metà strada tra noi e il *dhow* di Tarif.

Mi sembrò che in quel momento mio padre si girasse verso di noi, attratto dal gioioso baccano dei piombini contro le onde.

Ma non ne ero per niente sicuro, il mare rimandava una luce accecante.

Ahmed mi chiese di prendere l'altra rete e di lanciargliela. Anche quella era stata ritirata alla bell'e meglio, era tutta un groviglio di corda e piombini. Prima di passargliela, mi sedetti sul fondo dello scafo a scioglierla. Ahmed perse la pazienza e mi urlò di lanciargliela comunque, andava bene così. Tentai di ribattere, s'infuriò.

Gli tirai la rete chiusa come un pallone.

L'afferrò al volo e la gettò in acqua così com'era, ancora in direzione del *dhow* di Tarif.

Quando toccò il mare generò un rumore sordo. Quel groviglio pian piano affondò, poi riemerse, cullato dalle brevi onde. Così era impossibile pescare.

Cosa stava facendo?

A un tratto i Neri alle nostre spalle accesero il motore.

In un attimo ci raggiunsero e ci sorpassarono.

Andarono a fermarsi tra il nostro *dhow* e quello del vecchio imam, proprio accanto alle nostre reti.

Ahmed a quel punto sembrò impazzito.

Corse ad acciuffare il mezzomarinaio incastrato sul fondo dello scafo, si sporse dal bordo di prua e recuperò rapido le due reti.

Quindi iniziò ad armeggiare anche con le vele, per riaprirle.

Io stavo piantato al centro dello scafo, inutile.

Non ebbi neppure il tempo di provare a gridare un saluto a mio padre che già eravamo andati.

Con il vento questa volta in poppa, le due vele spiegate da un lato e dell'altro come le orecchie di un elefante, prima ancora che potessimo rendercene conto fummo di nuovo al di là della punta orientale.

In lontananza si scorgeva il dolce profilo della nostra piccola isola.

Accadde qualcosa, ma accadde troppo velocemente. Non mi accorsi di niente. Eravamo già andati.

11.

Il patto

La tempesta fu inattesa, infinitamente più devastante. Quello stesso pomeriggio giunse al villaggio, trasportata dal corto tiro dei fiati della gente, la notizia che il vecchio Tarif era stato rapito dai Neri.

Mio padre fu portato all'ospedale della grande città, lo costrinsero i pescatori che avevano assistito al rapimento. S'era rifiutato, ce l'avevano condotto a forza.

Era rimasto illeso, neppure un colpo era stato sparato, non si era consumata nessuna violenza. Ma, una volta solo sulla barca, aveva vacillato ed era crollato sul fondo dello scafo.

All'ospedale lo visitarono e dopo poco lo lasciarono tornare a casa.

Quando arrivò ci trovò lì, mia madre piangeva su quello che di notte diventava il mio letto. Piegata, le mani dentro i capelli di corda, emetteva piccoli singhiozzi soffocati. Non si dava pace. Era la prima volta che la vedevo piangere.

Quando mio padre entrò corse ad abbracciarlo.

"Stai bene, *habibi*, amore?" gli chiese.

"Sto bene, *habibi*," rispose triste mio padre. "Se lo sono preso. Non sono riuscito a fare niente."

"Come avresti potuto, *habibi*? Riposati. Il mio amore per te è grande."

Hassim sorrise. "Ho fame," disse.

La stuoia, per terra, era già pronta. Mia madre non aveva

aspettato che quel momento. Aveva pregato Allah che quel cibo fosse consumato.

"Ci sono uova e riso con sugo di carne di capra. *Habibi*, se vuoi verdura, o frutta o pesce o altro, vado a prenderlo da Ghalya."

Mai avevo sentito mia madre usare parole così affettuose con il vecchio Hassim, né avevo mai visto tanta premura nei suoi confronti. Mai, davanti a me, si erano lasciati sfuggire intimità.

"Va bene il riso," rispose di nuovo cupo mio padre.

Ahmed, nei giorni seguenti, sparì.

Tutti vennero in processione a trovare mio padre, unico testimone del rapimento.

Venivano, la sera, per farsi raccontare ancora e ancora l'accaduto, se c'erano probabilità di rivedere Tarif, se secondo mio padre lo avevano ucciso, oppure dove l'avevano portato.

Lui non aveva risposte.

Persino Said, il suo signore, era venuto. Era stato tra i pochi a non portare nulla con sé, non un pensiero, neanche una parola di conforto. Entrò, disse poche frasi di circostanza e andò via.

Ahmed, invece, niente.

Si aggirava per il villaggio in preda a un'agitazione incontrollata, prendeva il *dhow* da solo e stava fuori pomeriggi interi lottando contro il vento più furioso.

Andava a cercare le raffiche più violente: sfidava la morte lasciando che arrivasse trasportata dalle correnti.

Non arrivò.

In compenso, due volte capovolse il *dhow* in acqua e impiegò ore a rigirarlo, perdendo tutto ciò che era contenuto nella larga pancia di legno.

Mi evitava. E io evitavo lui.

Dopo quella mattina non c'eravamo più visti.

Io avevo quasi perso la parola.

In casa non parlavo più, e di uscire non avevo voglia.

La mattina non andavo alle lezioni. Durante i pasti, non avevo aneddoti da raccontare.

Karima, che si faceva sempre trovare nello slargo appena dopo il pranzo per iniziare a trafficare con le essenze di mia madre, non sapeva più come farmi parlare. Non c'era verso.

Tutti si convinsero che il mio silenzio diceva il mio amore per un uomo che prima di allora non avevo mai dimostrato di amare troppo. Certo, ero preoccupato per Tarif, ma in mente avevo altro.

Trascorrevo ore sdraiato nell'amaca. Fissavo il cielo e non pensavo a niente. Cosa significava sottomissione, mi chiedevo? Perché mi sentivo così sottomesso nei confronti del mondo? Qual era il segreto di quella parola che dava il nome all'Islam?

Mio padre s'era accorto del mio mutismo, e una mattina mi chiese se volevo accompagnarlo a pesca.

Rifiutai.

Me ne pentii subito. Non ero più tornato in barca da quel giorno, forse il vento m'avrebbe aiutato.

Quando, la sera, il vecchio Hassim rincasò dalla pesca stringendo la rete con i pesci per Said, sciolsi infine il silenzio.

Gli chiesi perché avesse scelto il mare.

"Padre, perché ami il mare?"

"Chi ti dice che lo amo?" fu la risposta.

"Lo so, lo capisco," dissi.

Mio padre stette in silenzio. Poi parlò. "Forse, perché se volesse potrebbe prendermi."

"Perché siete tu e lui soltanto, e nessun altro vi è testimone?" chiesi.

Mio padre rispose. "Il vento ci è testimone."

Era appena arrivato dalla spiaggia, curvo in avanti; come sempre, era passato da casa per lasciare a mia madre il pesce in più che aveva pescato, così che lo preparasse per cena o andasse a scambiarlo con riso o uova o carne o verdura, al bazar o da qualche vicina.

Lo incalzai, così mio padre rimase fermo, a qualche passo dalla porta di casa, in mezzo allo slargo, girato verso l'amaca che aveva piantato perché io potessi starci sdraiato. Era stanco dopo una giornata di lavoro.

"A parte il vento, dico," insistetti. "Così che non ci siano testimoni oltre al mare e al vento e tu possa sentire forte tutta la tua vita? È così?" Non gli avevo mai posto domande tanto sciocche.

"Cosa dite voi, là fuori?" La voce di mia madre giunse da dentro casa.

Mio padre mi chiese di accompagnarlo da Said con il pescato.

Dissi che no, non ne avevo voglia.

Fu dopo qualche giorno che scoprii che il fucile di Said era tornato al suo posto già da un pezzo.

Lo seppi direttamente dalla bocca di Said, una notte, all'uscita dalla moschea, e fu come se crollasse l'universo.

I fedeli avevano deciso di continuare a riunirsi per la preghiera collettiva anche senza l'imam: la moschea non si poteva tenere vuota, era il cuore della *Ummah*.

Io ero acquattato e spiavo mio padre, cercavo di studiare il mio futuro nei suoi gesti. Da quando c'era stato il rapimento, Said era un poco più gentile: ogni tanto gli rivolgeva la parola anche senza dare ordini. Quella sera, mentre mio padre lo aiutava con i sandali, lo udii.

"Ogni famiglia dovrebbe essere armata," disse Said.

Parlavano, come ormai tutta la gente del villaggio, della presenza incombente dei Neri.

"Voi avete un fucile?" domandò.

Mio padre scosse la testa senza alzare lo sguardo. Odiavo quando lo faceva. Quello era il modo in cui l'uomo di legno – come tutti lo chiamavano al villaggio per via del viso rugoso – mostrava la sua dignità: piccoli movimenti appena percettibili, occhi bassi per evitare ogni contatto d'intesa col padrone.

A me, invece, sembrava sottomesso.

"Dovreste averne uno anche voi," continuò Said. "In ogni casa ce ne vorrebbe uno. Possono arrivare in qualsiasi momento, ormai entrano, controllano i mobili, se sono troppo sfarzosi, controllano la musica, i libri, le vesti... Volgari servi! Se ognuno avesse almeno un fucile potremmo decidere di fargliela vedere tutti insieme. Io ne ho uno da caccia, l'ho sempre tenuto al sicuro nella mia casa. Da quando Tarif è stato rapito, ogni sera faccio esercizio." Conoscevo ogni parte di quel fucile, il modo in cui il calcio s'incastrava tra spalla e mento, la sensibilità del grilletto, la traiettoria delle canne. Mio padre non aveva mai sparato un colpo in tutta la sua vita. "Lo tengo carico."

Said aveva soltanto un fucile, di questo ero certo. Mille volte con Ahmed avevamo sperato che gli venisse voglia di comprarne un altro. Avremmo potuto sparare insieme.

Le gambe cedettero, il mio fragile cuore si lamentò: Ahmed m'aveva mentito.

Era riuscito a recuperare il fucile e l'aveva rimesso al suo posto.

Non me l'aveva detto. Avrebbe dovuto essere la sua prima parola.

Forse allora i Neri gliel'avevano restituito in cambio di un favore? In tal caso, il suo silenzio per tutti quei giorni ne era la dimostrazione.

Perché altrimenti avrebbe dovuto evitare la mia compagnia?

Perché nascondermi che il fucile era tornato a casa?

Forse, allora, su alla vecchia moschea, era il nome di Tarif che aveva udito prima di mandarmi via?

Poi, quel comportamento assurdo la mattina del rapimento. Forse aveva buttato le reti in acqua in fretta e furia non per pescare, ma per comunicare con i Neri, per indicare loro qual era la barca di Tarif. Se era così, allora forse non era andato a riprendere il fucile: glielo avevano reso.

Il pensiero che Ahmed avesse aiutato i Neri a rapire il vecchio Tarif, e che quando era successo io fossi sul *dhow* insieme a lui, mi provocò una fitta al petto.

Aveva creduto di potermi nascondere tutto.

Non ci era riuscito.

Il pomeriggio seguente andai a trovarlo. Avevamo infatti smesso da un po' di condividere le lezioni.

Come sempre m'accolse la madre di Karima. Domandai di Ahmed, disse che doveva essere nella sua camera. Le chiesi se poteva andare a dirgli che ero di sotto.

Quando arrivò, giù dalle scale, era tranquillo.

Mi fece cenno di seguirlo nel giardino.

Ci sedemmo su un divano a dondolo sotto il fitto pergolato verde. Di fronte a noi, al centro del giardino, svettava la fontana rossa che suo padre aveva fatto arrivare dalla Mecca. Era rivestita di ceramiche pregiate, finemente dipinte.

"È da molto tempo che mi eviti," dissi.

Ahmed non rispose. Guardava in basso, con un piede faceva oscillare il dondolo.

Alla fontana era silenziosamente arrivato Malcolm, il gatto persiano.

Ahmed lo chiamò. L'animale s'avvicinò e sembrò fissarmi, poi continuò la sua passeggiata attorno alla fontana.

"Sei l'unico che sa," disse Ahmed a bassa voce. M'aveva letto nel pensiero. Si guardò intorno, per accertarsi che nessuno ci sentisse.

"Perché?" gli chiesi.

Finalmente mi guardò negli occhi.

"Il fucile."

Questa volta fui io a distogliere lo sguardo.

"Adesso puoi tradirmi," disse Ahmed. "Ti puoi vendicare."

Trattenni le lacrime. "Di cosa?"

"Di tuo padre," rispose. "Quando si saprà cosa ho fatto, mio padre lascerà il villaggio. *Haram* cadrà sulla mia famiglia. Già qualcuno, al villaggio, sospetta di me, qualcuno che era in mare. Mio padre mi ha parlato. Ma io ho negato sempre."

"No," riuscii a dire. "Non ti tradisco."

Mi guardò. I suoi occhi adesso erano supplichevoli.

Era certo che non stessi mentendo. Mi conosceva da quando ero nato, sapeva riconoscere in me ogni minima vibrazione.

Piuttosto che tradirlo, sarei morto con quel segreto in fondo al cuore.

"Conserva il silenzio, e sarai salvo," promise. Di nuovo il luccichio di un tempo.

Non avevo pensato al fatto che ce l'avevo in pugno, per la prima volta. Era stato lui, con quell'ultima frase, ad aprire quel varco sconosciuto.

Sarò salvo. Porto un segreto. La mia anima è più pesante, ora. Tutte queste cose insieme pensai, seduto su quel dondolo.

Non ne avrei mai parlato con nessuno.

Non per il peso che adesso sentivo sul cuore e nelle viscere, ma perché era impensabile tradire il mio migliore amico e il mio signore. Anche se si era macchiato di una colpa atroce.

Avrei portato quel peso con me. (ato)

Ahmed era mio amico.

passive

La vita si muove in direzioni che non sono soltanto nostre, questo m'insegnò quel fardello.

Ciò che accadde dopo il patto fu che io e Ahmed non fummo mai più servo e padrone.

Da quel momento, da quell'istante dentro il suo giardino, alla presenza del suo gatto Malcolm, fu come se il servo fosse anche padrone e il padrone anche servo.

Non ci furono altre parole, ma quella consapevolezza

s'installò sul dondolo, in mezzo a noi due, come un'invisibile presenza.

Per la nostra vita cominciava un nuovo corso.

Fu un fucile a separarci.
Da quel giorno, cominciai a scegliere.

12.
La scelta di Ahmed

L'assenza di Tarif cambiò la vita del villaggio.

Oltre a essere il capo religioso della comunità, il vecchio Tarif ne era stato il perno silenzioso. Il custode discreto. La sua presenza assicurava che anche in mare aperto ci sarebbe stato un attracco sicuro.

Senza questa certezza, la comunità vacillò.

Iniziò a fare come una colonia di formiche quando la tana è assediata. Si spostava a scatti, frenetica. Era il caos.

Tutti si aggiravano alla ricerca di qualcosa che non c'era più, replicando gesti usuali, ma senza intenzione.

Lo stesso valeva per me e Ahmed.

Non smettemmo di fare ciò che sempre avevamo fatto.

Il giorno dopo il nostro incontro nel suo giardino, per un tacito accordo ci comportammo come se nulla fosse mai accaduto.

Riprendemmo le lezioni, quella mattina andai a casa sua. La madre di Karima m'accolse e mi introdusse nel salone al piano superiore.

Il pomeriggio uscimmo in mare con il *dhow*.

Se qualcuno avesse avuto cuore e tempo d'osservarci, non avrebbe percepito alcun cambiamento. Eppure, a uno sguardo più attento, avrebbe notato che i nostri movimenti avevano perso fluidità.

Quella presenza era sempre in mezzo a noi, non andava via.

"Ti bagni?" mi chiese Ahmed, al largo, il *dhow* in stallo per la pesca, le vele ammainate.

Lo guardai, era una delle poche parole che c'eravamo rivolti in tutto il giorno. Suonò strana.

Mai, fino ad allora, c'era stato bisogno di domandarlo. Uno dei due s'era sempre buttato, seguito a ruota dall'altro. Vinceva chi riusciva a ritornare a bordo per primo. Dalle due parti opposte gridavamo insieme "Vai!", poi facevamo a chi risaliva prima.

Invece, quella domanda. *Ti bagni?*

"Non so," risposi. "Oggi non ne ho molta voglia."

Guardai dritto davanti a me, il sole aveva preso la sua traiettoria bassa per infilarsi sotto il mare. Davanti ai miei occhi partiva un'infinita striscia di luce.

"Io sì."

Si lanciò.

La barca ebbe uno scossone, nel momento in cui i piedi si staccarono dal bordo facendola oscillare.

Ahmed nuotava con foga, veloce, dietro di sé aveva aperto una scia che andava allargandosi.

La barca, nel frattempo, aveva ritrovato la pace.

Ahmed si fermò: non mi arrivavano più i tonfi delle sue bracciate.

Guardai.

La testa era un puntino lontano.

Anche lui guardava verso di me.

Non alzò un braccio, non gridò niente.

Il villaggio aveva perso parte del suo colore.

Il mondo aveva perso parte del suo odore.

Fu una cosa naturale, non calcolai niente, ma il mio bisogno di dividere il tempo con qualcuno mi portò a rafforzare l'amicizia con Karima. Fu la delusione a spingermi all'apertura. Era sempre a casa mia, e non aveva smesso un giorno di cercarmi.

Finii col darle retta.

Aveva preso a parlare molto, come mai prima di allora.

Una volta la portai alla mia spiaggia segreta. Era un luogo tutto mio. Un posto in cui andavo soltanto io quando volevo isolarmi.

Come tutti al villaggio, Karima sapeva che esisteva ma non ci era mai stata. Di generazione in generazione, se n'era parlato come di un luogo leggendario. Si diceva fosse una delle più belle spiagge al mondo, proprio perché era inaccessibile. Si diceva che Allah, per proteggerla, avesse chiesto aiuto al mare, che ne serrava le acque, e alla terra, che s'era compressa fino a generare quell'impervia parete di roccia aspra e acuminata.

Leggende.

Scalarla era possibile, lo facevo da quando avevo sette anni, quasi una sfida al mio cuore guasto.

Camminammo le due ore che occorrevano per raggiungere l'altro versante dell'isola. Karima mi prese per mano, io la lasciai fare.

Quando fummo ai piedi della parete di roccia che sembrava invalicabile, presi Karima sulle spalle. Ce l'avremmo fatta.

Le dissi di chiudere gli occhi e di lasciarsi portare.

Ai piedi avevo i soliti sandali di gomma trovati un giorno di tanti anni prima in una spiaggia per stranieri. Senza, non avrei mai potuto far presa sulla roccia tagliente.

Il cuore batteva calmo e regolare.

In mezz'ora scavalcammo il crinale.

La discesa sarebbe stata più delicata. Dovevo rimanere concentrato.

Quando dissi a Karima che adesso poteva guardare, non credette ai suoi occhi. La cala era in ombra come sempre, prendeva il sole soltanto per un paio d'ore al mezzogiorno. La piana di mangrovie, la spiaggia e il mare erano immobili.

Volle fare il bagno.

Poteva farlo senza paura che spuntassero i Neri e la bastonassero in mezzo alla spiaggia.

Lì non sarebbero arrivati.

Fummo uniti come mai eravamo stati prima.

La mia vicinanza con Karima finì per allontanare di più Ahmed. Non avevamo mai parlato di Karima in tutta la nostra vita, di sicuro mai in un certo modo. Ma in quelle settimane nuove facemmo anche quello. Fu lui ad attaccare.

"Di cosa stai parlando?" domandai.

"Di Karima. Di te e Karima."

"Cosa ti viene in mente?"

"Eppure lo sapevi!"

"Cosa?"

"Che un poco mi piace. Anche se è una serva."

"Non è quello il modo in cui sto con lei," dissi in fretta. *Anche se è una serva.* Una serva come me.

"Fa' come credi" fu la sua risposta.

Di lì a poco Ahmed avrebbe compiuto diciott'anni, e mai aveva avuto uno scambio con una donna.

Diventò intrattabile.

Prese a non farsi trovare.

Per un po', decisi di smettere di andare da lui per le lezioni.

La freddezza s'era trasformata in ostilità.

Non avevo fatto nulla perché accadesse. Era Ahmed che aveva frainteso. O forse aveva ragione, forse a Karima piacevo. Ma questo non m'impediva di passare del tempo con lei.

Ahmed si ritrovò isolato.

Non volle nemmeno festeggiare il compleanno. Molte volte avevamo immaginato quanto grande sarebbe stata quella festa. Se ne sarebbe parlato per anni, diceva lui.

Non si fece nulla.

Suo padre e sua madre non capivano cosa gli fosse accaduto.

Nel tempo in cui io avevo trovato una compagna in Karima, Ahmed era rimasto solo.

Sentivo che qualcosa in lui si stava trasformando, ma non

avrei mai immaginato che già da molto tempo covasse la sua trasformazione, a quel punto quasi compiuta.

Accadde senza avvisare, come un terremoto.

Diciottenne, Ahmed annunciò ai suoi genitori la decisione di arruolarsi nell'Esercito Regolare.

Combattere i Neri sarebbe stata la sua ragione di vita.

Lo annunciò a loro, all'improvviso, e fu realtà per tutti.

Quando venni a saperlo, il mio mondo cambiò per sempre. Karima pianse un giorno e una notte, senza sosta.

Vani furono i tentativi di sua madre e di suo padre di fermarlo.

Niente poteva essere fatto.

Quella decisione era l'unico mezzo per ritrovare la pace con se stesso.

Una domenica di fine estate, al tramonto, chiese al padre di Karima di preparare il *dhow* e di condurlo alla terraferma.

Avrebbe raggiunto la grande città, e lì sarebbe diventato soldato.

A me non aveva detto niente.

13.

In fondo al molo

Di Ahmed nessuno seppe più niente.

La sua partenza improvvisa fu per me un lutto non consumato sino in fondo.

Quella sera di fine estate, con il sole al tramonto, la voce si era diffusa in fretta tra le basse case di lamiera della nostra comunità.

Non avevo avuto il coraggio di dire una parola.

Avevo seguito Ahmed e il padre di Karima fino al molo.

Forse m'aveva visto, forse aveva sentito la mia presenza silenziosa dietro di sé, ma aveva percorso la strada senza dire una parola, teso verso l'ignoto del suo futuro.

Io invece studiavo il suo viso: non mostrava traccia di sofferenza o di incertezza. Ahmed avanzava tranquillo incontro al nuovo destino con mite concentrazione.

Conoscevo quell'espressione. Conoscevo tutte le sue espressioni, la mia vita era stata con lui. Era assorbito, era attento.

Attendeva grandi cose.

Sulle spalle aveva uno zaino nero in cui doveva aver cacciato poche cose.

Pensai al nostro bossolo, mi domandai se lo avesse con sé.

Fui preso da un fremente spasimo di correre da lui, scuoterlo per le spalle e domandarglielo.

Non lo feci. Il bossolo c'era, ne ero sicuro, per niente al mondo lo avrebbe lasciato alla sua vita precedente; la paura era che m'avrebbe guardato come un estraneo. Sapevo tutto della sua anima, e quella era già altrove.

Non si girò una sola volta verso il villaggio, non per salutare suo padre, non per salutare altri.

Alcuni s'erano raggruppati al molo. Lo guardavano sospesi.

La madre, disperata, s'era chiusa in casa. Erano ore che piangeva nel buio della sua stanza. In cuor suo, piangeva già la morte del figlio. Morte al fronte, morte violenta per mano di Neri. Ma anche morte per sottrazione, sparizione del figlio dalla sua giurisdizione.

In breve furono nel *dhow*.

Ahmed ci balzò dentro dopo aver lanciato lo zaino in un angolo.

Il padre di Karima, al centro della barca, si dava da fare.

Issò rapido le vele.

Tante volte c'eravamo stati noi due, là dentro. Quello era il timone della velocità. Ahmed me l'aveva fatta conoscere. Ed era stato il timone di una fuggevole felicità.

Le vele iniziarono a gonfiarsi.

Impercettibilmente, ineluttabilmente, la barca si staccò dal molo.

Non un rumore, soltanto il peso del sole che, basso, si andava schiacciando contro il mare, spargendo tutt'attorno il suo rossore.

Il vento fresco della sera faceva sentire la sua voce.

Il giorno volgeva al termine, questo era il messaggio.

Una nuova notte s'andava preparando.

Del *dhow* rimase una lunga scia argentata sull'acqua.

Poi anche quella si fece indistinto mare.

Rimanemmo in piedi, silenziosi.

Tutti in attesa, nell'illusione che il quadro si sarebbe ricomposto.

Nessuno s'azzardò a portare un'azione dentro quello scenario. Dovevamo restare sospesi per sempre. Ahmed non se ne sarebbe mai andato: sarebbe stato, all'infinito, sul punto di andare.

Un solo movimento, invece, avrebbe decretato l'irreparabile.

Soltanto una persona aveva il diritto di compierlo.

Said tossì, davanti a tutti. Tossì e parlò.

"Ahmed è andato," disse.

Karima era di fianco a me. Ci tenevamo per mano. Aveva il volto rigato di lacrime e contratto dalla sofferenza.

Gli occhi fissi sul mare, disse qualcosa che non capii.

Ripeté: "Andiamo alla tua spiaggia".

"Adesso?" Non ci ero mai stato al tramonto. Bisognava stare attenti, senza luce sarebbe stato impossibile affrontare il monte.

"Adesso," disse lei.

Come una coppia di gemelli orfani del terzo, ci avviammo a passo svelto verso il sentiero che portava al monte.

Ci sdraiammo sulla spiaggia, abbracciati.

In silenzio Karima pianse la fuga di Ahmed.

Sentii il suo respiro farsi lento e regolare. Respirava come una bambina, anche se già era donna da anni. Le forme erano piene, le sentii forti contro il mio corpo.

Poi mi spogliai, mi buttai in acqua.

Era ancora calda, aveva fatto scorta del sole del giorno.

L'ultimo sole che Ahmed aveva visto sorgere sul nostro villaggio.

14.

Perdita

La mattina, quando rientrammo al villaggio, si scatenò la tempesta.

Mia madre non era in casa, la trovai nella piazza, correva fuori dalla moschea, lei che mai l'aveva frequentata. C'era anche mio padre, che stranamente non era ancora uscito per la pesca.

Al mio passaggio, la gente del villaggio si scostava, come davanti al portatore d'una tremenda malattia.

Mia madre m'acciuffò per i capelli e mi tirò verso casa. Per la strada urlò cose tremende, che mai le avevo sentito pronunciare: che tutto il villaggio vedesse come lei e mio padre mi trattavano.

Una volta dentro casa, mia madre parlò. Mio padre stette in silenzio per tutto il tempo, assorto.

Un biglietto era stato trovato quella mattina sul pavimento della moschea. Era firmato da Ahmed.

Diceva che ero stato io a tradire il vecchio Tarif.

Per non avere più niente a che fare con me era stato costretto a scappare, ad arruolarsi nei Regolari. Said, il padre, era accorso e aveva portato il biglietto all'ingresso del bazar. Lì, l'aveva letto ad alta voce, che tutti conoscessero la verità. Poi, pubblicamente, l'aveva bruciato, dicendo che lui e la madre di Ahmed mi perdonavano: ero solo un piccolo servo che non sapeva distinguere il bene dal male.

Mia madre, parlando, guardava a terra. Anche mio padre teneva gli occhi bassi.

"Non sono stato io," dissi.

"Lo so," rispose subito Fatima la fiera. "Gli spiriti me lo giurano."

Mio padre mi guardò negli occhi, e io seppi che anche lui conosceva la verità.

Fatima alzò lo sguardo. "Qualcuno ha addossato la colpa a un servo, sapendo che non può difendersi." M'abbracciò. "Nessuno al villaggio crede alla tua colpa. Ma è ciò che il villaggio vuole, perché la pace sia mantenuta. È il destino degli ultimi, portare le colpe dei primi."

"Voglio essere primo!" gridai, poi m'afflosciai a terra, per il dolore al petto. Un battito s'era perso chissà dove.

Ahmed, il mio amico migliore, colui con il quale avevo diviso la vita, colui che m'aveva fatto incontrare la felicità, m'aveva tradito.

Faceva mille volte più male del giudizio del villaggio.

Non dissi a mia madre e a mio padre che il vero colpevole era proprio Ahmed. Chiesi invece che mi lasciassero solo.

Soltanto io sapevo la verità.

Era il mio peso, il mio destino.

Ahmed aveva voluto che fossi io a portare la colpa per l'intera comunità.

Aveva tradito me e aveva tradito noi, aveva tradito la nostra unione, la nostra amicizia. Aveva tradito gli anni in cui eravamo cresciuti insieme.

Tutto quel peso generò nel mio corpo effetti imprevisti.

E il tradimento, anziché fiaccarmi, finì per rinforzarmi: m'insegnò il potere della sopportazione.

Grazie ad Ahmed, imparai a essere invincibile.

Andai al mare, presi il bossolo di Ahmed, che avevo sempre portato con me, e lo lanciai in acqua. Per me era come se il mio migliore amico fosse morto. Fui certo che la promessa di felicità che mi aveva fatto Tarif era falsa. Il mio cuore diviso in due non avrebbe mai trovato pace.

Il tradimento aveva generato uno spazio vuoto nelle mie viscere. Quello spazio fu riempito da una nuova potenza.

A casa, quella mattina, fui assalito dalla febbre.

Mai avevo provato spasmi così violenti, mai avevo sentito i brividi al contatto con la mano di mia madre.

Trascorsi due intere giornate in preda alle allucinazioni.

Udivo suoni che nessuno aveva prodotto, vedevo colori, forme, oggetti che esistevano soltanto nella mia mente, sentivo odori acuti e insopportabili che non erano da nessuna parte.

Il terzo giorno la febbre calò. Di pomeriggio, mia madre uscì insieme a Karima per vendere i suoi oli.

Mentre combattevo tra il sogno e la realtà, dalla tenda dell'ingresso entrò un'ombra.

Stavo nel mio giaciglio, in un angolo.

Ogni casa nel villaggio era aperta, era normale che si entrasse senza chiedere permesso.

Il sogno e le allucinazioni m'offuscavano la vista.

L'ombra era una donna alta e velata, alla maniera dei Neri. Soltanto gli occhi e la voce erano scoperti.

Non la riconobbi, non sapevo chi fosse.

Quando scostò la tenda, la luce m'accecò tanto da togliermi la vista.

L'alta presenza s'avvicinò al mio letto e si inginocchiò.

Mi voltai verso di lei, tutto ciò che vidi furono fiammanti occhi neri, profondi come un abisso. E lunghissime ciglia scure, arcuate: uncini.

"Sei bello," disse. "Sei bello," ripeteva.

Mentre lo diceva mi toccava la fronte, mi tastava il viso.

"Sei caldo, sei bollente," disse.

Era una presenza demoniaca.

Iblis si era materializzato accanto al mio letto.

Non aveva inviato il suo più fidato *jinn*, era venuto in persona, per prendermi.

Sentii la fine vicina.

Era la punizione di Allah per non aver raccontato alla *Ummah* della complicità di Ahmed nel rapimento di Tarif. Allah voleva la mia fine.

Le mani della donna erano veloci, accarezzavano il mio petto nudo, infuocate. Generavano brividi mai provati, tastavano la cicatrice.

"Questa cicatrice," disse la sua voce, che si faceva sempre più profonda. "Quante volte l'ho ammirata."

Le mani mi toccavano, passavano svelte dal petto alle gambe nude, e ne misuravano i confini, ne calcolavano la superficie.

"Sei bello," ripeteva la donna demoniaca. "Il più bello. Sei bellissimo."

La mano andò a posarsi sul centro d'equilibrio del mio corpo; trovò il modo segreto di alzare il mio peso con la forza di un solo palmo. Mai nella vita m'ero sentito così totalmente affidato. Quelle mani m'avrebbero ucciso, ma lo avrebbero fatto dolcemente.

Il vortice fu fortissimo. Mi liberai di me stesso e seppi cos'era essere uomo: una perdita. Usò la tunica per pulire le tracce della mia maturazione.

D'un tratto, silenziosa com'era arrivata, andò.

Era *haram* ciò che era accaduto.

Non era la morte, ma qualcosa che le somigliava.

Era venuta per portarmi dentro il regno di *haram*, com'era accaduto al primo sangue di Karima, su quello stesso letto.

Il pomeriggio dopo l'ombra ritornò, e ripeté l'incantesimo.

La febbre stava per andare via, la liberazione del giorno prima m'aveva guarito.

Quando, puntuale, vidi alto il suo profilo stagliarsi dentro la luce che filtrava dalla tenda sollevata, finsi la malattia. Ricalcai i versi che avevo emesso in preda alle allucinazioni.

Lasciai che le mani mi portassero piacere.

Il giorno seguente l'attesi, ma l'ombra non giunse.

Non venne più.

In cuor mio ringraziai la mia stirpe: eravamo servi destinati a portare la colpa, ma eravamo belli.

Da quel giorno la mia bellezza, così come la sopportazione, divenne potenza.

Quelli, seppi, erano i miei poteri.

Forse gli unici che avrei mai potuto esercitare. Ma anche, sentii, i più forti.

Non m'importò più di portare la colpa a nome di tutti, non soffrivo più per il tradimento del mio migliore amico: perdendomi, m'ero ritrovato.

Avevo conosciuto la mia stessa potenza.

Portai Karima alla spiaggia segreta, nuotammo a lungo.

Nemmeno per un istante aveva creduto alla mia colpevolezza. Conosceva le leggi non dette del villaggio, sapeva che qualche ricco aveva usato un servo per proteggersi. Salvò anche Ahmed. Quella lettera, disse, non l'aveva certo scritta lui, un ricco doveva avere sfruttato la sua fuga.

Sapevo che non era vero, ma non dissi niente. Era stato Ahmed. M'aveva tradito.

Nonostante questo, io avevo giurato. Mai avrei fatto come lui: ero diventato uomo, ma mai avrei tradito il nostro passato.

Sulla sabbia, ancora in piedi, le raccontai di quell'ombra che m'aveva condotto nel regno di *haram*, facendomi diventare uomo. Ero impaziente.

"Ora ho la certezza che il potere è *haram*," le dissi. Proprio come aveva sempre detto Tarif. Solo un uomo di potere poteva tradire. Chi non conosce il potere, non conosce tradimento.

Karima non parlò, ostinatamente muta. Ci sedemmo uno di fianco all'altra.

Haram era dentro di me. Il tradimento di Ahmed e quell'ombra peccaminosa m'avevano aperto al potere di *haram*.

Lì eravamo soli.

Il corpo sodo di Karima improvvisamente iniziò a parlarmi come mai aveva fatto.

Mi strinsi a lei. Il seno era colmo, la maglia aderiva, bagnata. La strinsi più forte.

Di nuovo rimase di pietra.

Aveva diciassette anni, il suo corpo non conosceva mani d'uomo.

Quei seni erano duri come frutti di papaia maturi.

Karima prese a piangere piano.

"Non voglio," disse. "Non voglio che tu faccia così."

Ritrassi le mani, mi scostai dal suo fianco.

Fui colpevole e cieco.

Haram m'aveva reso potente e cieco.

"Non voglio," continuò a dire piano Karima, mentre le lacrime andavano a confondersi con le gocce del mare ancora sul viso. Era una bambina. Mi sentii un vigliacco.

"Perché lo hai fatto?" chiese.

Con l'espressione più feroce che le avessi mai visto, domandò: "Perché rovini tutte le persone che ti vogliono bene?".

Non era vero, era stato Ahmed a rovinare me.

Ma Karima non poteva saperlo.

Da quel giorno Karima smise di parlarmi, e io iniziai a portare anche il suo peso. Ero diventato uomo, avevo conosciuto il mio potere, ero condannato alla solitudine.

Scalando il monte per fare ritorno al villaggio, mai il contatto dei nostri corpi ci portò più lontano l'uno dall'altra.

Mai le due metà nemiche del mio cuore fecero sentire più forti le loro voci.

15.

Un profumo del tutto nuovo

Presi ad andare a pesca con mio padre.

Stare in mare con lui mi dava piacere e mi rilassava.

Sarei stato un pescatore. Il lavoro era duro.

Questa consapevolezza, che avevo sempre voluto respingere per lasciarla nel regno del possibile, finì col marchiare le mie giornate di un peso via via più gravoso.

Fui costretto a capitolare.

Avevo quattordici anni, una spanna più alto di mio padre. Era arrivata l'ora di sapere cosa sarei stato.

Un pescatore. Come lui.

Come lui, per tutta la vita avrei pescato per Said. Questo sapevo fare. Nient'altro avevo imparato.

Quella era l'arte di mio padre e, com'era nella natura delle cose, era giusto che divenisse la mia.

Misi da parte i pensieri di bambino, in cui avevo rifiutato la mia natura di servo.

Ora quella natura era me.

Non sarei più riuscito a vedermi in altro modo.

Ero servo, ma ero un pescatore.

E pescare mi dava gioia.

Mio padre non pescava con le reti, pescava con le canne. Con le reti si prendevano i pescetti che si muovevano a banchi, poco saporiti. Con la canna quelli grandi e gustosi.

Col tempo, imparai l'arte della pesca con la canna.

Soprattutto: imparai che pazientare è avere fiducia nel tempo. Imparai quella difficile arte.

Tutte queste cose complicatissime m'insegnò mio padre, senza dire nemmeno una parola. M'insegnò il mare, m'insegnò i pesci. M'insegnò il sole e le onde. M'insegnò il sale e la pesca. M'insegnò la pazienza. Tutto questo m'insegnò, senza mai aprire bocca. Mi parlò con i suoi gesti. Gesti che raccoglievano, come reti con i pesci, il peso dell'eredità del mondo e, senza nominarlo, me lo consegnavano.

Per settimane e mesi fummo in barca ogni giorno insieme, e per settimane e mesi non scambiammo neanche una parola.

Imparai a fare quel che faceva lui.

Finché tutto non divenne mio.

Un giorno, io e il rugoso Hassim tornammo prima dalla pesca.

Le sue braccia nodose reggevano la rete con sei grandi pesci king scuri che ancora, feroci, si dimenavano.

Era stata una buona giornata.

Lo spiazzo davanti alla casa era vuoto, andai a sdraiarmi sull'amaca.

Lo facevo sempre, al rientro dal mare. Stavo lì un poco, e pensavo.

Lasciavo che mio padre andasse alla casa di Said. Gridavo un saluto a mia madre, che di solito era dentro a cucinare, e rimanevo appeso.

Quel giorno arrivammo prima. Era raro che accadesse.

Chiamai mia madre, ma non arrivò risposta.

Era ancora fuori a lavorare.

Mio padre varcò la soglia con gli stessi passi pesanti di sempre, stanchi, larghi.

Appoggiò sulla stuoia la rete con i pesci. Dall'amaca, sentii il dolce tonfo degli animali.

Altri strani rumori provennero dalla camera in fondo.

Qualcuno si muoveva rapido.

Passi, un po' di concitazione.

Non capii.

D'un tratto, udii la voce di mio padre, da dentro la casa.

"Buongiorno, Said. Cerchi qualcosa?"

Said?

Cosa ci faceva Said in casa nostra?

Poi sentii altri passi, questa volta più veloci.

Riconobbi il suono degli zoccoli di mia madre.

Said, svelto, attraversò la stanza e uscì nello slargo, senza una parola.

Senza voltarsi, se ne andò rapido.

Accadde così, all'improvviso, un pomeriggio.

Il mio vecchio padre quel pomeriggio non parlò.

Da quel momento trasformò il suo mite silenzio in una totale assenza di parole.

Quella domanda nel vuoto fu l'ultima cosa che disse nella sua vita, con l'eccezione di sole due frasi, pronunciate molti anni dopo.

Buongiorno, Said. Cerchi qualcosa? Questa frase mi risuonò a lungo nelle orecchie.

Buongiorno, Said. Cerchi qualcosa?

Poi, basta.

Il suono della voce di mio padre si perse nella vastità delle onde del mare.

Mia madre cucinò in silenzio, mentre mio padre portava a Said i suoi tre pesci.

Non entrò in casa, quella sera, li lasciò davanti alla porta.

La nostra cena fu abbondante e saporita.

Nessuno parlò, tranne me.

Riempii quel vuoto con le mie chiacchiere vuote. Raccontai in che modo avessimo arpionato e poi caricato quei sei grandi pesci king. Feci diventare una fortunata giornata di pesca il più avvincente dei combattimenti.

Tentavo di attirare l'attenzione di mia madre, su mio padre sapevo che non avrei potuto niente.

Fatima la fiera, però, non mi guardava.

Quella sera il vecchio Hassim non andò alla preghiera della notte.

Verso le dieci, come sempre, fu la volta del sonno.

Feci caso a tutti i semplici rumori della loro svestizione, alle coperte, ai materassi.

Mai avevo udito suoni che provenivano da quella stanza: era la stanza della pace.

Si era tramutata nella stanza della guerra.

Nel mezzo della notte mia madre gridò parole.

Mi svegliai. Non volli sentire.

Soltanto una tenda ci divideva.

A parlare doveva essere mio padre, invece lui taceva; questo mi terrorizzò.

Odiai sentirla urlare. Mi turai le orecchie, infilai la testa sotto il cuscino di granaglie.

Mi parve di udire mia madre gridare il mio nome, mi parve di sentirlo più volte. Mi parve di sentire "...è salvo... Amal è salvo... Said lo ha...", ma era soltanto la mia immaginazione, io non c'entravo niente.

Non volevo ascoltare, continuavo a premermi le dita sulle orecchie.

Mio padre non rispose.

Infine mia madre si calmò.

Iniziò a parlare con i suoi *jinn*.

Da lì a poco sentii mio padre prendere sonno, russava leggermente.

Mia madre si mise a trafficare con le sue essenze e il suo piccolo alambicco.

Al mio giaciglio giunse l'odore di un olio che mai avevo sentito.

Un odore intenso, che parlava di malinconia.

Che ricordo voleva che serbassimo, la fiera Fatima, di quella tremenda notte?

Erano cannella e bacche nere, forse.

Mai aveva bruciato un olio così intenso, di quello ero sicuro.

Era un profumo del tutto nuovo.

Il giorno dopo mio padre, il vecchio e rugoso Hassim, l'uomo di legno, abbandonò la casa e il villaggio.

Cosa avesse visto entrando in casa, cosa avesse scoperto, per me fu un mistero che si sarebbe disvelato soltanto molto tempo dopo, e disvelandosi mi avrebbe cambiato la vita.

16.
La voce del mare

Mio padre, andandosene, lasciò tutto quello che avrebbe potuto lasciarmi.

Se anche fosse rimasto con me fino alla fine dei suoi giorni, non m'avrebbe lasciato un'eredità più grande o più varia. Me lo ripetevo ogni mattina, e avevo finito per convincermene.

M'aveva dato tutto.

Il passaggio di consegne, tra me e lui, era compiuto.

Mi lasciò il *dhow*, insieme all'occorrente per il mestiere di pescatore.

Mi lasciò una madre affranta e mai più la stessa.

Più di tutto, mi lasciò il peso di una servitù cui un tempo avevo guardato come la più misera delle condizioni al mondo.

Ero rimasto solo. Neanche Karima aveva mai più voluto parlarmi.

Rimanere solo, in un piccolo villaggio come il nostro, non era semplice.

Tutti mi salutavano, e io tutti salutavo. Nessuno più ricordava la falsa colpa che mi era stata addossata. Conoscevo tutti e ognuno per nome e dinastia, a casa di ognuno sarei potuto entrare e avrei potuto trovare alloggio, pasti caldi e un letto. La nostra *Ummah* era perfetta e ci si sosteneva gli uni con gli altri.

Ma ero solo negli affetti, negli amori.

Il mare divenne il mio alleato migliore.

Era col mare che ogni giorno parlavo per ore, e dal mare mi attendevo risposte.

Era col mare che mi offendevo quando, per le sue ragioni, non mi dava ciò che mi sarei aspettato, ed era per quell'enorme vastità che gioivo quando mi era amico.

Il mare mi dava pesci, il mare mi dava sole e vento.

Sempre uguale a se stesso, eppure sempre diverso.

In sé, mostrava la natura dell'universo e di tutte le cose viventi. Sulle sue acque avevo giocato con il vento e la velocità, avevo ricevuto l'amore e la sapienza di mio padre, avevo sognato guardando la linea che lo congiungeva al cielo e quella che digradava fino alla terraferma, dove un tempo era il villaggio e dove mai una volta nella mia vita di quattordicenne avevo messo piede.

Il mare m'aveva dato da vivere.

Tutto questo m'aveva dato il mare, ma mai una volta, quando ancora non ero solo, il mare m'aveva parlato.

Era accaduto una mattina presto, all'alba.

Avevo già preso da un po' di tempo, dopo la partenza di mio padre, a ripercorrere i suoi gesti, a ricalcare ciò che gli avevo visto fare o che sapevo avrebbe fatto.

Senza bisogno di parole, avevo assunto la sua eredità.

Andavo per mare la mattina all'alba, e ammazzavo i pensieri col lavoro. Mi distruggevo di fatica.

Tornavo la sera, da mia madre, stanco e con la testa vuota.

Una mattina accadde che il mare mi parlò.

Mi chiese chi ero, mai si era accorto di me.

Mi chiese quanti anni avevo, e di specchiare il mio viso nelle sue acque, così che potesse conoscermi.

Mi disse che ero grande, che il mestiere del pescatore era il più nobile della terra.

Da quel giorno, ogni giorno io e il mare parlammo.

Dialogavo con le onde. A volte, alla fine di una giornata, mi lasciavano domande.

Il mare era mio compagno.

La sera, al ritorno, come mio padre aveva fatto per anni, portavo il pesce a Said.

Arrivavo nella sua casa, stanco e a passi larghi e lenti per il dolore alla schiena e per il sale che induriva i vestiti e i movimenti, e venivo accolto al portone dalla madre di Karima.

Non c'era lei, non c'era Ahmed.

Said, se potevo, lo evitavo.

In più occasioni aveva provato a fare con me come aveva fatto con mio padre, ad aggiungere servitù alla servitù dei pesci.

M'aveva avvicinato, m'aveva convocato.

M'avrebbe voluto con la testa bassa, voleva considerarmi cosa sua.

Gli feci capire che non ci sarebbe riuscito.

Una sera si fece trovare al portone all'ora in cui di solito arrivavo.

Lasciai tre bei pesci grandi direttamente nelle sue mani. Guizzavano ancora.

Portava ai piedi costose scarpe occidentali. Mi chiese di legargli i lacci.

Rimasi fermo.

"I lacci," ripeté Said.

Era tre gradini superiore a me, sulla breve scala che conduceva al portone.

Lentamente guardai le scarpe e mi abbassai.

Con movimenti misurati e forti, le legai.

Parlai solo quando ebbi finito.

"Sono sporche," dissi. "Di polvere." Raccolsi catarro e sputai su tutte e due.

Due grandi chiazze si allargarono sulla pelle nera. Col bordo della maglietta le spalmai.

Poi alzai piano la testa e guardai Said da sotto in su come fosse l'istante prima di tagliargli il collo.

Non disse niente.

Mai più chiese di nuovo.

Mia madre, la fiera Fatima, più di tutti soffrì per la partenza di mio padre.

Cosa mai accaduta nella nostra stirpe, iniziò a dissipare la sua bellezza.

Avvenne piano piano, inesorabile, giorno dopo giorno.

La pelle iniziò a perdere splendore e compattezza, divenne secca, rugosa. I capelli si spezzarono e s'increparono. La bocca abbandonò l'aspetto da grassa rosa selvatica e iniziò ad avvizzire, ad assottigliarsi. Perfino gli occhi si spensero, presero una triste piega all'ingiù.

Fatima era irriconoscibile.

Ogni tanto la gente del villaggio, incontrandola al bazar o nei vicoli, non la salutava.

"Oggi non mi ha salutato Jasminah," diceva la sera, la testa china sul fuoco.

"Oggi al mercato è stata Ghalya a non riconoscermi."

Quasi ogni sera, quello era il resoconto vergognoso di cui metteva a parte l'unico affetto della sua vita.

Una volta soltanto provai ad accennare al motivo per cui mio padre ci aveva abbandonati. Si spense anche l'ultimo guizzo di luce nei suoi occhi.

Finì per piangere, e non disse una parola.

Non mi azzardai mai più.

La gente, al villaggio, diceva che l'uomo di legno portava il segreto.

Quando chiedevo quale segreto, si limitavano a ripetere: "Tuo padre porta il segreto. Per questo se n'è andato".

Mesi prima, un nuovo imam aveva fatto rifiorire la vita spirituale della nostra comunità.

Era un giovane, che arrivava direttamente da quella che tutti dicevano essere la migliore moschea e scuola per imam dell'intero paese. Alcuni, addirittura, dicevano del mondo intero.

In parte, quelle voci avevano un fondamento.

Secoli addietro, in quella moschea si erano radunati i

maestri della tradizione islamica. I più grandi imam della penisola arabica avevano studiato per anni all'interno delle mura e dei cortili di quella moschea.

Era chiamata la Grande Moschea del Deserto.

Shorsh, questo era il nome del nuovo imam, veniva da lì e, a differenza del compianto Tarif, aveva molta energia e molta voglia di cambiare il mondo.

Shorsh m'invitava spesso a fare due chiacchiere alla moschea.

Ogni tanto accettavo, tornando dal mare, prima della cena, oppure la notte, dopo la *salat*. Non avevo mai pregato in vita mia. Mai ero stato a una *salat*. Non avevo mai fatto *du'a* da solo.

Shorsh lo sapeva, cercava di conquistare un nuovo fedele.

La sua giovane energia era però troppo intrisa di dottrina.

Le sue parole, alle mie orecchie, suonavano vuote.

Mi parlava di sottomissione, e non c'era nessuno più sottomesso di me.

Mi parlava di risveglio, e il mio risveglio era il mare all'alba.

Mi parlava di soffio naturale verso la conoscenza, e la mia conoscenza erano le parole del mare.

Mi parlava della misericordia e dell'infinita pietà di Allah, mi parlava di pace e di fratellanza, mi parlava di rispetto per le donne e per i più deboli nella comunità.

Mi parlava della *shahadatein*, dell'accettazione di Dio.

Mi parlava dell'obbligo della *salat*, la preghiera quotidiana. Dell'importanza della *zakat*, l'elemosina.

Della necessità dello *sawn*, il digiuno durante Ramadan.

E dell'*hajj*, il grande pellegrinaggio alla Mecca, come viaggio che salva la vita.

Io lo ascoltavo, ma non ritornavo mai a casa con qualcosa che già non sapessi.

Mai la notte, prima di lasciarmi vincere dal sonno, ero portato a riflettere sulle sue parole.

Più Shorsh parlava, più ero certo che mai avesse udito la voce del mare.

17.

Un'incolmabile distanza

La mia vita, per lunghi anni, si tradusse nella meccanica ripetizione delle medesime azioni.

Giorno dopo giorno divenni agli occhi di tutti, al villaggio, il sostituto di mio padre.

Molti vecchi, incrociandomi per strada, mi chiamavano Hassim. Io non li correggevo.

La comunità aggiustò sul nome di mio padre il suo bisogno di non mutare, così come aveva finto di credere alla mia colpa e poi l'aveva dimenticata.

Ero diventato Hassim, non ero più Amal.

Per tre lunghissimi anni rinunciai alla mia identità. Questo era ciò che m'aveva detto il mare.

La barba era cresciuta sul mio viso, quando mi specchiavo nelle sue acque non vedevo più i miei lineamenti perfetti, vedevo il volto di mio padre.

Ogni santo giorno, per quei lunghissimi anni, scrutai il mare nella speranza che da qualche parte all'orizzonte comparisse una barca con le insegne del mio amato padre.

Non era speranza, era certezza.

Avevo costruito vari scenari.

Mio padre aveva allestito una grande vela bianca su cui aveva fatto dipingere il suo volto: quella vela era un messaggio per me.

Una piccola flotta di nuovissimi *dhow* si stagliava all'orizzonte, e in quello centrale era Hassim a reggere il timone. Era partito per fare fortuna, e ora ritornava da me affrancato.

Sognavo a occhi aperti.

Per infiniti anni, ogni giorno avevo guardato il mare sognando il suo ritorno.

Non c'era volta che mi capitasse di osservare quella vastità e di non pensare che da lì lo avrei visto tornare.

Sarebbe accaduto il giorno seguente.

Mio padre era a pochi metri dalla costa: si nascondeva per giocare.

Lo dicevo a mia madre, e mia madre scuoteva la testa.

"Non illuderti," mi rispondeva. "Dimentica tuo padre, come ho fatto io."

Non l'aveva dimenticato.

Che Hassim fosse il suo primo e il suo ultimo pensiero, mia madre ce l'aveva scritto sul volto. Ogni ruga del suo viso era un giorno senza Hassim.

Parlavo col mare, e il mare mi diceva d'aspettare.

Prima o poi, sulle sue acque, sarebbe ritornato.

Aspettai.

Aspettai tre lunghissimi anni.

Una mattina a mezzogiorno, guardando il mio riflesso nel mare mi resi conto che avevo diciassette anni e la mia vita era già finita.

Non avevo mai più provato le gioie del corpo, dopo l'apparizione fuggevole dell'ombra sapiente, mai più sperimentato le gioie dell'affetto e dell'amore.

Mia madre era diventata secca come una vecchia papaia, non parlavamo quasi più. La bellezza da cui era sempre stata avvolta era sparita.

L'unica cosa che ancora mi diceva, ogni giorno, in uno dei rari momenti in cui i suoi occhi s'accendevano era: "Scappa anche tu, Amal. Quest'isola è maledetta".

Non volevo sentire quelle parole.

La azzittivo, "Non parlare," le dicevo.

Mai l'avrei abbandonata.

"Invece devi, *habibi*," mi rispondeva lei, con voce dolcissima. "Fatti uomo e poi torna da me."

Stavo in silenzio.

"Solo così potrai salvare te e me, mio amato Amal. Solo così sarai la speranza che ti misi per nome. Scappa da qui. Poi torna e salvami."

Quella notte nel mio giaciglio, mentre come sempre faticavo a prendere sonno, mi resi conto che erano più di tre anni che non tornavo alla spiaggia segreta.

L'ultima volta era stato con Karima.

La mattina dopo, nel *dhow*, chiesi consiglio al mare.

E il mare disse di andare.

Dopo due notti, andai.

M'arrampicai al buio.

Le mani e i piedi ricordavano a memoria ogni appiglio. Ogni passo era inciso per sempre nel mio corpo.

Ero cresciuto in altezza, le reti e i pesci e il mare m'avevano irrobustito i muscoli, li avevano resi forti com'erano stati quelli di mio padre. Anche il cuore aveva guadagnato tempra vitale. Era tempo che non m'affannavo più, non mi piegavo più.

Quando la sfiorai con le mani, la roccia mi trasmise una sensazione di tranquillità.

Chiusi gli occhi e lasciai che fosse il corpo a condurmi.

Salire fu più facile, fu come immergermi nei ricordi.

Ogni passo fu salvifico a suo modo.

Rivissi giorno per giorno la mia vita, gli anni dall'infanzia fino alla partenza di mio padre. Era tutto inciso su quella pietra, ogni centimetro parlava di me.

La discesa invece mi disvelò gli ultimi tre anni, la mia vita senza di lui.

Tutta la mia esistenza era scritta lì: cucita su ogni spuntone di quella murata.

Quando giunsi alla spiaggia, fui investito da una pienezza che non ricordavo di possedere.

Ogni cosa aveva preso a parlare, ogni radice di mangrovia, ogni ramo, ogni tronco.

Tutto quello spettacolo mi salutava.

Era inaudito, era nuovo.

D'un tratto sentii la mia vita piena come mai prima di allora.

Il mio mare era lì, illuminato debolmente dalla sfavillante lucentezza della luna. In silenzio. Mi chiedeva di ascoltare.

Quella notte il cielo era talmente nero e pieno di stelle che facilmente avrebbe potuto sedurmi, farmi credere che tutto quello spettacolo fosse lì per me.

Era infatti quello che avevo pensato.

Quando il mare mi chiese di ascoltare, capii che così non era.

Quello spettacolo non era lì soltanto per me.

Impossibile che tutto fosse lì perché io solo mi sentissi al centro della creazione.

In quella notte silenziosa sentii che l'esistenza altro non è che un pozzo senza fondo.

Avevo sempre creduto che, cadendoci dentro, prima o poi mi sarei salvato, prima o poi i miei piedi avrebbero trovato un pavimento. Avevo sempre creduto che dal mare avrei visto tornare mio padre, che avrebbe rimesso ogni cosa al suo posto.

Non era così.

Quella notte capii che non c'era niente di più sbagliato. Mio padre portava con sé un segreto.

Tutte le cose non dette, tutti i pensieri e i sentimenti più intimi che in cuor mio credevo che alcune persone capissero senza bisogno di parlare: tutto questo, in quel momento, seppi essere un'illusione.

Mi scoprii solo.

Non solo come già sulla barca avevo inteso di essere. Solo come è solo ogni essere su questa terra.

Sentii in me tutta la natura e la potenza della solitudine.

Iniziai a tremare, ebbi visioni.

Sentii la voce di Allah che mi chiamava dalla profondità senza fondo di quel cielo gonfio d'astri.

Era una voce bella.

Una voce calda.

La voce di un amico.

Forse era la voce di mio padre.

"Ogni cosa non detta rimarrà non detta per sempre," mi disse quella voce, insieme a tutte quelle stelle accese. "E tutto l'universo è uno spettacolo architettato per fare in modo che di questo ci dimentichiamo. Ci sei solo tu, e questo cielo. E nient'altro, al di fuori di questa incolmabile distanza."

Allora cominciai a gridare a squarciagola contro quel cielo nero e luminoso, come tanti anni prima avevo fatto imitando il verso dell'uccello trampoliere.

Forse era anche un modo per rimandare a Dio la potenza della mia voce.

Io c'ero.

Ero vivo.

Lì.

Adesso.

Io.

Gridavo parole, gridavo vendette; gridavo speranze e memorie.

Gridavo anche solo grida inarticolate.

Nessuno poteva sentirmi: il villaggio era lontano.

Gridò i suoi segreti, Amal, speranza.

Gridai i miei segreti.

Quando ebbi finito, mi sentii svuotato.

Provai una profonda nostalgia.

Come se quel cielo, come risposta, mi avesse parlato di tutti gli amori che in infiniti secoli avrebbero potuto essere e non erano stati mai.

Come se mi avesse raccontato il suo segreto inconfessabile: l'amore non preso, l'amore non consumato.

Ciò che da qualche parte avrebbe potuto essere e non era mai stato, per sempre.

Fu allora che io, comprendendo l'essenza della mia solitudine, mi sentii finalmente in pace.

Forse era quella la pace degli imam.

Forse era quella la pace del Dio la cui voce avevo ascoltato.

Forse era quella la pace di Allah.

Quella notte, come tanti anni prima avevo fatto con Karima, dormii sulla sabbia.

La mattina dopo mi svegliai con una consapevolezza.

Conoscevo la mia via. Avevo capito che alla felicità di cui mi aveva parlato Tarif dovevo andare incontro con le mie forze. Da sola non sarebbe arrivata.

Tornai a casa e salutai mia madre, Fatima la fiera.

Quella sera stessa sarei partito per la Grande Moschea del Deserto.

Avrei lasciato mia madre ai suoi *jinn*, i suoi amici più veri, gli spiriti della sua salvezza.

Era tempo che prendessi la mia vita tra le mani.

Era tempo che capissi chi ero.

Era tempo che guardassi dentro il cuore in cui avevano messo la guerra.

Il cielo m'aveva rimandato la chiara voce di Dio.

Era tempo che andassi a trovarlo nella sua casa.

Parte seconda

ALLA GRANDE MOSCHEA

*Dove Amal trova una strada
che soltanto si può apprendere da soli*

18.

Il viaggio

Quella notte fu un rotolare di tuoni. Il cielo s'aprì in vampe luminose e squarci improvvisi.

Pareva dovesse cadere il Settimo cielo, la dimora di Dio, e invece niente: il temporale lontano mi segnò la via.

Partii senza bagaglio, con i sandali di gomma e i pantaloncini leggeri.

Con qualche spicciolo pagai Mafer, un ragazzino d'undici anni che stava sempre al molo; da lui mi feci portare alla terraferma. Era scuro, il cielo già iniziava a segnare l'acqua del mare con lampi di luce.

Una volta sulla terraferma, mi mossi in direzione opposta a quella che portava alla grande città: camminai verso il deserto.

Presto le strade cedettero alle pietre, e poi alla prima sabbia.

Era l'alba quando mi trovai nel mezzo del deserto dei beduini: la provenienza di mia madre, la mia stessa origine.

D'un tratto fu come vedermi nudo com'ero nato e come seppi, un giorno, sarei morto. Capii che, se è sprovvisti d'ogni cosa che veniamo al mondo, le cose dovevano in un modo sottile essere di troppo. L'improvvisa solitudine, nel mezzo di quella distesa infinita e uguale, la prima reale visione dell'origine della mia stirpe, tutto ciò mi tramutò in un pellegrino.

Camminai quasi un giorno intero, finché non incontrai il primo accampamento. Il sole iniziava già la sua discesa.

Erano solo quattro tende rattoppate di un'antica famiglia di pastori nomadi.

Come arrivai, a vedermi da lontano fu la più piccola, sette o otto anni. Mi sorrise.

Si chiamava Nadira. In me riconobbe la fierezza della sua gente, che il deserto mi infondeva.

Una capretta stava attaccata a un bastone conficcato nella sabbia, a una decina di passi dall'ingresso del villaggio. Nadira la chiamava Kafir, la Miscredente, perché, mi disse, non smetteva mai di belare e lamentarsi.

Gli altri mi accolsero senza parole.

La madre, una beduina che mostrava soltanto il taglio degli occhi neri, mi dissetò e mi portò un pastone di mais, senza che domandassi nulla.

Mangiai per terra, seduto su una stuoia di paglia, con le mani, avido.

Nadira mi guardò per tutto il tempo: gli occhi erano vivi, cisposi. La capra Kafir continuò a far sentire la sua voce.

Al tramonto arrivarono gli uomini. Erano quattro.

Nadira e io giocavamo sulla sabbia muovendo i pupazzetti che lei fabbricava con paglia e pezze.

Gli uomini non furono stupiti di vedermi.

"Dove trovano da mangiare, queste capre?" domandai al maggiore, il padre. Gli altri erano due fratelli di Nadira e un cugino.

"Tra la sabbia nasce l'erba. Bisogna sapere dove trovarla." La voce era cupa, come non uscisse da mesi.

Quando il padre parlò, Nadira sorrise.

Dormii nella tenda che usavano come cucina.

La notte si riempì di grandi scarafaggi rotondi e velocissimi.

Stavo sdraiato su una stuoia: non cercavano me, cercavano resti di cibo.

La mattina, all'alba, la madre preparò il tè sul fuoco.

Gli uomini radunarono le capre e partirono per il pascolo.

Io avrei proseguito il mio viaggio.

Prima di salutarci, il padre mi lasciò una borraccia piena d'acqua.

"Non è indispensabile," disse, "il deserto è solcato da beduini." Mi strinse la mano. Era ruvida come una pianta secca. "Ma è meglio."

"*Shukran*," dissi. Grazie.

Partii.

La direzione la sapevo.

Dovevo puntare a nord, da dove soffiava il vento della notte, opposto a quello caldo della mattina.

Nadira camminò al mio fianco per mezz'ora.

D'un tratto mi tirò per la maglia.

M'abbassai, voleva un bacio.

La maglietta rossa alle ginocchia svolazzava come una banderuola, mi guardò andare via.

Alle spalle mi spingeva il vento caldo del Sud.

Camminai per quindici tramonti, dormii sulla sabbia gelida.

I beduini m'indicarono la direzione e mi diedero acqua e datteri.

Non avevo denaro per un passaggio sulle groppe dei loro cammelli, proseguii a piedi. Mi donarono un turbante. Senza, dissero, mi si sarebbero cotti i pensieri.

Il caldo del giorno era opprimente, il freddo del tramonto una mannaia di ghiaccio. Ero un pellegrino; cercai di farmi tutt'uno con la sabbia.

Le ultime notti furono le migliori, rallegrate da un incontro speciale.

Ero al limite delle forze, il sole m'aveva arrostito le spalle sotto la maglietta, avevo visioni. Grandi bolle d'acqua s'erano formate sulla schiena e sul petto, a causa delle ustioni.

Giunsi a un villaggio già a metà del pomeriggio, un grande accampamento d'una ventina di tende, nell'avvallamento tra due dune. La sabbia tutt'attorno lo riparava dal vento.

Arrivai zoppicando: i sandali di gomma, con il caldo, m'avevano procurato grosse vesciche ai piedi.

C'era un gruppo di donne sedute in circolo, intente ad armeggiare un fuoco che non ne voleva sapere d'accendersi. Nessuna si accorse di me.

Erano una decina, dalle bambine alle madri: tutte ridevano.

Doveva essere un villaggio ricco, pensai.

Arrivai strisciando nella sabbia, i sandali in mano: non potevano udire i miei passi doloranti.

Fu una giovane a scorgermi. Con occhi lucenti come stelle. Una spessa treccia nera le legava i capelli su una spalla.

Nessuna delle donne era *niqabi*, coperta dal velo. Dove non c'era vento non c'era velo, quella era la regola degli abitanti del deserto.

Nobiltà e libertà, nel deserto, sono inseparabili, e quelle donne erano nobili. Lo portavano scritto nei movimenti rallentati.

Quando scorsi gli occhi luminosi di quella giovane, sentii una stretta allo stomaco. Erano astri dorati.

"Guardate!" fece lei, girandosi verso le compagne. "È arrivato uno straniero. Bello in viso come mai ne abbiamo visti."

Risero, e mi vennero incontro.

Mi toccarono, mi accarezzarono, si assicurarono che stessi bene.

Fui schiacciato al suolo dalla vergogna. Mai ero stato toccato da tante donne tutte insieme.

Al villaggio fui trattato come uno di famiglia.

La giovane dallo sguardo dorato si chiamava Fatah, ed era selvaggia come il vento. Bellissima. Gli occhi erano profondi e nomadi, inafferrabili come l'acqua del mare.

Mi portò a vedere il giaciglio dove avrei dormito: un angolo di una tenda usata per cani e gatti. Cani alla catena e gatti randagi che la notte venivano all'accampamento per mangiare e dormire.

"Sei come l'acqua del mare," le dissi, mentre mi portava in cima a una duna tenendomi per mano.

Mi guardò con quegli occhi che non stavano fermi un momento. Erano pepite d'oro impazzite. "Mai l'ho visto," disse. "Com'è il mare?"

La voce era rauca, sembrava salirle dal ventre. Era la voce d'una vecchia, ma lei era giovane.

Non seppi rispondere. Il mare era la mia vita, era il compagno che m'aveva indicato la strada.

"È grande," dissi. "È vasto."

"Come il deserto?" domandò.

"Mille volte di più."

"E io, che sono come la sua acqua?" Già guardava altrove, in cerca di un luogo da mostrarmi. Erano solo parole, e nel deserto le parole risuonano a vuoto.

Di nuovo non seppi cosa dire.

Fatah si rigirò verso di me e rise. "Non parli molto." Alzò una mano e m'accarezzò il volto, come faceva Fatima la fiera. Ritirò la mano e si guardò la punta delle dita. "Puzzi. Devi lavarti."

Prese a correre giù da quella duna.

Voleva mostrarmi qualcosa.

Quella sera mangiammo carne di capra, formaggio e latte.

Erano giorni che non vedevo cibo. Il solo profumo mi aprì lo stomaco.

Quando il capo del villaggio, il padre di Fatah, mi vide, disse che sembravo uno scheletro.

"Un *jinn* s'è incarnato in un gatto randagio che è venuto a trovarci," rise.

Ordinò che si cucinasse come il venerdì di festa.

Quando alzavo la faccia dal piatto, le mani sporche di cibo fin sopra i polsi, tutti mi guardavano.

Una volta che il fuoco fu spento, s'accese la volta del cielo.

Mai avevo visto tante stelle come in quelle notti nel deserto.

La luna era di un terzo, bassa sull'orizzonte tra le dune di sabbia, eppure le ricopriva di un manto d'argento: il deserto risplendeva come acceso dall'interno.

Le donne lavarono le stoviglie e gli uomini si sdraiarono sulle stuoie a fumare la *hoqqa*, parlavano tirando boccate e cacciando fumo profumato.

Io e Fatah guardavamo le stelle, da soli.

Mi mostrò le costellazioni chiamandole con i nomi con cui i beduini le conoscevano da secoli. Mi raccontò storie di animali mostruosi che avevano preso la strada della volta celeste e v'erano rimasti incastrati nell'atto della guerra o in quello della ribellione o, ancora, dell'amore.

Là sopra c'erano leoni, tigri, elefanti, cammelli e uomini e donne valorosi.

Non sempre vedevo ciò che lei vedeva.

Allora scoppiava a ridere con quella risata rumorosa e mi toccava la faccia.

La scostavo. Credevo si prendesse gioco di me.

Mai una donna m'aveva toccato il volto con tanta giocosa intimità.

Quando gli uomini andarono a letto, Fatah mi chiese di dormire con lei sulla sabbia.

Si procurò due grandi stuoie e pesanti coperte, quindi s'incamminò verso la cresta della duna.

Ci sdraiammo uno a fianco all'altra, gli occhi guardavano il cielo e ogni tanto si guardavano. Le stelle dei suoi occhi erano più luminose.

"Ti piace il mare?" mi chiese Fatah.

"È la mia vita," risposi.

"Allora ti piaccio anch'io," rise con la sua rauca risata che riempiva gli spazi vuoti.

Non risposi. Mi baciò.

Continuammo a scambiarci baci a lungo, finché Fatah non mi fece lo stesso prodigio che tanto tempo prima m'aveva donato l'ombra misteriosa.

Presi tutto, senza stupore, senza parole. Poi a lei donai lo stesso, con le mani e con la bocca.

Le mie labbra coprirono il suo petto e le sue gambe. Assaggiai quel nettare asprigno.

Dormii poco, ebbi incubi movimentati. Il suo sapore rimase tra il naso e le labbra, e non feci niente per lavarlo via. Fu come tenere il segreto della giovane Fatah sulla lingua.

La mattina dopo, però, ero cupo.

"Abbiamo fatto *zina*," dissi, quando sentii che si svegliava. Intendevo un atto peccaminoso, che Iddio avrebbe punito.

"Non c'è *zina* che il deserto non purifichi con la sabbia e il suo ventre di vento," disse Fatah.

"Allah ci punirà," risposi.

"Allah non punisce chi vive in libertà e felicità. Punisce chi pecca in afflizione."

Rimasi altri tre giorni e altre tre notti.

L'incontro con Fatah m'aveva stregato. Era alla Grande Moschea del Deserto che intendevo andare, ma sulla strada avevo incontrato lei. Fu la prima scoperta del mio percorso spirituale: se t'incammini incontrerai ciò che non conosci, ti aprirai all'ignoto. Se resti fermo t'imbatterai solo in ciò che conosci già. Sono le deviazioni che conducono alla meta.

Nelle tre notti che seguirono, Fatah m'insegnò l'arte dell'amore.

Non fu più piacere soltanto attraverso la bocca e le mani, ma attraverso tutto il corpo.

Grazie alla deviazione di Fatah conobbi il mio corpo: i suoi confini e la sua infinità. La pelle delimita, e in pochi momenti di estasi ci fa illimitati, ricopre il mondo e anche le stelle, diventa la pelle dell'universo.

Provai un senso d'attaccamento nei confronti di quella selvaggia giovane beduina.

Quando le vesciche sotto i piedi furono guarite, decisi che avrei ripreso il cammino.

Erano passate poche settimane da quando avevo lasciato il villaggio, eppure era già tutto cambiato.

Non sentivo più la nostalgia che aveva accompagnato i primi giorni sotto il sole del deserto. La paura di dover tornare indietro era svanita.

Una nuova anima era entrata in me attraverso il soffio vitale di Fatah.

Non mancava molto alla Grande Moschea.

Una giornata di cammino, dicevano.

Dopo tre notti passate con lei e i suoi occhi di pietra preziosa, la mattina all'alba partii.

Fatah mi salutò come se sapesse di rivedermi di lì a poche ore.

Era il nobile modo del deserto.

Non m'augurò buona fortuna.

Mi congedò, col sole che aveva appena iniziato la lenta salita dietro le dune, con un assonnato "*Kismet*".

Destino.

Né buono né cattivo, soltanto *kismet*.

Era il modo dei beduini di guardare al futuro.

Destino. Poi per sempre scomparve.

19.

La Grande Moschea del Deserto

Quando la vidi sorgere d'un tratto, grandissima, dalle infinite dune di sabbia gialla, fu una rivelazione: una sosta, un
ristoro, un attracco dentro il nulla.

Rimase all'orizzonte per molto tempo, poi scesi in un avvallamento e per mezza giornata scomparve. Il sole continuava
a schiacciarmi al suolo, ma quella sola visione era servita a rin-
francarmi.

Dopo un po' credetti d'aver perso la via, ma non poteva
essere: dovevo avere fiducia e continuare con il vento caldo
alle spalle. Ricomparve ore dopo, all'improvviso, ed era già
grandissima; mi ritrovai ai piedi del possente muro d'ingresso senza aver avuto il tempo di prepararmi.

Era tanto imponente che gli occhi non riuscivano a rac-
coglierla in un solo sguardo. Attorno, da ogni lato, soltanto
sabbia.

La Grande Moschea del Deserto era una magnifica costruzione di pietra porosa bianca, vecchia di molti secoli.

Il tempo era fermo, e così era lo spazio.

Così mi sentii anch'io.

Mi diressi al portone che conduceva al cortile e lo varcai.
Subito, però, capii che non era quella la strada giusta.

Quando infatti ebbi attraversato il cortile, trovai un pigro
e anziano custode alla porta dell'edificio sacro.

Dormiva, seduto su un trespolo, appoggiato al muro della moschea. La testa era rovesciata all'indietro, la bocca spalancata e senza denti.

"Cerco la scuola," dissi, a voce alta.

Mi guardò come si guarda un'apparizione, gli occhi lucidi di sonno.

"Questa è *Masjid Akbar*," rispose in fretta.

"Sì," dissi io. "Cerco la scuola per *hafiz-e-Quran*. Sono un *talib*."

Era l'unica cosa che sapevo. L'unica cosa che tutti da noi al villaggio sapevano sugli studenti del Corano, i *talib*: il massimo per loro era divenire *hafiz-e-Quran*. Divenire colui che ha mandato il testo sacro a memoria. La strada per arrivarci era trovare una scuola e diventare *talib*.

"Uno studente..." ripeté il vecchio, e non si mosse.

"Voglio diventare *hafiz-e-Quran*, sono qui per mettere il Corano dentro di me," insistetti.

Finalmente sembrò aver capito. "Di là devi andare, allora. Qui è *Masjid Akbar*." Lo ringraziai, ma era già ripiombato nel sonno.

Riattraversai il cortile, uscii.

Il deserto di nuovo m'accolse. Era stato la mia casa per settimane e in un momento soltanto aveva smesso di esserlo. La vita è la peggiore delle scommesse, non appena ti volti è già da un'altra parte, pensai.

Costeggiai le alte mura che s'estendevano per decine di metri dietro *Masjid Akbar* e trovai una piccola apertura sul fianco.

Era il regno abitato dai *talib*.

Di tutto avrei fatto, pur di diventare uno di loro.

Di tutto avrei fatto, pur di trovare me stesso. Pur di lasciarmi alle spalle il mio villaggio e la mia vita di servitù e di tradimenti. Finalmente ero arrivato.

Entrai.

Era un cortile gigantesco: un porticato girava tutt'attorno e una serie infinita di porte s'apriva lungo tutto il perimetro.

In fondo al cortile s'alzava un edificio massiccio, della stessa pietra spugnosa e bianca.

Ombra, quel posto grandioso era ombra e riparo dal sole cocente del deserto.

Era rifugio.

Srotolai il turbante che per tanto tempo avevo tenuto avvolto sul capo. Quello sarebbe stato il mio regno.

Fui accolto da Marwan, un giovane col viso da bambino.

Sembrava un angelo, l'angelo Ridwan, il custode del paradiso.

Indossava una tunica bianca, una *thawb* immacolata da cui sporgeva, rimanendo sopra le caviglie, un *izaar* candido.

Marwan risplendeva di luce.

Parlò calmo, mi fece sentire accolto. Ero un viandante e un pellegrino, nulla più: mi fece trovare ristoro.

Subito dissi che sarei diventato *hafiz-e-Quran*.

Il giovane Marwan sorrise.

"Lo vedremo," disse, e la sua voce era come acqua quieta che da un monte prende la via della valle: sgorgava gioiosa.

M'indicò la via.

Si trattava soltanto di seguirlo.

Camminammo lungo il perimetro del cortile finché non giungemmo alla larga porta dell'edificio.

Sull'architrave della porta, una scritta era incisa nella pietra:

Ek nuqte vich gul muqdi e.

"Tutto è contenuto in Uno."

Il mare l'aveva sussurrato alle mie orecchie, l'avevo sentito nella bocca assaggiando la giovane Fatah. Il suo sapore era lo stesso del sale marino, lo stesso delle mie braccia dopo il sudore. Non potevamo che essere tutti partecipi della stessa identica sostanza.

La Grande Moschea m'avrebbe insegnato a provare nel cuore quell'intuizione, e poi a esprimerla con la voce, con parole esatte.

Sulla soglia dell'edificio della scuola, sotto quella grande scritta incisa nella pietra, seppi: un giorno sarei diventato ciò che desideravo. Lo seppi con la stessa granitica certezza con cui l'arco di quella porta mi sovrastava.

Sarei tornato da mia madre, così come lei aveva domandato, ma sarei tornato completamente diverso: sarei stato vecchio e luminoso, avrebbe faticato a riconoscermi. Avrei lasciato indietro ogni problema, ogni paura.

In mezzo a quel tempo sarebbe accaduta la mia illuminazione. Il mio cuore si sarebbe rappacificato.

Marwan mi fece sentire come un figlio che ritorna dopo la perdizione: si prese cura di me.

I suoi gesti e i suoi passi erano misurati, m'aiutarono a non provare strappi. La voce era gentile, mi servì per non provare nostalgia. I suoi occhi erano dolci, mi fecero sentire accarezzato.

Entrammo. Su un largo corridoio centrale cadeva la luce che filtrava da una lunga fenditura al centro del tetto. A terra, un fine terriccio giallastro mai spianato.

Marwan girava scalzo, si muoveva senza rumore, senza dolore ai piedi.

Pareva dentro non ci fosse nessuno: tutto era immerso nella quiete.

Dal lungo corridoio, a destra e a sinistra, s'apriva un labirinto di cunicoli e corridoi secondari che conducevano alle celle dei *talib* e a quelle dei *qari*, i maestri.

"Tu starai a destra."

Appresi che i *talib* stavano alla destra, i *qari* alla sinistra.

Tu starai a destra.

Con quella piccola parola divenni *talib*. Fu Marwan a darmi il nuovo nome e a cambiarmi identità, da perduto e viandante a studente del Corano.

Imboccammo il terzo cunicolo sulla destra, su cui, da un lato e dall'altro, si trovava una fila di porticine chiuse: le celle.

Ce n'erano a centinaia. Era una sorta di alveare o reame bitorzoluto scavato in minuscole stanze.

Ci fermammo davanti a una cella sul lato orientale.

Era vuota. Per terra due stuoie, affiancate. Ai piedi di quella a sinistra, sandali e vestiti.

Una lama di luce proveniva dall'esterno, un taglio nella pietra.

Marwan mi fece cenno di entrare, poi disse: "Questo è il posto dove dormirai. Pratichiamo l'umiltà, come Abu Bakr, il 'Grandemente veritiero', il primo califfo dopo la morte del Profeta. Come vedi, e come Abu Bakr faceva, è a terra che dormiamo".

Mi lasciò lì.

Fu di ritorno con una *thwab* e un *izaar* bianchi perfettamente ripiegati.

Non m'ero mosso, per via dei piedi nudi nemmeno lo avevo sentito tornare. Disse qualcos'altro, intendeva congedarsi. Mi mostrò dove avrei potuto lavarmi: uno stanzone comune al fondo dello stretto corridoio.

Poi, silenzioso, sparì. E davvero, per la prima volta, in quel luogo mi ritrovai solo.

Mio compagno di stanza sarebbe stato Ramaq, un giovane dal grosso naso schiacciato che veniva dalla Penisola araba.

Suo padre gli aveva dato il nome di Scintilla di luce, e per questo voleva che diventasse un grande musulmano. Suo padre aveva fatto *mannat*, stretto un patto con Allah alla sua nascita, e ora Ramaq doveva onorarlo.

Erano tutti tornati dalla *salat al-maghrib* e ora, con Ramaq, la cella era diventata piccolissima.

Quando gli studenti erano arrivati, rumorosamente, la

porta della mia cella era ancora aperta; allora mi videro, e nessuno fu sorpreso. Uno disse, buttando dentro la testa prima degli altri: "C'è uno nuovo".

E valse per tutti. Nel frattempo m'ero cambiato d'abito.

Ai miei occhi eravamo tante anime spoglie vestite di bianco: algide presenze che pareva non avrebbero mai lasciato traccia all'interno degli spazi delimitati da quei muri altissimi.

Ramaq era amichevole e mi mise subito a mio agio trattandomi con studiata noncuranza, come se mi conoscesse da sempre. Pensai che in passato qualcuno doveva aver fatto lo stesso con lui.

"Da quant'è che sei qui?" chiesi.

"Fra poco saranno due anni." Era sdraiato. Il caldo era opprimente, dalla fenditura entrava poca luce e nessun sollievo. "Ne passerò ancora tanti, qua dentro, se non mi metto d'impegno."

Era un tipo attivo.

S'era già stancato di stare sdraiato, sembrava impaziente di muoversi.

"Si vede che lo hanno capito," disse d'un tratto, come parlando tra sé.

C'ero solo io lì; chiesi: "Cosa?".

"Che non dovevano più tenermi isolato."

Non dissi niente.

"Sono sei settimane che sto solo in questa cella. Un giorno ti dirò cosa ho combinato... Per ora sono contento che tu sia il mio nuovo compagno. Sembri uno tranquillo."

"Quando dormo," risposi.

Ramaq scoppiò a ridere. "Allora insieme faremo prodigi!"

Poi tornò serio, concentrato. Mi disse: "Vieni con me. Ti mostro una cosa. Ti faccio vedere il Dedalo".

Era il nome che i *talib* avevano dato alla Grande Moschea del Deserto.

Ero appena arrivato e già avevo trovato un amico.

Era più basso di me, Ramaq, anche se doveva essere attorno ai vent'anni. La testa era grossa e le mani spesse come il naso. La barba folta gli cresceva soprattutto sotto il mento, e gli squadrava ancora di più la faccia.

Si muoveva a scatti, nella tunica, come non riuscisse a governare appieno i movimenti, si rosicchiava le unghie e dopo averle masticate le sputava qua e là.

Incontrammo molti altri *talib*, lui salutava tutti e tutti salutavano lui.

"Ho una reputazione," fece. "So farmi rispettare," e così dicendo chiuse le mani a pugno, intendendo la lotta.

Mi spiegò della divisione del Dedalo in quattro parti: la moschea anteriore, il cortile centrale, l'edificio con le celle e le stanze per la preghiera – dove ci trovavamo –, l'orto e il giardino sul retro, in fondo a tutto.

C'era una porticina, a cui s'arrivava attraverso passaggi complicati di scale che salivano e mezzanini che scendevano, che conduceva a quel paradiso colorato di piante e fiori in mezzo al deserto. Voleva portarmi lì.

Quando sbucammo fuori, fui colpito dal sole accecante.

Era già il tramonto, eppure la luce era ancora così potente: gli occhi s'erano già abituati alla penombra delle stanze, avevano dimenticato le settimane all'aperto, in mezzo al deserto.

Fuori dalla porta, come per un incantesimo, ci trovammo di fronte il meraviglioso giardino: fiori e piante di molte varietà, fitte, una accanto all'altra e perfettamente potate, curate e di mille forme diverse. Gran parte dell'acqua che arrivava alla moschea finiva lì, disse Ramaq. Un profumo dolciastro e persistente riempiva l'aria.

"Queste piante sono tutta la vita dell'imam," continuò. "Forse lo vedrai lavorare. Quasi certamente non lo sentirai parlare."

"Neppure il venerdì?" chiesi.

"Non tiene sermoni, se non in occasioni speciali."

Camminare là fuori era proibito ai *talib*, ma Ramaq aveva preso, mentre parlava, a procedere accosto al muro.

Gli andai dietro. D'un tratto mi fermai.

Una grande scolopendra del deserto dal dorso rosso stava immobile sul muro, a circa un metro dalle nostre teste: pareva aspettare il momento giusto per saltarci addosso.

Appena la vidi, scattai all'indietro. Ramaq mi disse di fare piano. Alzò lo sguardo e vide l'animale lungo una spanna buona. Sorrise. "Ti ci devi abituare. È pieno. Siamo a casa loro, del resto. Nel deserto ci vivevano da molto prima che arrivassimo noi... Quelle, e gli scorpioni... è pieno. Prima di coricarti controlla sotto la stuoia, e tieni sempre un sandalo pronto..."

Si fermò, in cerca di quello che stava dicendo.

"Ah, sì," ricordò. "L'imam ha i suoi fidati *shaykh* e i suoi *qari*, a cui fa sbrigare ogni cosa. Lui è illuminato, la sua vita è dedicata alla preghiera e allo studio, e a praticare il *fahm* in ogni suo atto, specialmente con il giardino e con l'orto, là in fondo. Di lui si dice che sia fatto di amore puro. A volte penso che non esista..." disse a bassa voce, con l'aria da farabutto.

"Cos'è *fahm*?" chiesi.

"Cos'è *fahm*?!" Ramaq era scandalizzato. Già eravamo diventati amici, in quel momento sentii che lo ero anche per lui. Avevamo un'età in cui si diventa amici subito, o non lo si diventa mai.

"Non sai cos'è *fahm*, fratello?" Mi guardò fisso. "Di', non è che sei *kafir*? Non è che sei uno sporco infedele venuto alla moschea per spiarci?" Rise.

"No." Abbassai gli occhi.

"È che vieni da un villaggio, fratello..." si calmò. "E poi hai sangue beduino, si vede... e il tuo arabo ha un forte accento... ti batteranno per bene qua dentro, vedrai... finché non lo imparerai come si deve."

Continuammo a camminare in mezzo alle piante, si dimenticò della mia domanda.

"Hai visto che splendore?" Il sole si stava abbassando rapido, lasciava che i colori dei fiori brillassero ancora di più. "Ogni foglia è frutto del lavoro del nostro imam."

"Mai visto niente del genere," dissi.

"Di', hai già incontrato uno *shaykh* della moschea?"

"L'unico maestro che ho incontrato è *qari* Marwan. È stato lui che mi ha portato alla cella. Ma poco prima che arrivaste voi è sparito..."

"Ah, Marwan!" Capii che era suo amico. "Era *talib* fino a poco tempo fa. Abbiamo pregato e studiato assieme per molto tempo. È un bravo ragazzo. Ora è diventato *qari*. È uno che ci crede davvero."

"E tu?" chiesi. "Anche tu diventerai *qari*?"

Ramaq mi guardò come fossi pazzo. "Ma che ti salta in testa, *hemar*! Te l'ho detto che sono qui perché quel *nadel* di mio padre ha fatto il voto... Un giorno ti farò vedere che cosa diventerò io, appena sarò pronto... Ti mostrerò una cosa che ho seppellito nel giardino... Sarai anche bello, ma ciò non toglie che tu sia un *hemar*!" Scoppiò a ridere.

Ci sorprese il forte suono della campana.

"Andiamo," disse svelto Ramaq. "È ora di mangiare. Non parlare con nessuno di quello che ti ho detto, se no..." Si passò il pollice da un lato all'altro del collo.

Scherzava, eppure i suoi occhi neri mi spaventarono.

Cenammo in uno stanzone al pianterreno dell'edificio delle celle, e finalmente potei capire quanta gente contenesse quell'enorme costruzione.

Centinaia di uomini, d'età e colore di tunica differente.

Seduti a terra, in silenzio formammo larghi quadrati affiancati, separati dal ruolo che ricoprivamo dentro la moschea.

Noi *talib* e i *qari* portavamo tuniche non lavorate, bianche, e mangiavamo assieme. I *qari*, però, appresi, per le occasioni più solenni si coprivano il capo con *taqiyah* bianchi e ricamati che lasciavano scoperta la fronte. Gli *shaykh* erano più anziani, e in testa portavano veri e propri turbanti. Le loro tuniche non erano lisce, ma lavorate con motivi diversi.

In fondo c'era poi una trentina d'uomini, acquattati e viscidi come ombre. Unici, indossavano tuniche scure. Stavano tra loro, separati dagli altri abitanti della moschea.

"Sembrano *jinn*," dissi a Ramaq.

"Sono i penitenti," rispose lui, mentre si preparava a ricevere la minestra di cavolo.

Due cuochi passavano e servivano con un grande mestolo da un pentolone. Ognuno aveva preso il suo piatto passando dalla cucina e l'aveva posato a terra, di fronte a sé. Il profumo che proveniva dalle cucine mi ricordò gli odori che giungevano da dentro casa quando riposavo sull'amaca nello slargo, dopo una giornata di pesca: più che profumi, erano la conferma che il mondo era al suo posto. Per anni m'ero sfamato della certezza che mia madre era dall'altra parte del muro sottile, che di lì a poco mio padre sarebbe tornato da casa di Said. Che ci saremmo seduti ancora una volta sulla stuoia e che saremmo stati noi tre soltanto, vivi e protetti.

Prima di ricevere la sua razione, Ramaq riprese a parlare. "Quelli sono uomini che hanno fatto *mannat* per la vita. Gente che in cambio della propria esistenza ha fatto voto a Dio di servirlo finché camperà. Gente che ha preferito vivere, anziché morire per lapidazione o fustigazione. Sono fuggiti dalle loro città, dai loro villaggi, e si sono rinchiusi qua dentro, per sempre. Non li vedrai mai in giro, dormono in un'ala riservata. Si vedono soltanto ai pasti."

Guardai nella loro direzione: quelle anime nere e dannate mi fecero pietà.

Si muovevano lente e cieche, come avessero perso la ragione. Eppure continuavano a vivere. Devoti e in preghiera perenne verso Allah.

Sul loro conto, tra i *talib*, giravano molte storie.

"La notte escono dalle celle e vagano per l'edificio come *jinn* malvagi in cerca di pace," sussurrò Ramaq. "Non possono dormire, hanno perso il sonno quando hanno fatto *mannat*. La notte è il solo momento in cui vivono. Si dice che rapiscano i *talib* più giovani e inesperti, e che li uccidano, poi li riducano a brandelli e infine li divorino."

Il cuore si fece sentire nella pancia. Mi piegai un poco, facendo finta di niente.

Ramaq scoppiò in una risata. "Credi a tutto quello che ti

dico, *mallon*! No, alcuni di loro fanno altro, e ben più interessante... Sono gli unici qui dentro che possono andare e venire dal villaggio quando vogliono. Soltanto su noi *talib* c'è questa sorveglianza da prigionieri... Un giorno ti parlerò anche di questo." Mangiammo, la minestra era saporita.

Nell'aria, soltanto i suoni sordi della latta dei cucchiai contro il fondo dei piatti. I gesti di tutti erano misurati, sembravano studiati. I visi erano radiosi, sereni.

Prima di prendere sonno, una volta tornati alla cella, chiesi a Ramaq che cosa fosse *fahm*. Eravamo sdraiati, uno di fianco all'altro, e fissavamo il soffitto.

"Sei proprio un testone! Conseguire il *fahm* è il fine della nostra religione, è il motivo per cui Allah il Misericordioso ci ha creati, *hemar*!" Si fece serio. "È vivere ricordando in ogni singola azione che compiamo l'amore di Allah verso di noi. Chi consegue il *fahm* è il Risvegliato, l'Illuminato. Il nostro imam lo è. Altri, qui dentro, lo sono."

Mi venne in mente il vecchio Tarif, quando mi diceva di coltivare la mia *fitra*. Sentii una fitta allo stomaco.

"Adesso dormi, *mallon*," fece Ramaq, "che domattina prima dell'alba c'è la *salat al-subh*, la preghiera del risveglio."

Ci scambiammo la buonanotte.

Il respiro di Ramaq si fece subito più profondo. S'era già addormentato.

Io ci avrei impiegato molto di più.

Quelle mura erano troppo strette; nel buio totale, il puzzo d'umido ci entrava nelle ossa; il silenzio sospeso sulle centinaia di cellette che circondavano la nostra era irreale.

A farmi compagnia in quella prima notte da *talib* ci fu soltanto la luce timida della luna che filtrava da quella fessura nel muro.

In giro non c'erano scorpioni.

Il respiro pesante di Ramaq mi disse che nella casa di Dio, però, non ero solo.

20.

La stoffa del mio destino

"Voglio diventare *hafiz-e-Quran*."

Questo dissi la mattina seguente allo *shaykh*, dopo che il muezzin ebbe cantato l'*Allah Akbar*, il richiamo della mattina, e dopo la preghiera dell'alba.

Lo *shaykh* era piccolo e scuro, con una folta barba e un paio d'occhialini rotondi che gli davano un aspetto buffo.

Ero stato convocato nella sua cella, al primo piano dell'ala destra del Dedalo, quella dei maestri. La sua stanza della preghiera e dello studio era piccola e disadorna; a terra un *jai namaz* intrecciato con disegni della Ka'bah, un cuscino su cui lo *shaykh* stava seduto nella posizione dello studio e un *rehal* dove era posata una copia del Corano, avvolta in uno spesso telo rosso.

"Siediti," disse, come fui entrato.

Cercai di imitare la sua posizione, ma non sapevo come. Era innaturale, eppure pareva comoda.

Mi sedetti per terra come facevo al villaggio, come avevo sempre fatto, con le gambe incrociate.

"Ragazzo, vuoi diventare *hafiz-e-Quran* e non sai neppure stare seduto," mi rimproverò lo *shaykh*. La voce era sottile, sembrava non uscisse dalle labbra serrate, ma dal naso breve e fine.

"Osservami," disse. "Prendi quel cuscino. Lì. La schiena è eretta, i piedi stanno sotto di te, la caviglia sinistra è ripiegata sotto il cuscino e la destra appoggiata a terra."

Eseguii.

"Lo sai perché sei qui, questa mattina?"

"No, signore."

"Chiamami *shaykh* Abu."

"No, *shaykh* Abu."

"Dobbiamo capire in quale classe di studio metterti."

Annuii.

"Sai leggere l'arabo, ragazzo?"

"Sì, *shaykh* Abu. Leggo e scrivo l'arabo."

In cuor mio ringraziai Said, ringraziai tutti i pesci che il vecchio Hassim aveva pescato nella vita e che il signore del villaggio aveva mangiato grazie alla sua fatica.

"La tua pronuncia non è buona... Prova a dire il tuo nome."

"Mi chiamo Amal, *shaykh*," dissi.

"Non sai neppure pronunciare il tuo nome!"

Mai mi ero vergognato tanto in vita mia.

"Il mio nome è Amal," ripetei.

Era il secondo nome che mia madre m'aveva dato. Glielo avevo sentito pronunciare milioni di volte, e altrettanti milioni di volte lo avevo pronunciato io stesso.

"È sbagliato, mio caro ragazzo. Lo pronunci come se fosse la lettera *alif*. Il tuo nome comincia con la *ein*, non con la *alif*. È dalla gola che deve uscire il suono della prima lettera, non dalla bocca. Ripeti."

Provai, ma non uscì giusto.

Maledissi le mie origini beduine, la mia stirpe serva che m'aveva privato persino della corretta pronuncia del mio stesso nome.

Lo *shaykh* s'alzò e andò a prendere il bastone, appoggiato in un angolo.

Venne alle mie spalle e me lo batté forte sulla schiena.

"Dritto!" disse. Lo batté forte sul collo. "E ora fa' uscire il suono da qua, dalla gola."

Riprovai altre dieci volte, finché uscì qualcosa che lo calmò. Zampettava avanti e indietro sulle gambe corte, era irrequieto. Ogni tanto si fermava e rifletteva.

"Parlami della luce," chiese. "Commenta il versetto del Corano che parla della luce. *Nurun ala nur*, Luce su luce."

Tutto sapevo di quel versetto.

Era ciò che m'aveva dato vita per la seconda volta, la seconda luce esplosa sotto il baobab. Ma più ancora era la luce che avevo visto riflessa sul mare all'alba e al tramonto negli anni in cui ero stato pescatore, quando avevo ereditato la vita di mio padre.

Era la luce attraverso cui il mare m'aveva parlato. La conoscevo meglio di quanto conoscessi me stesso.

Cercai di spiegargli tutte queste cose. Cercai, con un'onestà che mai m'ero riconosciuto, di raccontargli che la luce era il principio alla base della mia esistenza. Mi sforzai di mettere tutta la mia anima in quella risposta, come se ne andasse della mia vita. Fui sincero, con *shaykh* Abu parlai come mai avevo fatto neanche con me stesso: mi convinsi che la sincerità doveva per forza essere giusta.

Mi scoprii, rimasi disarmato: finii per raccontare a *shaykh* Abu di mia madre, dell'eredità presa a forza da mio padre.

Gli dissi della nostra stirpe di servi e dell'imam Tarif.

Gli confessai di Ahmed e del suo tradimento. Gli raccontai della fuga di mio padre dopo aver trovato Said, il signore del villaggio, nella nostra casa, gli dissi di come la doppia forzata solitudine m'avesse portato a udire la voce del mare.

Gli dissi della mia liberazione, del mio essermi fatto uomo nelle mani di un'ombra e poi di essermi riconfermato nel corpo d'una giovane del deserto.

Gli dissi tutto.

Mi convinsi che rimanere indifeso potesse attrarre protezione.

Era la prima volta che provavo il desiderio d'essere accolto. Mai, prima, avevo cercato di muovere qualcuno a pietà.

Lo *shaykh* mi lasciò parlare senza interrompermi.

S'era rimesso seduto, trasmetteva pace e tranquillità. Perfetta padronanza di se stesso e del mondo, e mi ascoltava.

"Caro Amal," disse dopo un poco. "Bene. Partirai dal primo livello. Di Islam non sai niente."

"Ma..." provai a parlare.

"Silenzio!" gridò. "Sarai l'ultimo dei *talib*."

Tornai alla cella come se stessi andando alla mia esecuzione.

Lo *shaykh* aveva detto che sarei stato l'ultimo.

Era il mio *kismet*, di quella stoffa era fatto il mio destino, e da lì non sarei mai scappato. L'ultimo tra gli ultimi. Così ero nato e così avrei vissuto per sempre.

Tastai la ferita.

Mi vennero in mente le parole della vecchia Raja.

Ramaq era seduto sulla sua stuoia, pregava.

S'accorse che ero immerso in nere nubi, perché mi chiese se ero pronto per la decapitazione.

"Hai ragione a essere triste, non c'è niente di peggio che essere accettati nella scuola della Grande Moschea," disse ridendo.

Mi sdraiai dal mio lato, ventre a terra. Non gli raccontai che sarei stato l'ultimo.

"Perché ti lamenti?" riprese. "Non era forse ciò che volevi? Diventare *hafiz-e-Quran*!" La sua risata fu ancora più sonora.

Lo fece per farsi sentire dai *talib* delle altre celle. Così che potessero prendersi gioco di me.

"Sei stato accettato come *talib*, altrimenti, dopo aver parlato con *shaykh* Abu, saresti stato accompagnato al portone d'uscita... e adesso fai la faccia di chi sta andando incontro alla morte! Ma sì, hai ragione: stare qua dentro *è* la morte, se non t'inventi qualcosa ogni giorno ti scavi la fossa da solo."

Non avevo neppure contemplato la possibilità che mi cacciassero.

"Per tirarti su di morale vieni con me a spalare un po' di sterco!" Rise talmente di gusto che rischiò di soffocare.

Lo guardai storto, ero certo che mi stesse prendendo in giro.

"È una delle attività più eccitanti qua dentro," disse. "È il mio turno. Ci hanno messo in cella assieme. Se vuoi, sei il benvenuto."

Era vero.

Alla moschea appartenevano trecento capre, che a turno i *talib*, in gruppi, portavano al pascolo e mungevano.

Si beveva il loro latte e lo si cagliava per fare il formaggio.

Parte dei capretti venivano venduti al villaggio più vicino. Era un grande villaggio con un bazar, sulla via verso oriente.

Lo sterco veniva raccolto e ammucchiato in forma di mattoncini, che poi erano messi a essiccare e venduti come combustibile. Si raggruppavano, erano caricati su carretti e portati al bazar.

Le giornate al villaggio erano un diversivo, mi spiegò Ramaq.

Potevano accadere cose interessanti, anche con le donne, e quella era l'unica occasione di vederne.

Inoltre, s'era esentati dalle preghiere collettive, anche se si doveva fare *du'a* privata cinque volte al giorno, negli stessi orari della *salat* di gruppo.

Piuttosto che rimanere da solo, andai con Ramaq.

Passammo la mattinata e il pomeriggio a spalare sterco e ad ammucchiarlo in infiniti mattoncini marroni.

Quel primo giorno alla moschea m'insegnò due cose: non avrei mai smesso d'essere l'ultimo degli ultimi, e lo sterco sarebbe stato la mia unica salvezza.

21.

Il colobo, e Ramaq

Finii per immergermi nel regno magico della preghiera e della meditazione.

Shaykh Abu decise d'occuparsi di me.

Non m'affidò a un giovane *qari*, non a una classe, volle essere lui stesso il mio maestro e precettore.

Mi chiedeva di raggiungerlo un'ora prima dell'alba nella sua camera: facevamo *wazu* insieme e poi m'accompagnava al rito dell'abluzione, il lavaggio prima della preghiera del mattino.

Ogni gesto richiedeva una cura sconfinata.

Il corpo sempre doveva essere preparato e ben pulito, quando s'apprestava a mostrarsi al cospetto di Allah.

Ogni preghiera andava preceduta dal lavacro.

Ogni atto andava meditato.

"Lo sai a cosa tende l'Islam? A cosa tende la *Ummah*, la nostra santa comunità?" mi chiedeva ogni mattina *shaykh* Abu. Era un rito.

"Al ricordo di Allah in ogni singolo gesto, così che ogni atto o evento sia santo e noi siamo risvegliati alla vita."

Era la formula che ero tenuto a ripetere, come una dolce litania accompagnava la mia esistenza cinque volte al giorno.

Mille volte l'avevo sentita dire al vecchio Tarif, ma alle mie orecchie erano suonate come le parole di un uomo anziano che niente più aveva da chiedere alla vita. Adesso erano diventate le più importanti.

Quelle parole, dentro la moschea, iniziarono a contenere il segreto dell'esistenza.

Diventare *rabbani*, Risvegliato.

Era questo il mio unico scopo.

A risvegliarmi, nella vita, non era stata mia madre, la santa *pari* del deserto che aveva un rapporto privilegiato con i *jinn*. Non era lei a potermi aprire quella porta. Il suo contatto col divino era naturale, innato, proveniva dalla sua stessa madre e dalla madre di lei, e s'incanalava nei profumi del mondo, essenza sensibile degli eventi della vita. Il suo rapporto col divino era mediato dai *jinn*, e quindi era di fuoco, vicino alla terra. Fatima non volava alto abbastanza per illuminare il mio cammino.

A risvegliarmi non era stato mio padre, che aveva un rapporto di commercio col mondo, di servigio. Soltanto così poteva assecondare la sua natura, la ragione per cui era nato. Non aveva parole per indicare il divino.

A risvegliarmi era stato il mare, senza che lo volessi o lo immaginassi. Quel mare su cui per anni avevo pescato in solitudine, e che un giorno aveva preso a parlare. Era stato il mare a indirizzarmi verso gli atti misurati e santi di *shaykh* Abu. Era stato soltanto attraverso il mare che la mia esistenza s'era volta a un cammino d'illuminazione, alla fuggevole scoperta dei confini del corpo che conducono a quelli dell'anima.

Mai dissi queste cose a *shaykh* Abu, avevo imparato la lezione.

La sua testa tonda e calva, i suoi occhialini cerchiati d'argento e il suo naso sottile non si sarebbero curati della natura terrestre del mare.

Eppure io la sua voce l'avevo sentita: la voce che m'aveva spinto verso *Masjid Akbar*, la Grande Moschea.

Ramaq non capiva perché facessi il doppio di quanto era richiesto a un *talib*.

"Credevo che fossi uno come noi," disse una sera nel buio, sdraiati sulle stuoie, l'inno privato serale già recitato. Aspettavamo soltanto di prendere sonno.

Si alzò, di scatto, come sempre faceva. "Vieni, ti mostro una cosa."

M'afferrò per una manica della tunica da notte e mi costrinse ad alzarmi.

Aprì lentamente la porta per evitare che cigolasse sui cardini. Sgattaiolammo fuori della cella senza fare rumore.

Il corridoio era immerso nella più completa oscurità.

Dopo non molto arrivammo alla porta che conduceva fuori, al giardino dell'imam. Quel mezzanino confinava con l'atrio che portava alle cucine.

Ci sembrò di udire un acciottolio di stoviglie.

Rimanemmo ad aspettare.

Niente più giunse alle nostre orecchie. Forse era stato un gatto, o un topo che rovistava tra le scorte di cibo.

Andammo.

Fummo nel giardino, la luna piena spargeva sopra ogni foglia, sopra ogni fiore, la sua luce argentata.

Ramaq agitò la mano perché lo seguissi. Attraversammo il giardino, arrivammo dove principiava l'orto. Una rete metallica lo chiudeva, un piccolo ingresso chiuso con una catena e un lucchetto.

La recinzione era alta, impossibile da scavalcare.

"Di qua," sussurrò Ramaq.

S'abbassò e iniziò a scavare nella terra.

Bastò smuoverne poca, e si scoprì la fine della rete, là dove si conficcava nella terra: era stata tagliata, così da non sprofondare troppo.

La sollevò, e fummo nell'orto.

Eravamo alla metà esatta della larghezza del terreno, Ramaq contò sessanta passi verso il fondo.

Quando si fermò, girò alla sua sinistra e contò altri venti-cinque passi.

Gli ero dietro.

"Ci siamo," disse.

La luce della luna, che tutto sovrastava, conferì al suo ghi-gno e al suo volto un aspetto malefico: il grosso naso s'allargò e gli occhi s'ingigantirono in una maschera del male.

Era Iblis, il demonio.

Parlò di nuovo, mi tirò per la tunica.

"Ehi," disse. "Ci siamo."

Di nuovo era tornato Ramaq.

Si mise a scavare, con molta più foga di quanto non avesse fatto alla rete. Smuoveva una gran quantità di terra con ogni bracciata, era una cosa che doveva aver fatto molte volte.

Stava accovacciato a terra come un grosso animale, io in piedi, in mezzo a quel campo sterminato.

Nel silenzio, m'immaginai l'imam che, dalla finestra, ci osservava.

D'un tratto, "Ecco," disse. "Ecco, ci siamo," ripeté.

Dalla terra estrasse un lungo fagotto scuro.

Lo sollevò al cielo.

"Lo vedi?" domandò, piano. "Ehi, lo vedi? Amal?" chie-se conferma. Era lì di fronte a me, e sembrava tenesse in mano l'oggetto più prezioso del Creato. Lo vedevo, certo, ma non capivo cosa fosse.

Appoggiò il fagotto a terra e iniziò la svestizione. Gesti lenti, come si fosse trattato d'un neonato.

Un brillio di luce.

Ecco cos'era: un coltellaccio dalla lama lucentissima e af-filata.

La luna piena ci si rifletteva. Era uno specchio d'argento.

"Lo tengo qui," disse. "Lo tengo qui in attesa del mo-mento buono." La voce era bassa e suadente, mai gliel'avevo sentita. Era eccitato, mi ricordava Ahmed.

S'alzò, quella spada luminosa stretta in mano.

L'agitò a destra e a sinistra.

Mimò un colpo contro di me, la mia decapitazione. Si muoveva come un guerriero, i gesti esatti.

"Arriverà il momento," disse.

Soltanto la grande e sfavillante luna, lassù, era testimone. "Uscirò da questo posto e andrò a fare la guerra di liberazione. Per questo e solo per questo resisto qua dentro." Vibrò un colpo nell'aria, come a sfidarla.

"È una gran lama," feci. Non sapevo che dire. "Una bella lama."

"L'ho presa da un *bazari*, un venditore di frutta che al villaggio vende armi per conto dei Neri. Ogni tanto si potrebbe trovare anche roba grossa... Dice Kahal che uno si è comprato uno *stinger*..." Si fermò a guardarmi fisso. "Di', lo sai cos'è uno *stinger*, vero?"

"No..."

"È un missile, di quelli che si sparano da sopra le jeep, hanno una portata di un paio di chilometri... con quelli sì che ci fai la guerra... Li usano i Neri."

"Sssh," dissi, "fai silenzio. Se ti sente qualcuno parlare di guerra qui dentro ti cacciano!"

"Magari!" esclamò Ramaq. "Forse è solo questo che aspetto. E mio padre si metterà l'anima in pace..." Poi attese, fissando con occhi ardenti la lama che teneva stretta tra le mani. "Invece no, devo stare qui e finire quello che devo fare, così non potrà dirmi niente... e poi andare a raggiungere i movimenti di liberazione."

Non era dei Neri che volevo sentir parlare.

S'erano presi Tarif, m'avevano separato da Ahmed, m'avevano rovinato la vita. La vecchia Raja m'aveva rovinato la vita. Se mi trovavo alla Grande Moschea era per dimostrare a me stesso che non ero il nuovo Alì Yonus della leggenda. Ero Amal.

Credevo d'essere al riparo, nel posto al mondo più lontano dai Neri.

E invece Ramaq m'aveva svelato che così non era.

I Neri erano ovunque, non c'era possibilità di dimenticarli.

"I penitenti... Sai le ombre scure che vagano per la moschea... Alcuni di loro lavorano..." abbassò ancora la voce, "...lavorano per i Neri... Mi tengono d'occhio, e io credo di avergli fatto capire che vorrei essere uno di loro..."

"Quando scendi al villaggio... è da loro che vai?" dissi in un sussurro.

"Macché!" Nel silenzio in cui eravamo immersi anche la caduta di una foglia sembrava un frastuono. "Ma che dici, *hemar*! Sono loro che vengono qui, aiutati dai penitenti, per prendere i giovani pronti per il *jihad*."

Non aprii bocca.

D'un tratto, dal nulla sbucò un piccolo colobo nero.

Ecco un *jinn*, pensai. Ecco un malefico *jinn* incarnato in una minuscola e impertinente scimmia nera alta neppure due spanne. Era un *jinn* della guerra, mandato dai Neri.

Ci venne vicino e si mise a gridare forte, quel verso stridulo e acuto, gutturale.

Cercammo di scacciarlo, Ramaq lo allontanò a pedate. Ma più lo cacciavamo, più quello tornava e non smetteva di gridare.

Avrebbe finito per attirare l'attenzione.

Ramaq perse la pazienza.

"Ora gli taglio la gola," disse. "Lo faccio stare zitto per sempre."

"No," feci. "Il sangue è *haram*."

"Io gli taglio la gola se non la smette," ripeté.

Il piccolo colobo continuava, più forte di prima. Che cosa avesse non si capiva.

"E allora torcigli il collo," mi comandò Ramaq. Sembrava fuori di sé. Il coltellaccio che teneva in mano gli aveva tolto la ragione, lo fece sentire invincibile. Conoscevo quella sensazione, l'avevo provata tante volte quando andavamo a sparare col fucile di Said.

"No!" dissi.

"Avanti, altrimenti lo prendo e gli taglio la gola," ordinò di nuovo Ramaq. "È *haram*, e sarà anche il tuo *haram*." Era una minaccia.

La minuscola scimmia stava lì, immobile: in piedi, muoveva le zampe anteriori e ci fissava con quegli occhietti penetranti.

"Avanti!" gridò Ramaq.

M'abbassai, cercai un sasso da terra e, con la rapidità d'un ghepardo e la forza d'uno scimpanzé, colpii il colobo dritto in testa. Fui velocissimo e precisissimo.

Quello fece un verso strozzato, vacillò. Poi si toccò la testa e finalmente si voltò.

Poi fuggì via.

Ramaq rimase immobile. Non s'aspettava tanta precisione e potenza nelle mie braccia. Non poteva sapere che per anni mi ero esercitato alla guerra col mio migliore amico, che per anni non avevo fatto altro che quello. Avevo mascherato bene la mia natura selvatica e caprina.

"Tu hai sangue beduino, fratello," disse. "Sei un guerriero, non hai paura di niente."

M'aveva scoperto.

Non risposi.

Ramaq riavvolse in fretta il coltellaccio e di nuovo lo seppellì.

In silenzio tornammo indietro.

S'infilò per primo dentro la cella buia.

Mentre richiudevo la porta alle mie spalle e raggiungevo la mia parte di pavimento, presi una decisione.

Mi sarei separato da Ramaq, non lo avrei più assecondato.

Ero nella Grande Moschea per scoprire chi ero, per capire chi era Dio. Per mettere pace nella guerra del mio cuore. Ero lì per questo, e niente m'avrebbe distolto dalla mia ricerca. Se avevo lasciato mia madre al villaggio era per un motivo.

Mai più avrei permesso che la mia parte buia prendesse il sopravvento.

Mai più avrei covato la mia ira.

Ero lì per dimostrare che la vecchia Raja aveva torto.

Non sarebbe stato Ramaq a distogliermi.

Non sarebbero di certo stati i Neri.

Al buio, quella notte, feci *du'a*.

A lungo pregai Allah affinché mi desse la forza di arrivare al cuore di me stesso.

M'addormentai, la fronte ancora appoggiata alla ruvida stuoia, prostrato, nella posizione della preghiera.

22.

Rabbani

Con *shaykh* Abu trascorsi il tempo più prezioso della mia vita. Imparai a vedere dentro gli stessi gesti che compivo da quando ero nato.

Grazie a *shaykh* Abu imparai a guardare dentro la mia stessa vita con profondità.

E tutto avvenne attraverso la pratica quotidiana e la celebrazione dei riti che avvicinavano a Dio. Fu la ripetizione ad aprirmi alla rivelazione.

Imparai a iniziare e finire le giornate con un *hamd* di devozione, cantato piano e a labbra strette, fatto risuonare nel cavo della bocca.

Hamd Allah hoo, hamd Allah hoo.

Imparai a fare *bismillah* prima di ogni pasto, a ringraziare Dio così da rendere il cibo *halal*, conforme al Suo volere.

Imparai a portare la *thawb* e l'*izaar* sopra le caviglie e mai al di sotto, in segno d'umiltà.

Imparai a inamidare la mia *thawb* con il *kalaf*, il muschio di Medina.

Imparai a non lasciare i sandali con la suola rivolta a terra, ma sempre girati all'insù, come aveva insegnato il Profeta.

Imparai il rito dell'urina. A prendere il pene con la mano sinistra e a orinare accovacciato, mai in piedi. Imparai che mai nemmeno una goccia doveva toccare la *thawb* e mai la pelle nuda. Imparai a pregare prima di orinare e a lavare le mani, dopo.

Imparai a dondolarmi dolcemente avanti e indietro, per accompagnare con i movimenti del corpo la lettura del Corano.

Imparai a lavarmi i denti con un *miswak* di legno, come aveva fatto il Profeta.

Imparai a indossare il *tasbih* al collo, e a far scorrere tra le dita i suoi novantanove grani più uno, tanti quanti i nomi di Dio.

Imparai a salutare alla destra e alla sinistra i miei angeli custodi con la parola *Salam*, pace, prima della preghiera e del pasto.

Più di tutto, imparai che Dio non s'era fatto uomo di carne, ma s'era fatto *parola*. Gesù Cristo non era Dio, era uno dei profeti. Non l'ultimo, non il più importante. Quel posto spettava a Maometto, il Risvegliato.

Imparai che ogni lettera pronunciata del Corano equivaleva a dieci benedizioni.

Imparai che ogni singola parola scritta nel santo Corano era emanazione diretta di Dio, e che leggere anche una lettera soltanto del libro sacro conduceva al cammino verso la santità.

Imparai che la stessa lingua araba è divina, perché scelta da Dio per rivelarsi: imparai la perfetta pronuncia, dimenticando il suono del dialetto del mio villaggio, della lingua di mia madre e di mio padre.

Imparai che Dio aveva lasciato *segni* della sua presenza ovunque, nel mondo. Imparai il significato di *aya*, che è il versetto del Corano e insieme i segni di Dio nel mondo.

Tutte queste cose imparai da *shaykh* Abu.

Trovò una pianta storta e ne fece una pianta diritta.

"Mettiti come un mulo," disse la prima volta.

Non capii.

Poi imparai. Dovevo stare carponi, il sedere all'infuori.

Lì si scaricava tutta la qualità del legno duro.

Tante bastonate mi diede *shaykh* Abu, eppure fu attraverso quelle che imparai ad amarlo. Non era cattiveria, era il modo in cui il suo amore per gli uomini s'era sublimato. Altro contatto non aveva potuto avere da anni, con altri corpi fuori del suo: il bastone era il prolungamento del suo braccio e delle sue mani, il tentacolo della sua anima. Era l'arnese con cui mi trasmise l'amore per la fede.

Cominciai a voler bene a quel piccolo uomo, molto più basso di me ma molto più santo; cominciai a considerarlo il padre che non avevo più avuto. Mio padre non aveva mai avuto parole: *shaykh* Abu colmò quel vuoto dentro il mio spirito.

Una cosa soltanto, di mio padre, non smise mai d'accompagnarmi. Non era una sensazione, non una memoria, ma qualcosa di presente: la qualità di quel dolore era rimasta la medesima; sempre lo stesso, l'ago di quella fitta. Era il dolore che avevo provato la mattina che il vecchio Hassim lasciò la casa. Il dolore che per anni avevo provato aspettando il suo ritorno davanti al mare muto. Il dolore di rimandare quel momento ogni volta al giorno dopo. Il dolore per aver visto Said uscire da casa mia.

In mezzo all'oblio di me stesso, quello era rimasto.

Che siano i dolori più acuti, quelli attraverso cui non smettiamo di sapere chi siamo?

Te li risparmierò. Quant'è vero Allah, tu ne sarai risparmiato.

Shaykh Abu mi plasmò, e ciò avvenne attraverso i riti e la disciplina. Mai prima di allora avevo immaginato che la ripetizione e l'attenzione potessero tanto.

Non ero più il ragazzino povero destinato alla guerra e al peccato. Non ero più il servo e l'amico di Ahmed.

Non più il figlio del vecchio Hassim, né il bel discendente della stirpe beduina di mia madre.

Non ero più il pescatore costretto dalla sua natura di servitore.

Non ero più il solitario e già vecchio che tutti chiamavano col nome del padre.

Non ero più il perduto, non ero più colui che il mare ha salvato e a cui il mare ha parlato.

Non ero più il pellegrino del deserto che aveva scoperto il suo corpo attraverso quello d'una giovane beduina.

Ora ero un altro, grazie alle percosse e all'amore di shaykh Abu.

Ero uno che si riconosceva nelle parole che pronunciava e nelle pratiche che eseguiva.

Ero il Rispecchiato.

Questo mi fecero le settimane e i mesi con *shaykh* Abu: mi fecero conoscere il piacere della disciplina.

Io che ero sempre stato un distruttore, come una volta aveva detto Karima, mi scoprii plasmato.

Non era più la ribellione a interessarmi, ma il suo contrario: l'accettazione.

Non più la rivolta a incuriosirmi, non più la scoperta.

Non l'incognita, era il conosciuto che adesso mi riempiva.

In quei riti e in quelle infinite ore trascorse con *shaykh* Abu e la sua delicata fermezza, conobbi l'ingresso nell'età adulta: non fu più la promessa d'infinito a sospingermi, ma la scoperta della profondità e dell'infinitezza del piccolo, del niente.

Iniziai a ricercare la mia solitudine.

Cominciai a provare gioia nel frequentare le profondità del mio essere. Quelle profondità che, come la moschea, contenevano spazi, grotte, intercapedini e slarghi infiniti, e che erano replicate là fuori nell'infinità dell'universo.

Quella era la strada, la mia vera via. Iniziai a intravvedere la pace per le due metà in guerra del mio cuore.

Presi a trascorrere molto più tempo con lo *shaykh* che con chiunque altro all'interno della Moschea.

Con Ramaq scambiavamo qualche parola soltanto alla vestizione e alla svestizione.

Non avevamo molto da dirci, e mi rispettava.

Aveva rinunciato a sollecitarmi.

S'era procurato del cotone che di notte infilava nelle orecchie per evitare di sentire il mormorio delle mie orazioni.

Dopo le lezioni, camminavo con lo *shaykh* all'interno della moschea, nel meraviglioso giardino dell'imam o lungo gli strettissimi corridoi bui che intrecciavano il Dedalo.

All'inizio mi sembrava di perdermi, poi presi a lasciarmi condurre, alla fine appresi il cammino da solo. Sapevo dove svoltare, le pause dei mezzanini, le intersezioni delle scale.

Ai mezzanini si giungeva attraverso porticine quasi invisibili che s'aprivano improvvise a diverse altezze dei lunghi muri, e conducevano, per un complicato sistema di scale, giù alle cucine oppure ancora più giù, ai luoghi più umidi e freddi dell'edificio: le cantine.

Quell'andare era perfetto per memorizzare i versetti. O per chiacchierare, certi di non essere uditi. Era un vero labirinto di corridoi che si ripetevano uguali sui tre piani dell'edificio.

Bellissimo era passare a fianco degli stanzoni in cui pregavano gli studiosi degli ultimi anni, coloro che stavano per divenire *qari*. Le loro voci sommesse diventavano una sola, un dolce e incessante brusio che nominava la potenza di Allah.

Ci vollero mesi per imparare a memoria la geografia del Dedalo.

Di notte uscivo e lo percorrevo da solo, nel buio.

Passavo di fianco alle infinite cellette mormoranti.

Da poche filtrava la tenue luce di una candela, sotto la porta chiusa. Le candele infatti erano proibite, impedivano la perfetta concentrazione, che soltanto avviene nell'oscurità. Chi ne aveva una, se l'era procurata di nascosto al bazar del villaggio.

Seguivo, tastando le pareti di pietra ruvida, il perimetro dell'edificio.

Quella struttura intricata era stata voluta secoli prima dal califfo. Destinata agli studenti, doveva essere metafora del Cammino che porta alla fonte.

Il Cammino che porta alla fonte era la meta: una strada tortuosa. Una strada che soltanto si poteva apprendere da soli, attraverso una lunga pratica.

Il Cammino che porta alla fonte era la strada dove ogni atto era uno sforzo. Ogni atto era *jihad*. *Jihad* è lo sforzo che conduce a se stessi, e così a Dio.

Il meraviglioso giardino dell'imam ne era una metafora reale. Coltivato per decenni, testimoniava la bellezza dell'amore per qualunque insignificante atto della vita: in ogni nostro atto sta Dio. In ogni singola foglia sta il *jihad* per raggiungerlo.

Il Risvegliato era colui che tutto ciò sapeva.

Il Risvegliato era il felice colmo di gioia piena.

Ogni petalo, ogni foglia, era lì per ricordare questo a noi *talib*.

Eravamo fiori, e bellissimi.

Niente importava, di fronte a Dio: la stirpe, la provenienza, neppure il destino.

Il Cammino che porta alla fonte era la strada al termine della quale sarei diventato un Risvegliato: consapevole di ogni mio gesto, illuminato dall'amore dell'universo.

Solo quello m'interessava.

Nient'altro.

Così della mia esistenza trascorse un tempo che parve infinito.

23.

Il Cammino che porta alla fonte

Persi la cognizione dello scorrere dei giorni.

La mia vita era diventata ricerca.

Una mattina, però, *shaykh* Abu mi diede il più grande dispiacere che potesse darmi.

"Io e te abbiamo finito," disse.

Non c'era dolcezza nella sua voce, parlava come quando teneva lezione. "Ti ho insegnato quello che era mio compito, e ora dobbiamo separarci. Devi avanzare da solo. Ti devi affrancare."

Non credevo alle mie orecchie. Il cuore mi rimbombò in petto.

Shaykh Abu era stato il mio punto di riferimento all'interno della moschea, cosa avrei fatto senza di lui?

Restai senza parole.

Shaykh Abu parlò al posto mio. "Sei grande, adesso. Non sei più il ragazzino che è entrato tanto tempo fa. Hai imparato molte cose, e molte ne hai ancora davanti." Tacque il tempo di pulire gli occhialini. "I *segni*. Sono i *segni*, caro Amal, che devi imparare a vedere nel mondo, adesso, oltre a conoscere la loro esistenza."

Ero maturato.

Mai nessuno me lo aveva detto.

La vita nel villaggio era portata avanti dal susseguirsi delle stagioni. Una vita selvatica, naturale, dove non c'era spazio per l'anima e la sua evoluzione. Le persone cambiavano come monta il mare col vento e maturano i frutti sui rami, come un capretto diviene capra.

Shaykh Abu invece m'aveva fatto crescere.

Non era stato il mare, questa volta. Era stata una persona.

Tanto grande si fece in me la riconoscenza che infine riuscii a parlare. "*Shaykh* Abu," dissi. "Ti sono grato. Senza la tua guida non avrei mai visto la Luce. Sarò in debito con te per tutta la vita."

Shaykh Abu sorrise con il suo sorriso tranquillo e dolce, finalmente.

"Mai una volta il sole ha detto alla terra: tu sei in debito con me. E guarda quanta bellezza ne è venuta," disse. Si rimise gli occhialini. "Sono su questa terra per illuminare i sentieri di chi era senza luce. E a volte accade che la luce che si genera è grande." S'arrestò e mi guardò dritto negli occhi come mai aveva fatto. Poi forse sembrò troppo perfino per lui, e diede un colpo di tosse. "Tu hai tanta luce, Amal. Sono felice d'averti conosciuto e di aver trascorso questo lungo tempo insieme a te. Sei uno dei migliori *talib* che abbia mai avuto. È giunto il momento della tua *attestazione*."

Quella mattina non ci fu lezione.

Mi strinse in un abbraccio e mi lasciò andare.

Senza che me ne fossi reso conto, le lezioni per me erano finite.

Ero pronto per la *shahada*.

Presto arrivò il mattino della mia *attestazione*.

Ebbi accesso al bagno che veniva aperto ai *talib* solo per quell'occasione e mi lavai a lungo e accuratamente versandomi addosso l'acqua calda con ciotole di rame su cui erano incise iscrizioni coraniche.

Fui vestito con una nuova *thwab* bianca e un *taqiyah*, il copricapo immacolato.

I pantaloni vennero arrotolati sopra le caviglie.

L'ingresso alla moschea fu grandioso, davanti a tutta la nostra comunità.

Ramaq mi guardò divertito, la sera prima m'aveva preso in giro per la mia agitazione.

In quella splendida mattina di sole fu attestata la mia fede, e fu la mia festa.

Davanti alla nostra *Ummah* pronunciai le parole sacre: *Ashhadu anna la ilaha illallà, Ua Ashhadu anna Muhammad Rasulullah.*

"Attesto che non c'è altra divinità all'infuori di Allah," dissi solennemente, "e che Maometto è il Suo Messaggero e Profeta."

Tutti pregammo nel nome della mia *attestazione*, con le parole che si pronunciano per salutare Dio:

Allah wakbàr
Ashhadu allà ilaha
Wash hadu anna Mohammadan Rasulullah
Haya aala salà
Haya aala el falah
Allah wakbar
La ilaha illallah

La moschea risuonò delle nostre voci in unisono nel nome della mia *shahada*:

Allah è il più Grande
Attesto che non c'è altra divinità all'infuori di Allah
E che Maometto è il Suo Messaggero e Profeta
Venite a pregare
Venite a guadagnarvi il bene
Non c'è altra divinità all'infuori di Allah

Fu attestato che possedevo la pronuncia perfetta della parola *salama*, che sapevo tenerla il giusto tempo nel cuore e poi emetterla con la gola. Che sapevo trattenerla quel tanto che bastava per possederla.

Salama, la radice da cui derivava la parola *Islam*, la noce in cui stava raccolta, e con lei il senso di tutto.

Salama era due cose assieme, e io quel giorno divenni entrambe: sottomesso a Dio e portatore di pace.

Il più bello dei novantanove nomi di Allah è infatti *al-Salam*: la Pace. E io, quel giorno, lo divenni.

Sentii, per la prima volta, le due metà del mio cuore quasi in armonia. E ne fui stupefatto. Che la felicità di Tarif si stesse avvicinando?

Ero trasformato.

E nuovamente solo.

Senza più un tutore, ora la strada diventava soltanto mia.

Ogni trasformazione, compresi quella mattina, avviene attraverso una nuova solitudine.

Non pregavo più, ero diventato io stesso preghiera.

Ogni mio gesto, ogni mio atto, ogni mio movimento e intenzione: tutto era già preghiera.

La mia intera vita era domanda e dono verso l'Onnipotente.

Finalmente avevo capito nell'intimo il significato della sottomissione.

"Non hai nessuna colpa, non hai commesso alcun peccato originale," sempre mi diceva *shaykh* Abu. "Non è a questo che sei sottomesso."

Sentivo la mia stessa innocenza, l'abbandono all'ordine naturale del mondo, la mia sottomissione alle sue leggi.

Ogni neonato è musulmano, ogni uccello è musulmano e ogni albero è musulmano, compresi, poiché ognuno di loro porta in sé la natura di Dio, le sue leggi di nascita e morte, di maturazione e corruzione, senza neppure saperlo.

Questo è Islam, sentii nel cuore il giorno della mia *shahada*: sottomissione a ciò che già siamo.

Sottomissione alle leggi di Dio, che ci vogliono proprio come siamo e non diversamente: amano la nostra statura e il colore dei nostri occhi e dei nostri capelli, amano e conoscono il momento in cui incanutiranno e li perderemo, amano la nostra voce e il nostro carattere, il nostro pensiero e l'inclinazione del nostro cuore.

Meraviglioso è l'Islam, compresi, e il mio cuore si colmò di serenità. Meraviglioso è sapere della propria perfezione. Meraviglioso è sapere che perfetti siamo così come siamo nati.

Com'era bello pensare d'essere sottomessi a un ordine più grande di ogni singola cosa! Quanto era rassicurante!

Divenni sottomesso, e così conobbi la perfetta gioia della pienezza.

Quella era la strada verso il Cammino che porta alla fonte.

La preghiera era il mio *jihad*, lo sforzo che conduceva a me stesso. Lo sforzo che mi condusse a diventare colui che da sempre ero stato.

Mi isolai.

Praticavo il digiuno non solo nel mese di Ramadan ma per tutto l'anno. Presi a cibarmi soltanto di riso bianco e acqua: un paio di manciate di riso una sola volta la settimana. Bevevo molta acqua, ma non prendevo altro cibo.

La mia era la strada per la purificazione, e doveva passare attraverso il corpo.

Volevo raggiungere il distacco da ogni bene materiale, per arrivare a vedere la mia vera natura: nuda.

Il Dedalo smise di essere un intreccio di sguardi e di conoscenze. Continuava a essere la mia *Ummah*, la mia comunità, solo che lo era in modo silente.

La comunità vegliava su di me, ma io sentivo la necessità di stare da un'altra parte: a contatto con l'Infinito soltanto.

Fui indicato come futuro *qari*, mi fu dunque assegnata una cella singola.

La separazione da Ramaq non fu dolorosa.

Avevamo condiviso lo stesso pavimento, ma era da tempo, da poco dopo il mio ingresso, che io ero con il cuore da un'altra parte.

Era da tempo che non parlavamo.

Ramaq aveva smesso da tempo di mostrarmi le sue armi o le sue prodezze, aveva smesso anche d'invitarmi con lui al villaggio. Erano anni, m'accorsi, che non frequentavo altra anima che la mia.

Al villaggio lui andava con Mahir e Kahlil, e tornava ogni volta pieno di storie che avrebbe voluto raccontarmi.

Io invece ero concentrato sui libri.

Imparai a memoria lunghi brani del Corano.

Ciò che avevo desiderato essere, conoscendone soltanto la parola, *hafiz-e-Quran*, era quasi realizzato.

A quel tempo non avrei mai neppure sospettato di quanta solitudine abbisognasse il corpo, di quante privazioni, attraverso quante mortificazioni dovesse passare per far memoria di ogni singola parola di Dio. C'era da svuotare se stessi, per accogliere l'infinito.

Faticavo anche soltanto a ricordare il mio passato.

Ogni tanto ci provavo, nella solitudine della cella, sul duro pavimento freddo. Provavo a ricordare i profumi, i profumi cari a mia madre, e non ci riuscivo.

Il profumo del mare, quello del bosco di sequoie, l'odore del bazar e delle viuzze polverose del villaggio. Il tanfo davanti alla casa della vecchia Raja. La fragranza dei panni stesi ad asciugare.

L'odore del legno bagnato del molo dove tante volte io e Ahmed avevamo sciolto il *dhow* e avevamo preso il mare: era profumo di legno e di sale insieme.

Non riuscivo più a sentirlo nel cuore.

24.

I cunicoli e le candele

A volte capitava, la notte, che nei sogni arrivasse Karima: il suo corpo robusto e forte prendeva sembianza d'animale, e veniva a cacciarmi.

Mi risvegliavo con la voglia nella tunica da notte, e andavo a fare le abluzioni per la purificazione.

La mia vita era stata segnata dalla bellezza, e adesso erano anni che non vedevo il mio volto. Nella moschea avevo sempre evitato i pochi specchi. Allontanavano da Dio; evitarli era un passo per rinnegare se stessi.

Che fine aveva fatto la mia bellezza, mi sorprendevo a chiedermi, a volte? Era ancora lì?

Era accaduto, ogni tanto, nel corso degli anni in cui avevo studiato con *shaykh* Abu, che leggessi la mia bellezza negli occhi di qualche *talib*. La riconoscevo: erano gli stessi guizzi che vedevo da sempre negli occhi delle donne che incrociavano il mio sguardo. Non c'era niente d'esplicito in quel desiderio, eppure non c'era bisogno di nominarlo, sarebbe bastato un cenno e tutto sarebbe accaduto.

Ora invece stavo sempre solo.

Quando incrociavo altri esseri umani, il mio cuore era tutto rivolto all'interno, non li vedeva.

Ero diventato uno di quelli che indossavano il *taqiyah*: uno studioso, un aspirante imam.

Agli occhi di un giovane *talib* appena giunto alla moschea, non fosse stato per la tunica bianca, sarei stato come una delle ombre penitenti, i chiusi nella fortezza del deserto a espiare la loro *mannat*.

Ero diventato simile a coloro che i primi mesi avevano disturbato i miei sogni.

Simile ai traghettatori delle anime dei giovani verso il buio della guerra.

Visioni.

Presi ad avere visioni, come la fiera Fatima.

Venivano a trovarmi ogni tanto, col buio, trasportate da *jinn* prepotenti: immagini di guerra e di violenza, avvisaglie del mio futuro. Da lì non sarei scappato, venivano a dirmi.

C'era un passaggio, sconosciuto ai più e che i primi tempi Ramaq m'aveva mostrato: portava dalle cantine alla moschea.

Era uno stretto cunicolo sotterraneo che nei secoli era stato utilizzato dai *qari* per pregare, di notte, quando l'edificio sacro era chiuso.

Non lo avevo mai percorso, fino a prima della mia *shahada*.

Poi, quando i *jinn* della guerra avevano preso a venirmi a trovare di notte, a volte sentivo forte il desiderio d'una vicinanza maggiore con Allah, e percorrevo gli stretti corridoi fino al mezzanino del pianoterra.

Salivo una rampa delle scale cieche e umide e uscivo dalla piccola porta di legno che conduceva a un secondo mezzanino con scale che, questa volta, portavano alle cantine.

C'era sempre qualche topo ad accogliermi.

Andava bene. I *jinn* malvagi amavano nascondersi nei gatti, soprattutto neri. I topi erano amici.

Dell'angusto androne delle cantine scorgevo solo la sagoma delle porte di ferro chiuse con i lucchetti. Il resto era avvolto nel buio più assoluto. Procedevo a tentoni, accosto ai muri.

Al termine c'era una polverosa rampa di scale che strettissima saliva a una porticina che dava dentro la moschea, e anzi proprio al suo centro, di fianco alla *al-mihràb*, la nicchia direzionale rivolta alla Mecca: là dove veniva indirizzata la preghiera.

Dall'interno, la porticina era coperta alla vista dei fedeli dal podio per i sermoni.

Immerso nel silenzio sacro di Dio, mi sentivo al sicuro.

A volte accadeva che m'addormentassi, dopo aver pregato per ore, e che un fratello mi ritrovasse sdraiato sul grande tappeto centrale, la mattina dopo.

Poi feci un incontro strano.

Dopo qualche mia visita era capitato, nel pieno della meditazione, di udire un rumore alle mie spalle.

Non mi ero girato subito, credendo fosse un topo.

Poi il rumore era tornato.

Avevo guardato in quella direzione.

Un'ombra, immobile, pregava.

La tunica scura la rendeva invisibile.

Era uno dei penitenti.

Più volte mi capitò di ritrovare la stessa ombra.

Stava immobile, la fronte al suolo in segno di reverenza.

Si alzava in ginocchio, congiungeva le palme al petto, tornava a prostrarsi.

I movimenti erano perfetti, misurati, silenziosi.

Col passare delle notti imparammo a pregare insieme, ognuno chiuso nel proprio mondo interiore.

Con le settimane quell'ombra divenne, oltre a *shaykh* Abu, l'unico mio compagno di preghiera: un compagno sconosciuto.

Una notte s'alzò prima di me.

Non era mai accaduto, ero sempre io a tornare alla cella per primo o, se succedeva che mi addormentassi, al mio risveglio non era più lì.

S'alzò, e mi passò di fianco per raggiungere l'apertura dietro la nicchia direzionale.

Percepii passi leggeri, ero immerso nella recitazione della sura *al-Fatiha*, la sura detta "Aprente", la madre del Corano.

In nome di Allah, il Compassionevole, il Misericordioso
La lode appartiene ad Allah, il Signore dei mondi
Il Compassionevole, il Misericordioso
Re del giorno del giudizio
Te noi adoriamo e a te chiediamo aiuto
Guidaci sulla retta via,
La via di coloro che hai colmato di grazia, non di coloro che
sono incorsi nella tua ira, o gli sviati...

Quando riaprii gli occhi, l'ombra era svanita.

Al mio fianco, a terra, c'erano una candela e una scatola di fiammiferi.

Strano, pensai. Alla moschea le candele erano una rarità.

Forse erano uno strano dono per me, o forse erano cadute al penitente.

Le presi, in ogni caso, insieme ai fiammiferi.

Mi sarebbero tornati utili nelle notti insonni per dedicarmi alla lettura.

La volta dopo, per farmi strada, decisi di usare la candela che l'ombra m'aveva lasciato. Era stata una gentilezza, la sua? Un modo per invitarmi a frequentare di più la moschea di notte?

Vidi ragni, ragnatele e scarafaggi, i sotterranei ne erano pieni.

Avrei voluto ringraziare l'ombra silente, ma la notte, durante i nostri incontri segreti per la preghiera, mai avrei potuto disturbare la sua meditazione.

Grazie a quel regalo inatteso, tornai a frequentare lo stanzone per i pasti.

Non mangiavo, continuavo ad astenermi dal cibo: ci andavo per bere e osservare. Ero incuriosito dall'ombra che m'aveva fatto quel dono.

Mai una volta una delle ombre penitenti mi lanciò un segno.

Mai una volta mi capitò di scambiare un cenno d'intesa con alcuno.

L'ombra notturna non sapeva chi fossi, e io non sapevo chi fosse l'ombra notturna. Era stata soltanto una gentilezza, decisi.

Credevo che il nostro scambio segreto fosse concluso, e invece qualche notte dopo l'ombra lasciò un'altra candela.

Qualche notte dopo, un'altra ancora.

Questa volta, anziché esserne turbato, ne fui felice.

Ero felice che quello scambio silenzioso e misterioso continuasse, ero felice di quell'anima gemella con cui condividevo preghiere e nottate.

Mi faceva sentire meno solo. Ero felice di avere un amico tanto discreto e misterioso.

Usavo le candele anche dentro la cella. Ne accendevo una e ripassavo i versetti, oppure leggevo libri sulla vita del Profeta.

Ero quasi diventato un *hafiz-e-Quran*: la strada che mi ero imposto per trovare la mia via verso il Cammino che porta alla fonte.

Non era importante quale fosse la via, ogni via era buona.

Io avevo scelto la memorizzazione: masticare in bocca e nel cuore le parole di Dio mi costringeva allo sforzo di vederlo in ogni mio atto e in ogni cosa.

Quello era il *jihad* che avevo deciso per me: il mio sforzo personale.

Quelle candele mi aiutarono ad arrivare nel luogo in cui da sempre, mi pareva, sarei voluto giungere.

Ero grato a quel misterioso penitente.

25.

Il *jihad*

Quando ebbi imparato a memoria tutto il testo sacro, divenni *qari*.

Il motore che m'aveva spinto a lasciare la mia vita e il villaggio finalmente s'era spento: ero arrivato là dove avevo desiderato. Il cuore aveva smesso di farsi sentire, pareva pacificato.

Hafiz-e-Quran: un uomo che dentro di sé ha ruminato e immagazzinato ogni parola rivelata da Dio al Profeta.

Un illuminato, un sapiente.

Eppure, nessuna luce s'era aggiunta a quella del sole, il giorno che finii di recitare tutto il Corano a memoria davanti all'imam.

Prima, avevo l'idea di ciò che sarei stato; ora ero diventato quella stessa idea.

Smisi d'essere studente, divenni maestro.

Gli anni dedicati allo studio e alla meditazione mi condussero a insegnare ad altri come scorgere la via sottile che porta al proprio personale sentiero.

Ero più saggio? Questo sì.

Ero al riparo dai morsi della carne? Questo mai.

Un giorno alla moschea arrivarono delle giovani donne.

I carri su cui viaggiavano attraverso il deserto si erano danneggiati, erano state costrette a bussare alla nostra porta.

Le accogliemmo.

Non potevano dormire nell'edificio in cui stavamo noi, le sistemammo nel grande cortile.

Stendemmo a terra quaranta stuoie di paglia, per accogliere i loro corpi. Erano rimaste così a lungo sotto il sole che i visi erano arrossati, i veli allentati, le vesti appena scostate, a prendere aria fresca.

Era tanto tempo che non vedevo donne.

Alla vista di alcune di loro, provai una vampa. Erano giovani e perse: i loro occhi erano infuocati, la potenza che emanava da quelle mani e quelle bocche era diabolica.

Mi cercarono, ammiccarono guardandomi. Tra loro ridevano: sentii rinascere il fuoco sopito ma mai estinto.

Il venerdì, l'imam decise che le giovani avrebbero preso parte alla celebrazione insieme a noi.

Appena diventato *qari*, l'imam chiese a me di tenere il sermone.

Stetti sveglio tutta la notte per preparare l'orazione, cercando di scacciare i demoni di quei corpi caldi.

Decisi di parlare del *jihad*, dello sforzo per scorgere la nostra bellezza personale.

Mai avevo parlato davanti a tanti occhi e tante orecchie.

Mai udii il suono della mia voce come quel giorno.

La moschea mi parve più grande di come la conoscevo, le sue volte più ampie.

La voce risuonava dal pulpito, ed era come se non fosse la mia.

Le giovani mi guardavano e sorridevano, si scambiavano parole complici. Una in particolare mi guardò tutto il tempo. Ogni volta che giravo lo sguardo nella sua direzione incontravo il suo, di fiamma. Era una giovane minuta dagli occhi di magnete che bucavano l'*hijab* e penetravano l'anima del guardato.

Alla fine dell'omelia attesi che tutti fossero usciti dalla moschea. Poi mi fermai sotto il porticato a leggere. Mancava poco al pasto e scorsi Ramaq con un gruppo di ragazzi, tra i quali si trovava la giovane minuta. Con lui c'erano i suoi due amici, Mahir e Kahlil. Stavano dietro una colonna del porticato, in fondo, per evitare sguardi. In silenzio mi avvicinai. Non mi videro.

Mi nascosi e li osservai. Una forza misteriosa mi portava a gesti eccessivi.

Ramaq e gli amici avevano coltelli, li mostravano alle giovani.

Quelle ridevano, impressionate, timide, complici.

Li udii accordarsi per un incontro notturno nei sotterranei. La giovane minuta sorrise, poi s'allontanò con le altre.

La notte decisi di andare a pregare.

Forse non era soltanto la preghiera che cercavo, ma un incontro proibito. Lasciai la cella senza confessarmelo, presi l'ultima delle candele che l'ombra penitente m'aveva lasciato e m'infilai nel labirinto sotto terra, gonfio di animali e umidità.

Nel mezzo del corridoio che si allungava sotto il cortile udii voci provenire da una cavità vicina.

Mi fermai ad ascoltare.

Erano Ramaq, Mahir e Kahlil.

Con loro c'erano alcune giovani, attraverso il muro ne udivo le voci, le sommesse risate. Una vampa mi prese nel ventre: sperai ci fosse anche la giovane minuta.

Tornai indietro e cercai nel muro un'apertura che mai avevo scorto.

Non trovai niente.

Ero andato troppo indietro, le voci non si sentivano più.

Tornai dove le avevo udite la prima volta: eccole.

Appoggiai la candela a terra.

La luce bassa mi svelò il pertugio. Mai ne avevo immaginato l'esistenza.

Era un piccolo passaggio quadrato, scavato nel muro all'altezza del pavimento.

Ci sarebbe potuto entrare un cane, o un gatto.

M'abbassai e guardai dentro: conduceva in quello che sembrava un altro corridoio.

Presi la candela e, a fatica, m'infilai.

Il passaggio era davvero strettissimo, ora il soffitto mi sfiorava la testa. Dovevo camminare piegato.

Le voci erano ormai vicinissime. S'udiva distintamente ciò che dicevano.

D'un tratto smisero di parlare.

Soffiai sulla candela. Forse qualcuno aveva notato la luce?

Ripresero a parlare. Tirai il fiato.

Avanzai piano.

Alla fine, il corridoio si divideva in due. Seguendo i suoni, presi a sinistra.

Il baluginio di alcune candele disegnava ombre sul muro di fronte a un'apertura. Erano ombre che si muovevano, animate come folli *jinn*: ballavano come gli spiriti che mia madre teneva chiusi nelle boccette di profumo.

M'accostai al muro finché non arrivai all'apertura.

M'abbassai e guardai dentro.

Era una grande stanza vuota, forse un tempo era stata usata come deposito di cibo, di granaglie o d'armi.

Erano in sei.

Ballavano nudi, pazzi. Le tuniche erano a terra, sparse in un'ideale larga circonferenza.

Bottiglie d'alcol erano ovunque, sul pavimento.

Le giovani, fuori di sé, si muovevano sinuose, i corpi animati da una terribile forza amorosa, i seni rotondi disegnavano curve nello spazio, il nero dei sessi irrequieto. Riconobbi la giovane minuta dallo sguardo di magnete. Danzava a occhi chiusi, i piccoli seni ovali.

Ramaq, Mahir e Kahlil le facevano danzare, intonavano canzoni. Ballavano tutti insieme, si sfioravano ridendo. Mi sentii avvampare.

Fui colto da una tremenda pulsione, e ne fui spaventato. Era forse la mia ira che tornava ad affiorare in altre forme? Immaginai di entrare e di dare sfogo a tutte le mie passioni. Il cuore, per la prima volta dopo tanto tempo, fece sentire la sua guerra, perse un battito.

Scappai.

Quasi correndo, ora al buio, ripercorsi i cunicoli a ritroso.

Fuori dal piccolo passaggio, con un fiammifero accesi la candela.

Quando raggiunsi la moschea il fiato era corto, il cuore dolorante.

Quella notte venne in sogno l'amore, nella forma di una grande fenice variopinta. Le sue piume lunghissime e colorate m'avvolsero e mi tennero stretto. Quando fui sveglio seppi che quella fenice era l'amore che avevo preso, quello che avevo dato e altro ancora sconosciuto. La tunica era bagnata nel centro esatto del mio peccato.

Corsi in bagno e feci lunghe abluzioni. Avevo dimenticato il fitto e acre piacere corporale, tanto più forte quanto più improvviso.

Era risentimento quello che mi suscitavano Ramaq e i suoi amici? Gelosia?

Non avevo mai provato sentimenti simili. Mai avevo invidiato un uomo per il suo rapporto con una donna.

Anche quello conobbi, e fu terribile: l'invidia. Come vita al contrario, compresi, leva l'energia necessaria per giungere a se stessi.

Qualche giorno dopo, quelle giovani tentatrici lasciarono la moschea.

Per me fu un sollievo. Potevo forse tornare a dormire tranquillo.

Non smisi mai di ricevere candele e altri doni dal penitente. Insieme a candele e fiammiferi, aveva preso a lasciarmi datteri.

Quelli furono i giorni in cui iniziai a pensare che ciò che

avevo guadagnato in fermezza e consapevolezza lo avevo perso in contatto col mondo.

Per anni avevo inseguito la meta che m'aveva strappato al villaggio, ma ora mi sembrava che il mondo non avesse smesso un attimo di evolversi, lasciandomi indietro.

Ero rimasto fermo all'istante in cui avevo bussato alla porta della moschea. Tutto ciò che avevo guadagnato era il rapporto con un'ombra sconosciuta.

Lo scambio con il penitente era diventato consuetudine, un atto d'amore non richiesto e perciò ancora più rinfrancante.

Una notte, finita la meditazione, trovai al mio fianco un nuovo moccolo di candela. Quella che avevo non era ancora finita, l'infilai nella tasca della tunica.

Quando arrivai alla cella appoggiai quella nuova a terra, di fianco alla stuoia che mi faceva da letto.

Il debole lumicino rendeva quel poco spazio più accogliente; dalla cucina avevo preso un piatto, era il mio portalume.

D'un tratto, qualcosa attirò la mia attenzione: la nuova candela portava un segno, non era liscia come le altre.

Guardai bene, l'avvicinai alla fiamma.

Sulla cera era incisa una parola. Era stato inciso un nome. *Alì.*

Il sonno, quella notte, non volle arrivare. Ma io non seguii la via tortuosa dei cunicoli umidi che conducevano alla moschea.

La verità era che avevo paura. Quel nome inciso nella cera mi terrorizzava: quel nome era il mio primo nome.

Avevo impiegato anni, anni d'isolamento dal mondo, anni di studio, preghiera e meditazione per realizzare ciò che più di tutto desideravo: dimenticarmi di me stesso.

Avevo voluto sapere chi ero, avevo voluto che Amal diventasse sapiente, Illuminato, perso nella contemplazione di Dio.

E ora quel nome risvegliava la parte più dormiente di me,

la parte più oscura, le radici che riconducevano all'antenato che aveva portato la guerra.

Avevo scelto l'elevazione spirituale per liberarmi della volgare terra dei nomadi, che mi schiacciava verso il sangue dei vinti e la violenza.

Avevo voluto elevarmi. Attraverso l'ascesa spirituale, avevo desiderato lasciarmi alle spalle l'umiltà della mia famiglia: il puzzo del pesce, il tanfo del sudore, le privazioni del cibo. Quel destino era ciò che non volevo più. L'elevazione spirituale era stata anche elevazione sociale.

Ero riuscito a trasformarmi in un nuovo me, ero riuscito a seppellire tra le dune del deserto la maledizione della vecchia Raja. Avevo anche smesso di sentire il cuore.

Un tempo lunghissimo avevo impiegato per lasciare indietro la bellezza beduina e serva del corpo, e incontrare la bellezza e l'eleganza del movimento, dell'atto che mi faceva simile a Dio.

E ora quel nome inciso sulla cera cancellava la seconda luce, quella che m'aveva nominato Amal, e tanti anni prima aveva iniziato a illuminare il mio cammino d'affrancamento ed elevazione.

Perché proprio quel nome era stato inciso sulla cera, mi chiedevo adesso, tremando? Perché proprio il mio primo nome, Alì? Ma la domanda che più premeva non lasciavo che venisse a galla, avevo il terrore di chiedermi cosa quell'ombra misteriosa volesse da me.

Trascorsi settimane senza sapermi più muovere negli spazi che erano stati miei.

Nonostante fossi *qari*, avevo scelto di non insegnare, non mi sentivo pronto per impartire lezioni.

L'imam mi volle incontrare, un omone dalla lunga barba bianca e dalle mani enormi. Per la seconda volta fui ammesso nel suo studio, dopo avergli recitato il Corano a memoria: un tappeto colorato, un leggio e due seggiole, nient'altro. Le grandi finestre davano sul suo regno: il giardino che gli era costato la vita.

Mi domandò se volevo insegnare, risposi di no.

"Saresti un grande maestro," disse.

"Non sono pronto, non posso essere il maestro di nessuno," risposi.

"Quanti anni hai, ragazzo?"

"Marwan dice che ne ho diciannove."

"È ora che ti misuri con la parola verso i più giovani."

C'erano cose che minacciavano la tranquillità del mio sonno, ma non potevo rivelargliele.

"Arriverà anche il mio tempo," risposi.

Non chiese altro. Mi lasciò andare.

Andai.

26.

L'incontro

Il Profeta, nell'isolamento della grotta di Hira, aveva trovato la rivelazione: io avevo trovato spettri.

La guerra era tornata dentro di me a far risuonare le sue granate. Come un paziente animale sotterraneo e silenzioso, s'era scavata una via e finalmente era uscita allo scoperto. Dentro la testa sentivo rimbombare gli stessi terribili clangori della guerra che avevo conosciuto da bambino.

Il mio primo nome su quella candela mi fece tornare debole.

Ciò che aveva detto la vecchia Raja e che sempre avevo temuto era allora vero, non c'erano più dubbi: i Neri erano venuti a prendermi. La guerra dentro di me, che avevo sperato di pacificare alla moschea, sarebbe diventata guerra vera. Quel nome ne era la conferma. Era il nome che quel giorno lontano insieme ad Ahmed, alla moschea sulla collina, avevo dato ai Neri. Quello scuro penitente era uno dei loro mediatori.

Avevo cercato rifugio nel luogo al mondo più lontano dalla guerra, e la guerra era comunque venuta a bussare alla porta della mia cella solitaria.

Non trovavo pace.

Il giorno e la notte cercavo di meditare e di dedicarmi alla preghiera, invano. Anche soltanto la loro vicinanza già rovinava ogni cosa. Era impossibile scappare da ciò che era stato scritto. Non c'erano ali che bastassero per affrontare un volo tanto lungo da lasciare indietro il destino.

Ritornai a frequentare la moschea di giorno per la preghiera, il cortile al tramonto e la grande sala per i pasti. Sentivo il bisogno d'una compagnia per alleviare il peso dei fantasmi.

Forse ancora non avevo trovato il sentiero per il mio Cammino che porta alla fonte, e Dio stava mettendo alla prova la mia perseveranza, pensavo nelle febbri della notte.

Sorprendevo i miei occhi a indugiare nella parte dove mangiavano i penitenti: come un avvoltoio segue i percorsi dove sa che troverà cibo, i miei occhi tornavano là.

Una delle ombre nere mi osservava.

Di sfuggita, cercando di non farsi notare.

Non ne ero certo: non sapevo se fossero i fantasmi o la realtà.

Una notte bussarono dolcemente alla porta della mia cella. Ne fui sorpreso, non era mai accaduto.

Era già passata la mezzanotte, stavo recitando il *Takbir*, lo lasciavo risuonare nella bocca, nella testa e nel cuore, come è giusto fare.

Toc. Toc.

Due tocchi sommessi.

M'alzai.

Ebbi il terrore di trovarmelo davanti.

Deglutii senza saliva prima di trovare il coraggio di tirare il legno della porta.

La cella era tanto piccola che con la porta aperta non c'era spazio per muoversi.

Nessuno. Non c'era nessuno.

Ai miei piedi, una candela.

La sollevai.

La scrutai bene alla poca luce.

Di nuovo quel maledetto primo nome inciso nella cera.

Non l'accesi.

Come avevo fatto con l'altra, in fretta la misi in un angolo. Imparai di nuovo il buio.

Un pomeriggio, all'improvviso, nel cortile mi venne incontro.

Era terminata la preghiera del mezzogiorno, ci avvicinavamo a quella del tramonto. Vagavo in cerca d'un angolo riparato in cui immergermi nella lettura, cercavo di distrarmi.

Quando l'ombra uscì da una porta d'angolo stavo seduto sul muretto sotto il porticato, la schiena appoggiata a una colonna, le gambe raccolte. Leggevo gli *hadith* della vita del Profeta. Ero al punto in cui i compagni l'avevano abbandonato e lui era solo e indifeso, persa una guerra, il futuro più nero all'orizzonte.

Sentivo quelle pagine battermi dentro e pulsare come il mio stesso sangue.

Non accadeva mai che una delle ombre si facesse viva di giorno e frequentasse gli stessi luoghi assolati dei *talib* e dei maestri. Invece uscì, mi passò di fianco.

Veloce, mi mangiò con lo sguardo, avida.

Fremetti di terrore.

Poi andò.

Lo stesso accadde altri giorni. Incontravo il penitente nei corridoi, lo trovavo all'improvviso dietro un angolo prima che veloce proseguisse, compariva nel porticato del cortile, sulle scale che conducevano alle celle dei *qari*... aveva preso a seguirmi.

Anticipava le mie mosse, sapeva dove mi sarei trovato prima che io stesso lo decidessi.

Era diventato me, o io ero diventato lui.

La notte ero assalito da incubi terribili.

Di quel volto vedevo soltanto la lunga barba nera e la schiena incurvata. I passi erano pesanti, in testa portava un *takiyah* e sopra il cappuccio nero della tunica calato fino agli occhi.

Una notte tornò a bussare alla porta della cella.

Tremai di paura. Poi mi feci forza e mi alzai. Aprii, pronto a raccogliere una nuova candela.

Me lo trovai davanti. Per la prima volta.

Simile a uno spettro. Alto e grosso.

Immobile nel buio del corridoio.

In mano, la fiammella ondeggiante di una candela gli illuminava il volto da sotto: era Iblis.

Occhi pieni e potenti, occhi che avevano visto.

Occhi imploranti.

Provai un terrore profondo, mi tremarono le gambe.

Faticai a reggere quello sguardo.

Feci forza su me stesso, con un coraggio che non mi conoscevo mi risolsi a parlare. "Perché mi segui? Cosa cerchi da me?" La mia voce tremava.

L'ombra continuava a tacere.

L'unica cosa che faceva era guardarmi fisso con quegli occhi abissali.

Immobile, come una maschera dallo sguardo di fuoco.

Da lì, da quel volto inespressivo e impenetrabile, d'un tratto fiorì il principio d'una lacrima: meravigliosa. Inattesa.

Piano, percorse la lunghezza del volto rugoso e sofferente.

L'ombra corrugò la fronte in una smorfia di dolore, come se uno scarabeo gli avesse improvvisamente punto un piede.

Fu in quell'istante che la terra cedette sotto i miei piedi.

Le gambe si fecero fragili.

Feci un passo all'indietro, fino alla stuoia, e m'accasciai a terra.

Non poteva essere.

Era tutto soltanto nella mia mente.

Quello che avevo di fronte era il volto rugoso di mio padre.

Quelli erano gli occhi dolenti del vecchio Hassim.

Mi vide piangere, prostrato.

Capì che l'avevo riconosciuto.

Si voltò e, leggero come un'ombra, sparì.

La mattina all'alba fui alla moschea. Ancora non filtrava luce dai vetri.

Ero sicuro di trovarlo lì: era il posto dove m'avrebbe aspettato, col giorno.

La moschea era vuota, deserta. Rimbombò dei miei passi.

L'ombra di mio padre era prostrata in preghiera, la fronte a terra.

M'avvicinai, parlai alla sua schiena.

"Padre," dissi.

Mio padre si mise in ginocchio.

Si girò e mi rivolse quel suo viso stanco e segnato, e fu come la prima volta che in vita mia l'avevo visto.

M'inginocchiai di fronte a lui e me lo strinsi al petto.

Lui dapprima non si mosse.

Poi mi strinse forte con le braccia nodose. Le avevo amate, quelle braccia, attraverso di loro il mondo s'era rivelato in tutta la sua bontà. M'avevano insegnato che la vita altro non è che lavoro. Le avevo odiate, quelle braccia, dalla loro consistenza di legno ero voluto scappare, dal loro intimo e umile legame con la terra del mondo avevo cercato di fuggire.

Adesso erano lì, e mi stringevano, con la stessa forza con cui soltanto, forse, avevano stretto e tirato le funi delle vele. Erano dita di legno duro, che lasciarono il segno sulla schiena.

"Perché mi hai abbandonato?" dissi, piegato sulla sua spalla.

Mio padre non parlò. Solo, allentò la presa.

"Perché mi hai fatto questo?" ripetei. "Perché mi hai lasciato solo?"

Continuò a non parlare.

Poi, piano, si mosse, si liberò dall'abbraccio.

Lentamente, spostò una mano verso il basso.

Dalla tasca prese un foglio ripiegato.

Con la stessa lentezza, me lo tese.

La voce proruppe come un tuono in una giornata d'estate.

"Aprilo quando sarai pronto, Alì."

La sua voce. Era rimasta la stessa.

Le lacrime dilagarono, non riuscii a fermarle. Quella salvifica voce rimbombò tra le volte della moschea.

Così poco l'avevo udita e, quando era stato, era stato per salvarmi.

Così, inginocchiati e immobili uno di fronte all'altro, fummo come animali in una danza di corteggiamento.

"Cosa significa 'quando sarai pronto', padre? Cosa c'è in questo foglio? Dimmi, ti prego," lo incalzai.

Lui prese a fissare davanti a sé, come in contemplazione.

Il suo sguardo mi oltrepassò.

Lasciò cadere le mani, che erano rimaste sospese nell'atto di porgermi il foglio.

"Perché mi hai abbandonato?" chiesi di nuovo, adesso alzando la voce.

Mio padre continuò nel silenzio.

Poi mi guardò. "Perché io soltanto portassi il segreto," disse.

Il *segreto*.

Furono le prime e ultime parole che il vecchio Hassim pronunciava in anni. Quelle che da molto tempo sapeva che avrebbe pronunciato. Le prime e ultime parole dopo l'ultima notte a casa con Fatima la fiera.

Non ce ne furono altre.

Furono quelle soltanto.

La voce fu ferma, non sembrava aver sofferto per la mancanza d'esercizio. Silenziosamente, s'era mantenuta allenata. Anni di preghiera e meditazione e ascolto della parola di Dio. Per anni aveva vissuto la vita di chi faceva *mannat*. La sua vita era: aspettare.

Avrebbe aspettato per il resto della sua esistenza.

Mio padre tornò nel silenzio, tornò a frequentare il silenzio soltanto.

I suoi occhi furono catturati dalla luce che proveniva dall'apertura in alto, dal tetto della moschea.

"Quale segreto, padre?" chiesi ancora, ma sapevo che la domanda sarebbe rimasta senza risposta.

Il vecchio Hassim continuava a cercare il sole.

L'uomo di legno si prostrò, toccò la terra con le mani, poi con la fronte.

Era in contatto con Allah, Allah gli stava parlando.

27.

Uscita

Qualche giorno dopo venne da me Ramaq.

Mi cercò per salutarmi.

"Me ne vado," disse. "Io, Mahir e Kahlil ce ne andiamo."

Non risposi.

"Non m'interessa più quello che dirà mio padre. Fuori c'è la guerra, e io sono chiuso qui dentro da anni a pregare. Il mondo intero ci tratta come servi, e noi siamo qui dentro a tessere lodi a Dio e a parlare di pace," disse. S'erano, in quei mesi, inasprite le lotte e, nelle fila di noi musulmani, c'era stato un numero altissimo di morti.

Le notizie del mondo tardavano un po' ad arrivare, ma finivano tutte col raggiungere l'isolamento della moschea. Una legge cosmica spargeva il fiato della Storia in ogni direzione. Fino a quel momento non avevo voluto sapere, ora non più.

"Dove andrai?" chiesi.

Come un lampo, il volto di Ahmed si affacciò nel mio cuore. Il mio vecchio amico Ahmed, l'amico che m'aveva tradito.

"Ci portano in un campo d'addestramento per Neri. Diventeremo guerrieri. Là fuori c'è una guerra. Dobbiamo liberare il nostro paese dalla schiavitù dei *kafir*. È una guerra di liberazione, che dobbiamo combattere."

S'interruppe. Mi parve che stesse seguendo il volo alto d'un uccello. Alzai la testa, non c'era nessun uccello sopra di noi.

D'un tratto Ramaq riprese a parlare. "Tu parli sempre del *jihad*," disse. Mi rivolse uno sguardo durissimo. Mai l'aveva fatto. "Le tue sono parole. Il vero *jihad* è quello che fanno i Neri, là fuori. Io m'addestrerò qui. Poi andrò nel mondo a combattere la nostra guerra di liberazione."

"No," dissi. "Il vero *jihad* è quello che fai all'interno di te stesso per spogliarti di ciò che ti rende schiavo."

"Parole!" E sputò a terra, sulla nuda terra del cortile.

"Dovresti partire anche tu," continuò. "Bello e sapiente come sei, saresti un condottiero tremendo." Mi batté una mano sulla spalla. "Si vede, sai?, anche se fai di tutto per seppellirla."

"Che cosa si vede?" chiesi.

"La tua natura di guerriero. Te lo dissi appena ci siamo conosciuti, hai gli occhi da beduino, non sei come me, Mahir e Kahlil. Noi siamo nobili dell'Arabia. Tu sei un nomade. La tua fierezza prima o poi t'imporrà di uscire. L'ho vista la notte che hai colpito la scimmia nell'orto. Quando deciderai, saprò come trovarti."

Feci finta di non aver udito l'ultima frase. "E tuo padre?" fu ciò che mi venne da dire.

Non rispose. Già l'aveva detto.

Di nuovo mi batté sulla spalla e se ne andò, senza un saluto.

Due giorni dopo, lui e i suoi amici uscirono dalla moschea. Quando lasciarono le tuniche, uno *shaykh* provò a fermarli. Non ci fu niente da fare. Non erano i primi *talib* ad andare a combattere per i Neri. La Moschea del Deserto era sempre stata un grande pozzo da cui attingere per la Guerra santa. Ai migliori *talib* venivano fatte promesse, offerti denaro, vestiti, abitazioni.

Non furono i primi ad andare; non sarebbero stati gli ultimi.

Quando Ramaq uscì, io gli fui dietro, e vidi.

Uscirono liberati.

Non ti posso dire che fossi triste per loro, perché non lo

ero. Quello che feci fu limitarmi a seguire la gioia e la leggerezza dei loro movimenti.

Il biglietto di mio padre mi bruciava addosso.

Era un foglio di carta ruvida e spessa, marrone, ripiegato in otto.

Recuperai un sacchetto di stoffa, con un laccio che lo chiudeva. Presi dello spago e ne feci una collana. Infilai il biglietto e la misi al collo. Portai il segreto di mio padre vicino al cuore.

Avrei voluto aprirlo, ma non ne avevo la forza.

Temevo l'abisso che m'avrebbe spalancato.

Aprilo quando sarai pronto.

Quando sarei stato pronto? C'entrava con il mio *jihad* personale, con il mio Cammino che porta alla fonte, oppure no? C'entrava con il motivo per cui aveva lasciato la casa, per cui Said era nella nostra casa?

Mi rinchiusi nella mia cella a pregare.

Cercai conforto in Allah.

Rimasi chiuso molte settimane.

Tante cose erano nei miei pensieri: l'uscita di Ramaq, mio padre. Ma il solo pensiero che lui fosse a pochi passi da me mi infondeva sicurezza.

La luna nuova sorgeva dalla fessura della mia cella: qualcuno ogni sera mi faceva trovare acqua e un po' di riso.

Presi di nuovo la via dell'ascetismo e della meditazione: era ciò che avevo a portata di mano.

Chiesi conforto e domandai ad Allah.

Non arrivò risposta.

Quando uscii dall'isolamento era il mese di *Shaban*, avevo passato tutto *Rajab* a pregare. La vegetazione nel giardino e nell'orto si era ingiallita, il caldo estivo aveva già compiuto il suo lavoro.

Andai per la moschea in cerca di mio padre.

Non lo trovai in nessun luogo.

Tornai a frequentare la moschea di notte, certo che lo avrei trovato.

Non udii più il suo passo leggero danzare sullo spesso tappeto centrale. Né sentii la porta segreta cigolare sui cardini arrugginiti e aprirsi dietro la nicchia direzionale.

Andai a chiedere notizie di lui.

Mi dissero che era partito da settimane.

Mi dissero che si era rinchiuso in una grotta in cima a un monte a molti giorni di cammino. A meditare. A espiare la sua *mannat* e il suo segreto.

Per la seconda volta m'aveva abbandonato.

Mi sentii debole e ferito com'ero stato al villaggio, nei lunghi anni in cui avevo guardato il mare aspettandolo, in cui avevo dovuto portare la colpa del mio amico migliore, la vergogna che mi era stata cucita addosso da suo padre Said.

Ebbi l'impulso di bruciare la pezza che portavo al collo.

L'ira tornò ad affacciarsi al mio cuore. Di nuovo la guerra. Ritornò amplificata.

La scaraventai contro le pareti di pietra della mia cella.

Scorticai la carne delle mani.

Quel sangue era la mia *mannat* privata: la mia personale espiazione.

Persi, di nuovo, la concentrazione per meditare.

Presi a offrirmi per ogni lavoro, pur di andare al villaggio, il luogo in cui sapevo che un altro futuro era possibile. Non avevo mai dimenticato le ultime parole di Ramaq. M'attirava, come la tentazione attira il peccatore.

Ricominciai a spalare letame, ad ammonticchiarlo in mattoni da essiccare.

Ne facevo a migliaia, li portavo a vendere al bazar.

Andavo solo, non desideravo compagnia.

Prima di arrivare in città presi a levarmi la tunica.

Riscoprii gli stracci sporchi con cui anni prima avevo attraversato il deserto, il turbante nero dei beduini.

Erano incontri che cercavo, senza volerlo confessare.
E incontri trovai.

Una mattina venni avvicinato.

Fu Ramaq stesso a indicarmi.

Scoprii che al villaggio si era iniziato a parlare di me come del *qari* senza abito.

"Come sapete chi sono?" domandai agli uomini che mi stavano di fronte.

Erano due Neri senza mimetica, con me era il più adulto che parlava. Più giovane di me, l'altro era un ragazzino. Due *spie*, avrei saputo poi, una volta imparato il codice della guerra.

"Si parla di te come del *qari* più bello," rispose. "Il *qari* senza abito."

"Chi ti ha parlato di me?" chiesi.

"Il tuo compagno Ramaq," disse. "Dice che ti aspetta. Che insieme farete grandi cose. Libererete il nostro paese, e il mondo intero."

"Cosa volete da me?" fu la mia domanda.

"Che tu ci segua e diventi un capo. Di te si dice che sei un sapiente. Uno spietato e sapiente."

Non parlai.

"Andatevene," dissi. "E non fatevi mai più vedere."

Alla moschea parlavo con Dio, pregavo, meditavo, ma lui continuava a non rispondere. M'aveva lasciato solo.

Shaykh Abu mi vide irrequieto e provò ad avvicinarmi.

Era un uomo di Dio, da tempo aveva smesso di comprendere le cose della terra. E io ero fatto più di terra e polvere del deserto che delle *aya* del Corano. Questa era la mia natura, ed era tornata a prendermi. Le parole di *shaykh* Abu nominavano il mondo degli istruiti e dei sapienti, non ne esistevano per dire la terra e la voce del vento.

Le origini beduine mi fecero velenoso come uno scorpione del deserto. D'un tratto lo odiai. Odiai gli inutili occhialini di ferro, odiai i ridicoli modi composti e trattenuti, odiai la fastidiosa voce nasale e le arie di quando recitava le sure.

Per evitare di scagliarmi contro di lui, dissi a *shaykh* Abu di lasciarmi in pace.

Lessi il terrore nei suoi occhi. Non mi riconosceva più.

Disse qualcosa che non capii, e scomparve per sempre dalla mia vista.

Qualche giorno dopo giunse alla moschea la notizia dell'ennesimo sterminio di nostri fratelli musulmani in un villaggio al confine col territorio dei *kafir*.

Chi andava al villaggio ne riportava ambasciate.

Dedicammo la *Asr*, la *Maghrib* e la *Isha*, le preghiere del pomeriggio, del tramonto e della sera, ai nostri fratelli uccisi.

In atto d'umiltà e penitenza pregammo nel cortile, senza stuoie, scalzi e svestiti.

Dedicammo centinaia di *sujud*, di prosternazioni, ai nostri fratelli ammazzati dagli infedeli.

Mentre pregavo pensai ad Ahmed. Pensai a Ramaq.

Combattevano la stessa guerra su fronti opposti.

La mia mente e il mio cuore andarono a mia madre, che da anni ormai non vedevo. E da lì tornò a mio padre, il rugoso Hassim, che dopo avermi incontrato aveva deciso di essere asceta in una grotta.

C'era già lui a fare quella vita per tutti e due, mi sorpresi a pensare, mentre facevamo *Isha*.

La vita di meditazione e d'isolamento non faceva più per me, capii in quella che fu la più dolorosa di tutte le preghiere che recitai alla moschea.

Niente poteva darmi più di quanto non avessi già imparato, compresi.

Se anche fossi rimasto là dentro altri cento anni, non avrei avuto di me stesso consapevolezza maggiore di quella che già possedevo.

Ero *rabbani*, lo ero diventato nel giorno della mia *shahada*.

Niente sarebbe mutato nel mio animo.

Sarei invecchiato là dentro, come *shaykh* Abu, come l'imam. Sarei diventato altrettanto inutile e ostinato.

Non era questo che volevo.

Non lo volevo più.

Mentre pregavo, chiesi perdono ad Allah per ciò che stavo per compiere.

Avevo fatto il mio ingresso dentro la Grande Moschea dopo aver attraversato il deserto, con la più grande delle speranze nel cuore.

Ne sarei uscito con una speranza ancora maggiore: era tempo che la religione si facesse azione.

Non era più nella casa di Dio che potevo rimanere, quella sera. Sentii il bisogno di uscirne, di misurare di nuovo il mondo attraverso i miei nudi passi.

Mi vestii dei vecchi stracci e del turbante, e sgattaiolai fuori dalla moschea.

A piedi, nella notte, attraversando le dune di sabbia, raggiunsi il villaggio.

Era di niente che andavo in cerca, e insieme di tutto: speravo, perdendomi dopo tanto tempo sotto il cielo silente e stellato del deserto e del villaggio, di ritrovare di me stesso qualcosa che in quegli anni era andato perduto.

Era notte fonda. Le prime case, al villaggio, erano chiuse, tutti dormivano.

Era al bazar che volevo arrivare, nel centro abitato, ma delle voci, poco distante dalla stretta strada polverosa, attirarono la mia attenzione.

Mi avviai per un vicoletto tra due file di case di fango e paglia, seguendo i rumori.

A qualche centinaio di metri, al centro di uno spiazzo deserto, alla sola luce della luna, due convogli dell'Esercito Regolare erano fermi: una donna era a terra; a turno alcuni soldati la coprivano, gridando parole oscene.

Lei aveva smesso di piangere, ormai immobile di fronte al proprio destino.

Sentii montare tutta l'ira che avevo represso negli anni di preghiera. Come un ferocissimo animale svegliato da un lungo letargo, provai la terribile potenza della rabbia.

Sentii la voce divisa del mio cuore, mi mandò una fitta: era la guerra che mi chiamava, la felicità di Tarif era ancora lontana.

Afferrai una pietra e la scagliai con tutta la mia forza contro uno dei mezzi blindati. Andò a colpire la fiancata e, inerme, rimbalzò sulla terra.

Erano sei. Tutti, compresi quello che stava possedendo la donna, si girarono nella mia direzione.

Avessi avuto un fucile, li avrei ammazzati tutti.

"Un Nero!" gridò uno dei soldati. Fu per via del turbante scuro che mi copriva il capo.

Un altro spianò il fucile e sparò due colpi al cielo. *Ta. Ta.*

La donna soltanto in quel momento si riebbe, ricominciò a singhiozzare.

Due dei Regolari corsero verso di me. "Così ne abbiamo un altro," dissero. "Gli facciamo provare i piaceri della guerra!" urlò uno. "Carne giovane!" gridò un terzo, alle loro spalle, ridendo, prima di sparare in aria un'altra raffica.

Ta-ta-ta-ta-ta.

Quello squarciò del tutto il silenzio della notte.

Capii che non avevo scelta.

Scappai via di corsa, protetto dal buio della notte.

Fui costretto a mantenere dentro di me il germe della violenza. A fare i conti con la mia impotenza.

Non avrebbero potuto niente, le mie mani disarmate, contro i loro fucili. Non avrebbe potuto niente, la mia nuda ira, contro le loro armature. Era di armi che avevo bisogno.

Abbassai la testa e mi misi a correre più forte che potevo.

Scappavo dai Regolari, ma capii che allo stesso tempo stavo lasciando indietro il me stesso che aveva preso casa nella moschea.

Una volta nella cella, mi vestii della tunica e accesi una delle candele su cui mio padre aveva inciso il mio primo nome.

Ero pronto.

Ero pronto per tutto. Anche, allora, per espormi al terribile segreto di mio padre.

Era a quello che si era riferito, ora lo capivo.

Alla luce di quel fioco lume sfilai lo spago che mi faceva da collana.

Lo appoggiai per terra e guardai il sacchetto di pezza.

Lo raccolsi nella mano, non pesava niente.

Sciolsi il laccio che lo teneva chiuso.

Dentro c'era, ripiegato, il foglio che mio padre m'aveva lasciato.

Lo presi.

Posai la candela di fronte a me.

La fiammella ballava alla poca aria che s'infilava dalla fessura al muro.

Stavo seduto sulla stuoia con le gambe incrociate, nella posizione che anni prima m'era costata tante bastonate.

Pesai nel palmo quel piccolo foglio ripiegato.

Poco più d'una piuma pesava il segreto di mio padre.

Ero pronto.

Quello era ciò a cui mio padre s'era riferito.

Ero pronto.

Dopo l'incontro con i soldati dell'Esercito Regolare ero ancora più pronto.

Chiusi gli occhi.

Piano, aprii il biglietto con la cura che si usa con la cosa al mondo più preziosa.

Le dita tremavano un poco.

Ora era tutto aperto, tra le mie mani.

Tirai il fiato e lentamente riaprii gli occhi.

Rigirai il biglietto dall'altro lato.

Poi di nuovo lo voltai.

Non potei credere a ciò che avevo davanti.

Quel foglio non portava alcun segno.

Mi sembrò incredibile, eppure era così. Il foglio che tenevo in mano era vuoto come il mio cuore in quel momento.

Non mi mossi da quella posizione.

Per il resto della notte meditai, finché non fece mattina.

Avevo combattuto per anni il mio personale *jihad*, a lungo avevo percorso il Cammino che porta alla fonte.

Era giunto il momento che combattessi il *jihad* della guerra.

Che divenissi guerra. La guerra che da sempre ospitavo dentro di me e che sempre avevo cercato di evitare. Ora a lei mi arrendevo.

Quando il sole fu alto mi spogliai della tunica e di nuovo uscii dalla cella.

Questa volta sarebbe stato per non farvi mai più ritorno.

Misi di nuovo al collo quel biglietto vuoto; comunque sarebbe stato il mio amuleto, la mia protezione.

Qualcuno mi vide con i vecchi stracci e cercò di fermarmi.

Tornai al villaggio e cercai gli uomini.

Non ci sarebbe stato bisogno di parole, m'avrebbero letto tutto negli occhi.

Gli occhi di chi cedeva alla profezia di una vecchia pazza.

Parte terza

AL CAMPO

Nella cosa tra tutte più volatile è contenuta la nostra storia

28.

Il campo d'addestramento

La trasformazione avvenne dall'esterno.

M'alleviarono degli stracci e mi vestirono con abiti nuovi e puliti. *Khamis* e pantaloni neri, un turbante nero alla maniera dei beduini: operarono la mia mutazione con gesti silenziosi.

Fu pochissimo, e fui uno di loro.

Fu pochissimo, e divenni un Nero.

Vissi quei giorni di viaggio come un sogno. Prima mi riempirono le tasche di denaro, poi mi bendarono.

Non dovevo vedere la strada, dovevo viaggiare senza gli occhi, soltanto udito e olfatto. Non contai neppure il denaro, non aveva importanza: nella vita avevo avuto solo il pesce pescato al largo col *dhow*.

Viaggiammo per dodici giorni a bordo di un mezzo aperto e adatto a solcare il deserto.

In tutto eravamo tre, due accompagnatori e io.

Il mezzo era caricato a legna, ad acqua e a cassette di cibo, piazzate sul sedile accanto al mio.

Di notte mi toglievano la benda, ci accampavamo e facevamo fuochi per cuocere un po' di carne e qualche verdura, scaldare acqua per il riso.

Mangiavo avido, una grande fame s'era accumulata in

quegli anni di privazioni e dedizione alla preghiera. Mi sforzai di dimenticare i voti, di dimenticare il digiuno.

La prima notte, al chiarore zampillante della fiamma, seduti a terra, strappavo brani di carne e pensavo che ogni morso si portava via ciò che ero stato nella mia ascesi.

I due soldati stesero due stuoie sulla sabbia fredda.

Mi venne in mente la breve permanenza presso le tribù nomadi, quando avevo attraversato il deserto, la loro precisione nel non accumulare il superfluo, la cura per la conservazione del niente, capre e stracci.

La prima notte non dormii.

I due soldati erano gentili, mi trattavano come un ospite illustre da condurre al cospetto d'un gran padrone.

Non fui servo, fui servito.

Il fuoco di notte rimaneva acceso, la paura che sentivamo era quella delle bestie che fiutano il pericolo. A turno loro due stavano svegli per mantenere vive le fiamme. Forse era l'assenza di vento che rendeva l'aria sospesa: il fumo saliva in perpendicolo.

Attorno a noi nessun rumore, solo gli improvvisi scoppi delle anime dei *jinn* nascosti nei ciocchi di legno. Volavano via, generando minuscoli buchi sfavillanti che davano spettacolo nell'aria e subito svanivano.

Fissai le stelle sopra di me, la luna grande e bassa, lucente, che irradiava la notte attorno: eravamo tre ombre intorno a un fuoco.

Ero privato delle parole che formano i pensieri; avevo la stessa forma della volta celeste, buia e infinita.

Mi trovavo nel punto in cui le cose della vita sono cambiate e noi ci scopriamo indietro. Tra poco le incontreremo, per ora le scorgiamo soltanto. Ciò che c'era è adesso improvvisamente piccolo, minuscolo, impercettibile; e ciò che c'è è detto in una lingua ancora da imparare.

Solo il cuore si faceva sentire, da quando mi ero deciso per la guerra: il dolore al petto era forte, perdeva battiti, mi fiaccava.

Per dodici giorni i Neri comunicarono tra loro, non mi rivolsero mai la parola.

Gli battevo sulla spalla se avevo fame o sete, o se desideravo fermare il mezzo oppure riprendere a tagliare la distesa sterminata di sabbia.

Accennavo col capo, e quello era tutto.

Arrivammo al campo nella notte che entrava nella tredicesima alba.

Già da un paio di giorni avevamo abbandonato il deserto, avanzavamo su un terreno rossiccio che a poco a poco s'era fatto piano, iniziando a concedere qualche possibilità a una bassa vegetazione d'arbusti che riuscivo a scorgere la notte, quando gli occhi finalmente venivano scoperti.

Seppi che eravamo arrivati quando infine mi levarono la benda.

In lontananza, fu la cima di due tende che spuntava da alte mura d'argilla il primo segno di vita dopo un tempo che mi era parso non dovesse mai finire.

Mentre ci avvicinavamo, vidi che sulle mura che cingevano il campo brillavano spessi cocci di vetro. Alta nel cielo, la grande luna illuminava ogni cosa.

Ci accolse il silenzio.

Tutti dormivano, tranne il soldato che ci lasciò entrare.

I miei accompagnatori scambiarono qualche parola con lui.

Il Nero al cancello mi scrutò come un predatore affamato, due occhietti penetranti improvvisamente usciti dal sonno: là dentro c'era fame di luce.

Scendemmo dal mezzo.

Il campo era una grande infilata di tende disposte ordinatamente su molte schiere, era un immenso terreno recintato.

Il predatore dell'ingresso mi disse di seguirlo. Dalla *kefiah* sporgeva un naso crudele e uncinato, e quegli occhietti rapaci.

I due soldati restarono dov'erano, non mi salutarono neppure.

Camminammo in mezzo a un'infinità di tende.

L'odore era quello della tela bagnata e sporca. Nel silenzio della notte, erano i passi dei nostri scarponi sul pietrisco rosso ad assicurarmi che tutto, attorno, era reale.

Ci fermammo di fianco a un'ampia tenda scura.

"Dentro," fece l'avvoltoio, alzando un poco il mento. "Prendi la prima branda vuota." E andò.

Mi lasciai inghiottire dalla profonda gola puzzolente del sudore d'una cinquantina d'uomini.

Senza svestirmi, mi sdraiai su una branda libera.

I letti erano corti, disposti su tre livelli. C'erano pioli di legno per salire all'ultimo. Gli occhi s'abituarono al buio, le orecchie ai diversi respiri del sonno.

Da dov'ero, indovinai tante sagome.

Molte erano stranamente piccole.

Poi mi alzai e nel silenzio guardai da vicino.

Bambini.

Più della metà delle brande erano occupate da bambini.

Alcuni dormivano rannicchiati, altri stringendo i piccoli pugni.

29.

Prigione

Era un campo di prigionia, lo compresi con il sole che s'apriva il varco tra le tende.

Ero uno dei pochi a non esservi stato condotto a forza, ad avere scelto quel posto come destino, per la profezia di una vecchia di nome Raja e per la sventura d'una cicatrice in petto.

Come aprii gli occhi, mi ritrovai addosso gli sguardi di quei ragazzini, immobili e scuri come tanti pertugi. Erano schierati davanti al mio giaciglio.

Fissi, già svegli, m'avevano osservato per chissà quanto tempo mentre dormivo.

Fu il più grande a parlare, non appena vide che m'ero rianimato. Era una spanna più alto degli altri, aveva forse quindici anni, una cicatrice irregolare gli tagliava il volto in diagonale, da destra a sinistra, dall'alto in basso.

Con voce d'adulto disse che avrei dovuto imprimermi nella mente una cosa: non sarei potuto scappare da lì. Mi guardava come chi sa e deve far sapere. Parlava con gravità, come fosse scandaloso che io ancora non conoscessi la verità: "Anche se trovassi il modo di scavalcare il muro con i cocci di vetro, i Neri comunque verrebbero a riprenderti. Se torni a casa ammazzano tua madre e tuo padre. Se scappi da qua rimani solo per sempre," disse con semplicità, come se mi conoscesse. Fu il mio benvenuto al campo.

Poi si fermò, e a gran voce chiamò il nome d'un bambino.

Quello se ne stava in disparte, ci dava le spalle sul ripiano che gli faceva da letto. Un animaletto ingobbito.

"Kaled!" chiamò ancora.

La seconda volta che il nome risuonò, Kaled si mosse. Sembrò che gli occhi vedessero dopo tanto buio. Era basso, la faccia sperduta, affamata e terribile.

Il muro di bambini, quel muro di piccole presenze spettrali, s'aprì, e Kaled comparve davanti a me. Più in là, gli altri bambini che non erano scesi dalle brande stavano affacciati verso di noi.

Il ragazzino con la cicatrice ordinò a Kaled di raccontarmi la sua storia.

Con voce monotona, fissando un punto oltre le mie spalle, Kaled parlò. Qualche mese prima aveva provato a scappare, da solo. Era riuscito a sgusciare fuori di notte e correndo s'era diretto là dove era stato rapito: la sua casa. I Neri erano arrivati prima di lui, sapevano dove si sarebbe rifugiato. Non lo avevano trovato.

"Hanno ammazzato sei dei miei sette fratelli. E poi mio padre e mia madre. Soltanto mia sorella minore è stata risparmiata." Parlava, e il suo sguardo adesso mi perforava. Ero lì, ma era come se non ci fossi. Stava recitando una parte che conosceva a memoria.

"Quando sono arrivato a casa, dopo molte ore di cammino, ho trovato mia sorella che piangeva. Stava in un angolo, di fianco alla porta aperta. Mi sono avvicinato, e all'inizio non mi ha riconosciuto. Pensava fossi un Nero, aveva paura. Poi ci siamo abbracciati e siamo rimasti così tutto il giorno e tutta la notte. Il mattino dopo i Neri sono tornati e ci hanno trovato ancora abbracciati, per terra. Ci hanno presi e riportati al campo."

"Da allora, Kaled si aggira tra noi come fosse morto," disse una voce alle sue spalle.

Kaled sembrava non averla udita. Senza aggiungere altro, tornò al suo letto.

Era un piccolo animale senza più anima.

Provai terrore di quel posto. C'è un limite nella guerra di

liberazione?, mi sorpresi a chiedermi. Oppure ogni cosa è da considerare mezzo, qua dentro, ogni persona strumento?

Tutti quegli occhi stavano cercando in me almeno il barlume di un'emozione. Tanti punti assetati d'esistenza. S'erano giocati le carte che riservavano ai nuovi arrivati e adesso attendevano le reazioni. Non le trovarono. Avevo sentito mille storie come quella di Kaled; tutti nelle nostre terre le conoscevano. Eppure adesso ero lì, e doveva esserci una ragione più grande.

Cominciarono allora a chiedere a me, volevano sapere come mi avessero rapito, volevano comprendere la natura di ciò che ci rendeva simili. Ognuno di loro aveva la sua storia, divisa in due nel momento in cui erano stati portati via dalle famiglie. Volevano la mia.

Dissi che lì dentro ero arrivato da solo, perché la mia stessa natura m'aveva costretto.

"Mi sono rapito da solo," dissi. Poi basta.

Non capirono. Mi fecero altre domande a cui non seppi rispondere. Ognuno dei bambini volle raccontarmi la storia della sua seconda vita. C'era chi era stato catturato nel cortile della scuola. Chi alla moschea. Chi in classe. Chi a casa. Chi tradito dallo zio, dal fratello, dal padre, dalla madre.

Ognuno voleva parlare più forte degli altri; tutti gridavano, si strattonavano, si spingevano, si contendevano l'attenzione di un ragazzo più grande di loro.

Capii presto: erano arrivati da poco, ecco perché stavamo condividendo la tenda. Ognuno di loro era lì da non più di qualche mese. Era la tenda dei nuovi venuti.

Gli altri, i *convinti* li chiamavano, stavano in tende singole al fondo del campo, con le loro giovani mogli.

Erano i guerrieri.

"I guerrieri di luce," disse il più grande, e gli brillarono gli occhi. "Uccidono ogni giorno, difendono il nostro popolo. Portano la guerra nel mondo."

Così fu che mi ritrovai in un campo di prigionia da volontario.

Ero forse l'infimo tra gli uomini, ma questa era la mia natura; lasciai le ultime resistenze e decisi di darle ascolto.

Mi sottomisi a lei come avevo imparato a sottomettermi ad Allah.

Come fui fuori dalla tenda incontrai Ramaq. Il sole aveva già cominciato a scaldare l'aria leggera.

Appena mi vide m'abbracciò, mi tenne stretto. Sentii il puzzo dell'animale pungermi il naso. Solo qualche mese ci aveva diviso, eppure il suo odore era mutato.

"Ben arrivato, fratello," disse, come fosse la cosa al mondo più naturale. "T'aspettavo." Al cinturone portava una pistola.

Anche il viso era cambiato, e non per la mimetica e la *kefiah* nera che gli copriva la testa: pareva scolpito nella roccia adesso, aveva preso rughe e anni.

Capii, senza bisogno di parole, che Ramaq aveva ucciso.

Era quello il luogo da cui giungeva l'odore.

Aveva dismesso la paura, un altro era il suo modo di stare al mondo, ed era più felino che umano.

Gli occhi volevano parlarmi del suo cambiamento più di quanto lo volesse lui stesso. L'inquietudine che gli avevo conosciuto alla moschea era stata sostituita da una pesante tranquillità.

Disse che era stato lui a portarmi al campo, e quindi sarebbe stato lui a prendersi cura di me, per quei primi giorni.

Risposi che al campo c'ero arrivato per mia scelta.

"A volte le scelte vengono aiutate." Sorrise. "Il destino ti conduce agli incontri con le persone giuste." Era sempre Ramaq, ma allo stesso tempo non lo era più.

Sembrò riflettere su quanto poteva o non poteva dire, poi proseguì: "Davvero credi di esserci arrivato da solo?".

Non risposi.

Più in là c'erano un fuoco e un trespolo di ferro arroventato, su cui stava appoggiato un pentolone fumante.

Dei guerrieri erano lì attorno; ci sedemmo per terra, insieme a loro, a bere *kahawa* bollente e mangiare *ugali*. Mi attraversò la mente la prima immagine, fulminea e ravvicinata, che io e Ahmed da bambini avevamo avuto dei Neri. Anche loro se ne stavano raccolti attorno a un pentolone fumante, la prima volta che li avevamo visti.

Accadde lì, in quell'istante, e fu inaspettato, come se la mia vita non avesse atteso altro fino a quel momento: ebbi, nella mente, la visione della morte, di una morte portata da me. I *jinn* demoniaci, che fino a quel momento erano stati silenti, alla vista dei soldati si risvegliarono: ebbi la visione delle mie mani macchiate di sangue, vidi il mio viso deformato nella smorfia che toglie la vita al nemico. Ebbi una fitta al cuore, lancinante.

Era accaduto, dunque: ero uno di loro, ero diventato un Nero.

Seppi che non c'era più possibilità di tornare indietro.

Quel pentolone mi offriva da un lato la memoria di bambino, dall'altro il futuro da guerriero. Intanto Ramaq parlava. Quell'istante dilatato tornò in se stesso, i *jinn* demoniaci si assopirono.

Era diventato un guerriero di luce, mi spiegò con la bocca piena del pastone dell'*ugali*: aveva velocemente superato gli altri gradi previsti dal campo. Aveva preso a guardare il mondo in obliquo, Ramaq, come fosse diventato cieco da un occhio, o sordo da un orecchio. Forse un'esplosione l'aveva assordato, pensai.

"Non farti ingannare," disse guardando di lato, "dalle tende leggere che sembrano richiamare la vita beduina. Anche se ti sembra di essere lasciato libero, c'è sempre qualcuno che ti osserva." Si girò verso di me, e per la prima volta mi guardò dritto in faccia.

In effetti, visto alla luce del sole, dall'angolo in cui stavamo seduti, era un campo grandissimo. Le contai: dieci file di tende militari che si estendevano a perdita d'occhio su un terreno piano e sassoso, privo di vegetazione se non bassi arbusti secchi che spuntavano tra una tenda e l'altra. I soldati cominciavano a uscire. Era impossibile vedere la fine del campo. Era molto più vasto di quanto avessi immaginato.

"Sono importante qua dentro, sai?" disse Ramaq. "Ho conquistato il mio valore." Gli chiesi di spiegarmi cosa intendeva, e allora mi parlò delle divisioni e dei gradi tra i Neri. "Non portiamo segni sulle uniformi." Di nuovo mi toccò una spalla, poi il petto, come aveva fatto quell'ultimo giorno alla moschea. "Siamo tutti uguali di fronte a Dio il Misericordioso. Ma, tra noi, ognuno sa a quale grado appartiene ogni altro, non ci si può sbagliare. La traccia del sangue è più potente di qualsiasi segno."

Si diveniva prima spie, poi portantini, poi guerrieri.

Infine, la meta, per tutti più ambita, la più alta aspirazione: il martirio. Al martirio si giungeva per due strade: una cieca e l'altra, contraria, di pura luce.

La prima era per chi al campo aveva paura e si dimostrava debole, sacrificabile. Era un martirio minore. Chi si ritrovava perduto poteva essere condotto a scegliere questa soluzione come l'unica che potesse fargli ritrovare la via. Veniva imbottito d'esplosivo e mandato in missione. "Per molti è l'unico modo di uscire da una situazione che non hanno scelto," disse Ramaq. "Da questa strada bisogna stare alla larga," continuò, "pure i bambini in breve tempo lo capiscono."

Il piccolo Kaled ci sarebbe caduto, pensai. Presto sarebbe stato un martire minore.

L'altra era la strada della luce piena, e giungeva al termine d'un lungo percorso valoroso. Era il premio concesso per saldare il proprio conto con la vita: il paradiso per sé e per la famiglia, una vita eterna colma di meraviglie.

Il martirio di luce era ciò a cui un valoroso guerriero aspirava. "Spero d'essere pronto presto..." disse Ramaq. Mentre parlava, un robusto soldato in mimetica nera s'era avvicinato alle sue spalle e gli aveva posato una mano sulla testa. La spinse scherzosamente verso il basso.

Ramaq si voltò. "*Salam*," lo salutò. Quello rise, e mi lanciò un'occhiata.

30.

Il *qari* senza abito

Ero un servo che fin da bambino aveva lottato per uscire dalla sua condizione di servitù, e che aveva aspirato alla conoscenza e all'elevazione spirituale. Questo mi rendeva diverso da chi non aveva fatto niente per combattere il proprio destino.

La spia non volevo farla, mi opposi.

Scoprii che Ramaq l'aveva già fatta dentro la Grande Moschea. Erano anni che lavorava per i Neri. Quanti giovani aveva fatto uscire non l'avrei mai saputo. Glielo domandai, mi rispose alzando gli occhi al cielo. "Te di sicuro."

Condizione contraria alla mia stirpe di servi del deserto, non sarei mai stato spia. Spie erano bambini rapiti che inducevano gli amici a entrare nel campo. Oppure ragazzi come Ramaq: frequentavano villaggi che non erano i loro, e cercavano adepti.

Quello era il primo grado del guerriero di luce: la spia che faceva proseliti.

C'era poi un altro genere di spia, riservato a un altro genere di coraggio: chi s'arruolava nell'Esercito Regolare e tornava al campo a riferire ciò che aveva visto e sentito, a svelare strategie, progetti dei nemici.

Era uno dei compiti più rischiosi per un guerriero di luce, pari all'arte della guerra, che si misurava con la fierezza dell'occhio e le tacche incise nel legno del letto. Ogni graffio

nel legno era un nemico di cui per sempre si sarebbe soppor-
tato il peso.

Cambiai alloggio, fu Ramaq a domandarlo, trascorso
qualche giorno dal mio arrivo.

Lasciai acerbamente la tenda dei nuovi arrivati e fui col-
locato in una più piccola, riservata ai guerrieri che ancora
non avevano ferito.

"Sei un beduino, non hai tempo da perdere," disse Ramaq.

Fu lui stesso a farmi strada, una sera, e l'accoglienza che
mi fu riservata nel nuovo alloggio fu quella concessa agli amici. Sei brande, tre per lato. Giovani della mia età. Tra loro
non c'era però nessun nomade, nessuno portava nelle vene il
sangue del deserto.

Mi chiamavano "il *qari* senza abito", conoscevano la mia
provenienza.

Era stato Ramaq a presentarmi così.

Per loro ero quello: uno studioso del Corano che si era
spogliato della tunica.

Non volli essere spia, mi fecero essere ciò che ero: un *qari*.

Condussi a lungo le cinque preghiere dentro il campo, e in
questo modo, almeno all'inizio, riuscii a sentirmi appagato.

La mattina m'alzavo prima dell'alba e al buio divenivo
muezzin. La mia voce non aveva mai cantato così alte le lodi a
Dio: mi ritrovai a modulare l'*Allah Akbar* dentro il vento di
un campo d'addestramento.

Il mio canto, dapprima timido poi sempre più coraggioso, s'infilava negli spazi stretti tra le tende più lontane e andava a svegliare alla guerra i cuori sopiti. Appresi l'uso del dia-
framma, imparai a fare della mia voce un rombo tonante che
a tempo batteva la grandezza di Allah e chiamava alla lotta.

La mia ira montava ogni giorno che passava, ma dovevo
tenerla a bada e lasciare che crescesse a poco a poco. Così,

appresi a sfogarla nella voce. La ripetizione ossessiva del nome di Dio nel grido di *Allah Akbar* mi gonfiava la gola, volevo si gonfiasse come una vela, desideravo m'esplodesse dal corpo. Quel gesto, quel grido, l'urlo disperato del nome di Dio dentro un campo d'addestramento, mi rendeva potente. Fu la mia potenza urlata dentro il nome di Allah.

Da ogni lato del campo, comandanti e guerrieri di luce giungevano come tante macchie strappate al tepore delle brande, agli abbracci delle spose bambine. I loro occhi erano acquosi e rossi, di fronte al sole nascente.

Le guardavo arrivare e prostrarsi al mio cospetto come ombre allungate.

Pregavamo.

Così benedicevo ogni giorno che nasceva.

Al termine della preghiera, qualche soldato si avvicinava e mi ringraziava. Diceva che le mie parole avrebbero accompagnato le sue gesta. Ne ero felice.

Quando non conducevo la preghiera mi addestravano.

Mi portarono a sparare, scoprirono che sapevo tenere in mano un fucile e mirare con precisione.

Sparavamo con fucili automatici da guerra che le mie braccia non avevano mai pesato.

Queste grandi armi erano mille volte più precise del vecchio fucile di Said.

Il mio colpo mille volte più diritto.

Scoprii che ero in grado di centrare un bersaglio lontano duecento metri. Mi piaceva l'odore che la polvere da sparo lasciava sui vestiti. Era acre e persistente. S'attaccava e non si staccava più.

Quando non sparavamo, ci portavano a studiare. Studiavamo fino al più insignificante dettaglio miniature, fotografie e filmati di attacchi e devastazioni subite dai nostri fratelli musulmani nei secoli.

Era terribile trovare sotto i miei occhi i segni di tanta ingiustizia. C'erano illustrazioni e miniature risalenti alle Crociate. Scene d'attacchi militari moderni: devastazioni dei nostri paesi e della nostra gente ai quattro angoli del pianeta. Le armi in nostro possesso, e i nostri mezzi militari, in confronto apparivano ridicoli. Persino se paragonati a quelli dell'Esercito Regolare, a quelli nelle mani di Omar il Grande, il loro più noto comandante. Ecco perché eravamo costretti al martirio: non possedevamo armi di grande distruzione. Eravamo una formica contro un elefante. Da quanti anni quel genocidio andava avanti? Per quanti ancora avrebbero continuato a spargere il sangue innocente dell'Islam? Perché c'eravamo trovati a combattere una guerra con mezzi tanto inferiori rispetto a quelli dei *kafir*? Era chiaro che il nostro compito era riportare il mondo in pari.

Una volta provai a fare quelle domande a Ramaq.

"Fratello," mi rispose. "Il pensiero in Occidente non esiste più, e così la morale. Dio, per loro, è morto. Noi siamo la loro vendetta. Sarà la Storia a decretare la nostra vittoria, non la forza."

Aveva ragione. Guardavamo immagini che mostravano la fiacchezza morale, il decadimento dei costumi, la corruzione della religione e della politica occidentali: era un mondo finito, la parodia del nostro. Noi possedevamo valori. Avevamo Dio. Avevamo la nostra sacra *Ummah*.

"La Storia è ciclica," disse una volta un capitano, mentre ci mostrava quei filmati. "Alla distruzione segue la costruzione. Noi siamo la costruzione. Noi siamo i nuovi valori, la nuova morale. Noi siamo i manovali della nuova Storia del mondo: nessuno potrà fermare il nostro vento."

Anche il Corano, che ancora serbavo intatto nella testa e nel cuore, lo spiegava. Il giorno del giudizio era vicino, il regno dei *kafir* stava con evidenza giungendo al termine.

Le parole della vecchia Raja mi sorprendevano la notte, nel mezzo dei sogni, con una forza sconosciuta. Mi svegliavo per il dolore al petto.

Erano gli attacchi a venirmi in sogno, era il clangore delle armi. Volevo andare al campo da guerra, volevo diventare un guerriero di luce. Spesso lo dicevo a Ramaq, spesso lo dicevo ai comandanti. Mi guardavano e scrollavano la testa.

"Sei un bravo muezzin, questo è il tuo contributo alla guerra," dicevano.

Per molto tempo mi tennero lontano dal sangue. Non ero ancora pronto, dicevano. Passarono mesi, e divenni il più grande muezzin di guerra.

Il potere del sangue è tutto nella vista. Fu la vista, dunque, a essermi preclusa. Me ne tennero lontano.

Finalmente giunse il giorno in cui divenni soldato, e dapprima lo divenni come Moralizzatore. Il sangue era ancora da venire, mi ci avvicinavo a poco a poco.

Andavamo ai villaggi vicini, smontavamo dai mezzi e pattugliavamo a piedi. Neri, i volti coperti, ombre spettrali e di luce.

Ci dividevamo in gruppi di tre: due anziani per ogni giovane soldato.

"Picchia!" mi ordinavano.

Con un bastone percossi.

Percossi tante persone: decine, centinaia.

Un giorno, dalle finestre di una casa povera e bassa proveniva una musica. Entrammo. Sdraiato a terra su larghi cuscini stava un giovane della mia età. Ci guardò atterrito.

Mi guardò negli occhi e non riuscì a parlare. Tanto fu lo spavento che la mia vista gli portò.

Lo percossi con la *shamut* di nervo duro.

"Picchia, picchia più forte," dicevano alle mie spalle. Eseguii.

Mi fu ordinato di distruggere lo strumento. Senza pensare lo feci. Prima con le mani lo sbattei a terra, poi lo ridussi in mille pezzi con la *shamut*. Il giovane mi lasciò fare, non oppose resistenza.

La luce del bene, il senso del dovere, il retto Cammino che porta alla fonte m'accecarono.

Soltanto alla fine il giovane pianse. Mi guardò negli occhi e pianse.

Anch'io lo guardai, ed ebbi compassione di lui. Fui attraversato dal pensiero di mia madre che malediceva i Neri che per strada distruggevano a calci le sue boccette. Troppa libertà beduina scorreva nel sangue della fiera Fatima.

"Era il regalo di mio padre per la mia maggiore età," gemeva il giovane. Mi apparve più piccolo, ora, un bambino. Uno dei due anziani disse: "Dicci dov'è tuo padre, che andiamo a prenderlo".

Lui non rispose. Glielo chiesero di nuovo. Continuava a gemere. Uscimmo.

Un altro giorno dovetti percuotere una donna dell'età della madre di mia madre. Andava per strada con la testa e il volto scoperti.

L'avvicinammo e le dicemmo che era contrario alla buona legge, alla retta legge della *sharia*. Lei disse che la *sharia* non le interessava, era un'altra la legge che governava le faccende degli umani.

Feci ciò che andava fatto.

Usai forte la *shamut*, feci sgorgare sangue dalla sua vecchia schiena. Le pecore smarrite erano ovunque, era bene mostrare loro la via. La donna si piegò sulle ginocchia, le mani alla terra, e io picchiai forte la sua schiena disobbediente.

La pietà, questa volta, la lessi nei suoi occhi, quando ebbi finito. Era a terra, ma quegli occhi erano impossibili da percuotere, e mi giudicavano. Non poterono niente, contro di me.

Più provavo la violenza, più m'accorgevo che era un altro grado di consapevolezza quello a cui stavo attingendo.

Non più soltanto parole, non più solo *aya*.

Ora il segno s'era fatto azione, e indicava la via con la frusta.

Vedevo tutto ciò con chiarezza, tutto ciò provava il mio povero e traviato cuore.

Quando arrivavamo in un villaggio, la gente alla mia vista scappava, andava a rinchiudersi nelle case, nelle moschee. La mia immagine era divenuta terribile. Conobbi il primo fremito della potenza che deriva dagli atti violenti.

Dopo qualche mese divenni esperto nella *shamut* e finalmente fui giudicato pronto per la guerra. Me la fecero però incontrare da lontano, da scrittore. Fu attraverso i segni neri che incontrai il teatro del sangue.

Fu *aya*, il segno d'inchiostro sul foglio e la parola di Dio nel Corano insieme, che m'aprì la scena.

Finalmente, pensavo, la guerra sarebbe entrata a far parte della mia vita.

Finalmente la mia ira avrebbe trovato sfogo.

Finalmente avrei potuto arrendermi a tutto ciò che avevo sempre tentato d'allontanare.

Così, tutto mi fu chiaro: facevamo la guerra ai villaggi di *kafir* vicini. Dovevamo conquistare la fiducia di quelle genti.

Ma la nostra era anche zona di fedeli dell'Islam: dovevamo fare in modo che mantenessero la loro fede. Quello che a noi era richiesto era l'appropriazione dei *kafir* e il controllo dei nostri.

Appropriazione e controllo. Niente di più.

31.

Guerriero di luce

Il villaggio più vicino era a tre giorni di mezzo, il più lontano a quindici.

L'Esercito Regolare controllava la grande città, a dieci giorni di mezzo dal campo: il compito più alto era l'appropriazione e il controllo della grande città.

Si facevano azioni di guerra. Si aspettavano armi potenti dagli alti comandi stranieri, i grandi paesi dell'Islam che con l'oro nero compravano le armi dai *kafir*, e poi si partiva. Combattevamo i *kafir* impugnando le loro stesse armi. Che guerra poteva mai essere quella?

Volevo combattere, ma ancora non ero pronto. Il sangue mi ribolliva nelle vene, ma dovevo aspettare.

Una notte mi feci trovare nella tenda di un comandante, lo sorpresi mentre s'apprestava a prepararsi per dormire.

"Voglio combattere," gli dissi. Gli occhi erano iniettati d'impazienza. Ero cieco e furioso, un leone alla catena.

Il comandante mi scrutò e disse: "No. Prima devi imparare a controllare la rabbia, e quello s'impara soltanto da lontano".

Così, feci lo scrittore.

Fu deciso che oltre alla preghiera, che non avevo mai smesso di condurre, usassi le mie abilità in quel modo.

Sapevo scrivere, il mio arabo era più che corretto: era poesia, dicevano i comandanti.

Scrivevo biglietti da lasciare sui luoghi delle azioni.

Io non potevo esserci. Al mio posto, compariva la mia scrittura.

"Non sei ancora pronto al sangue. La sua vista cambia la vita, devi arrivare preparato all'incontro," mi diceva anche Ramaq.

Là c'era la mia scrittura, che non temeva cambiamenti.

Mi ci dedicai giorno e notte, con la febbre dell'ispirato.

Così che i vivi incontrassero non soltanto devastazione, al nostro passaggio, ma la ragione delle loro vite, la direzione che le avrebbe risparmiate.

Feci di quelle febbrili scritture il motivo della mia esistenza.

Ricorrevo al silenzio e alla voce interiore per evitare ad altri la fine atroce dei loro genitori, dei loro fratelli, dei loro amici. Cercavo le parole nel regno rigoglioso della poesia, così che quelli che i superstiti scorgevano potessero non essere segni di morte, ma di vita.

Volevo che la mia *aya* fosse come la fenice: che dalle ceneri i miei segni generassero vita. Mentre scrivevo, più volte al giorno dovevo fermarmi: il dolore al petto non mi dava tregua.

Al termine di un'azione, prima della ritirata e sul campo coperto di corpi insanguinati, un guerriero spargeva i miei messaggi d'espiazione.

La via. Il Cammino che porta alla fonte. Tutte le cose che conoscevo.

Divenni l'imam che alla moschea non ero voluto diventare. Impartivo i miei sermoni silenziosi a persone che non avrei mai guardato negli occhi.

Il mio arabo poetico sarebbe finito nelle mani dei genitori, degli amici, delle spose e degli sposi. Nelle mani dei vivi che piangendo sarebbero accorsi a incontrare l'irreparabile e il sangue, dopo che tutto ormai era accaduto.

Avrebbero tenuto per sempre sopra il cuore o sotto il cuscino la ragione della morte: così da capire, da evitarla. Le mie scritture erano i moniti che tengono in vita.

Misi i miei talenti al servizio della guerra: tu ricorda, e tienitene lontano.

Così entrai nella trappola del sangue, così ne fui contagiato: attraverso i segni.

Conobbi il campo di battaglia vero e proprio facendo il portantino: il secondo grado della mia iniziazione a guerriero di luce.

Una mattina mi svegliarono all'alba e mi associarono a un guerriero. Credevo di dover scrivere, mi dissero che potevo passare avanti. Così avvenivano i mutamenti dentro il campo, senza il tempo di pensarci. Era inverno, il freddo era entrato dentro di me per tutta la notte e pungeva nelle dita delle mani e dei piedi.

"Questo è il *tuo* guerriero," mi dissero.

Poi capii.

Stavamo fissi in due file parallele, guerrieri e aiuti.

Noi con le mani vuote, gli altri con i fucili automatici.

Tra gli aiuti, ero uno dei più grandi.

C'erano bambini di otto o dieci anni: i più robusti, i più formati e i più pronti.

Gli aiuti dovevano imprimersi negli occhi la faccia del guerriero a cui erano assegnati, perché la battaglia la deforma nei lineamenti.

Ci avvicinammo ai guerrieri, i nasi quasi si toccavano.

Il mio era un giovane di poco più grande di me.

Aveva occhi rotondi che tagliavano verso il basso in un'espressione di tristezza.

"Come ti chiami?" gli domandai.

"Fiamma di luce è il mio nome di guerra," rispose.

Toccai il suo viso, così come facevano gli altri, memorizzai i lineamenti con le dita. Chiusi gli occhi e lo feci di nuovo.

Per diventare una cosa soltanto, quella notte dormimmo insieme. I nostri odori si sarebbero mischiati, e così i nostri umori.

Avrei dovuto riconoscerlo bendato, e tra mille guerrieri.

Fiamma di luce mi disse qualche parola. "Se ti sbagli, t'ammazzo," disse.

La bocca era coperta dalla *kefiah*, niente si mosse, la voce era attutita. Finsi di non aver udito.

La mattina, lanciarazzi e lanciagranate furono caricati sui mezzi. I mezzi normali, le jeep, così divennero quelli che chiamavamo mezzi tecnici.

Partimmo sui mezzi tecnici prima del sole.

Dopo cinque notti nei sacchi, quando finalmente arrivammo la luce prometteva di salire. L'eccitazione era tanta che non sentii dolori alla schiena anche se dormivamo per terra.

Tutti lo sapevamo e nessuno lo diceva: da lì a pochissimo avremmo attaccato. La pace sarebbe tramontata per sempre, e sarebbe accaduto in pochi improvvisi minuti. Era tutta la vita che l'aspettavo. Il cuore si fermò per un lungo momento. Ebbi paura di morire.

Arrivammo di fronte a un'area corazzata di filo spinato e cataste di sabbia compressa, e di torrette di soldati. Il nostro obiettivo era un campo di Regolari, sarebbe stato il nostro teatro di battaglia.

Eravamo ancora lontani, non ci avrebbero uditi. Sostammo a distanza di razzo. Quello avrebbe aperto i giochi.

I motori furono tenuti accesi, e i soldati prepararono le armi.

I lanciarazzi furono puntati. I fucili furono controllati e caricati. Tutto era pronto per fare fuoco contro il nemico.

Ecco la guerra, finalmente sarebbe stata tutta davanti ai miei occhi.

Era diversa da come l'avevo immaginata: attorno c'era pace, tranquillità. Un'aria di normalità.

Eppure la mia eccitazione era massima. Mi venne in mente la prima volta che con Ahmed vedemmo i Neri, da lontano, su quella collina. Intorno sentivo un'aria insieme normale e frenetica: era come se il mondo intero stesse per decidere le sue sorti nel volgere di un niente. Era ancora in potenza, ma la guerra era già dolce e durissima.

Attendemmo un cenno.

Poi sarebbe scoppiato il mondo.

Si creò un meraviglioso e incantato silenzio.

Fummo in quel silenzio, sospesi, per minuti che parvero ore.

Anche il sole sembrò attendere e farsi timido, sopra il rombo metallico che stava per giungere a coprire ogni cosa.

Arrivò il cenno, tutti guardammo nella direzione del comandante. In piedi sul più avanzato dei mezzi corazzati, alzò un braccio.

Soltanto questo, un braccio alzato, e il grido: *"Allah Akbar!"*.

E fu battaglia.

Fu Ramaq a sventagliare col lanciarazzi, vidi cadere alcune sentinelle, molto lontane, e rompersi una falange di soldati sul muro di corazza frontale.

Fu allora che i motori dei mezzi tecnici rombarono e avanzammo, tutti insieme, ci portammo proprio sotto il filo spinato della recinzione.

Il silenzio fu rotto per sempre.

Mai più ce ne sarebbe stato nella mia vita.

Il mondo non sarebbe mai più apparso innocente.

Granate e razzi esplosero all'interno del campo nemico.

Ventagli d'armi automatiche disegnarono motivi puntiformi nel ferro del cancello.

Poi di nuovo il silenzio, tutto diverso, adesso, da quello che lo aveva preceduto.

Nell'aria, ancora, l'eco dei rimbombi; il puzzo acre della polvere da sparo.

Trascorsero minuti di pace e d'armistizio.

Poi il cancello s'aprì e i nemici uscirono. Fu guerra vera.

I miei occhi si riempirono di luce da ogni direzione.

Il campo del nemico, un silente e sterminato pianoro di terra, si trasformò in campo di battaglia.

Non stavo certo sulla linea di fuoco, stavo dietro, riparato sotto i sacchi.

Mio compito era portare acqua alle prime linee, fornire cibo, trascinare munizioni a Fiamma di luce.

Nelle tregue correvo come braccato dal demonio, i piedi volavano sulla terra, nonostante il dolore al petto.

Tornavo al rifugio sollevato non soltanto nel peso.

Vedevo da lontano Ramaq combattere, e il campo da guerra lo trasformava in un animale alato e invincibile.

Lo immaginai in tunica, chiuso dentro le strette mura della cella della moschea, dove l'avevo conosciuto, sdraiato accanto a me, dormiente. Era un'altra persona, non era anzi più una persona, avvolto dall'invisibile corazza che lo rendeva immortale.

Alla moschea, l'equilibrio tra me e lui si era capovolto: scelta l'ascesi l'avevo abbandonato, la sua esuberanza mi distoglieva. Qui, lui brillava come un *jinn* invincibile, si muoveva sul terreno come se fosse nato per farlo, sparava senza timore, colpiva con precisione, non conosceva pietà e compassione. Era un demonio.

Alla fine della giornata di battaglia, mio compito era di portare i feriti al rifugio e lavarli.

Era trascinare al riparo i corpi dei caduti.

Scavare fosse e lasciarli lì per sempre.

Era la mia prima natura, quella di terra e puzzo di pescato.

Era la terra, quella che il pensiero non può nominare.

32.
Jalal

I guerrieri che non combattevano valorosamente provavano la *shamut*, presi a frustate davanti a tutti, la notte, al posto del riposo. Era ai più giovani che toccava quella sorte, ai guerrieri inesperti.

Nell'ultimo giorno di combattimento, attentati suicidi avrebbero accompagnato le azioni di guerriglia. Il martirio avrebbe regalato il paradiso a molti.

Jalal, un ragazzino minuto di quindici anni che faceva l'aiuto e non avrebbe mai fatto il guerriero – non ne aveva il temperamento –, fu scelto dal comandante per il martirio.

Eravamo a qualche chilometro dal campo dei Regolari, dormivamo in buche scavate nella terra. Io e Jalal dividevamo lo spazio di trincea insieme ai soldati a cui eravamo stati assegnati. Il suo era morto in battaglia, avevamo fatto amicizia, mi piacevano i suoi modi riservati. Teneva gli occhi sempre bassi, come fossero troppo poco per il mondo.

Era stato spia dentro le fila dei Regolari, ecco l'origine del suo valore: era però stato facile, suo zio era ufficiale Regolare. Aveva osservato che i Regolari facevano le stesse cose dei Neri, e poi aveva riferito: rubavano bambini per farli combattere, li disponevano nelle prime file, ai villaggi portavano violenza su uomini e donne.

Pur appartenendo all'Islam, non combattevano per noi fratelli musulmani, si schieravano contro la *Ummah*. Jalal era allora uscito, aveva bussato alle porte del campo dei Neri.

Era da mesi che aspettava il gesto estremo, l'ultima liberazione nella luce: sarebbe stato la fortuna della sua famiglia.

Quella notte il comandante lo chiamò.

Quella notte, la sua ultima in vita, sarebbe stata tutta per lui.

Assistetti in preda a una specie di rapimento al rito della preparazione del martire. Ogni gesto, ogni movimento era lento e studiato, ogni parola ben recitata, ogni atto meditato.

Fu il comandante in persona a prendersi cura del rito che avrebbe portato Jalal a divenire *shahid*, martire. Fu lui stesso a raderlo con un rasoio a lama, con cura e precisione. La lunga peluria della barba incontrò la terra, Jalal tornò bambino.

Il comandante sollevò le maniche della mimetica, sull'avambraccio destro portava tatuata una frase del testo sacro: *Ciò che ti deve colpire non potrebbe esserti evitato, e ciò che ti è evitato non avrebbe potuto colpirti.*

Fu ordinato a Jalal di recitare quel versetto, e Jalal obbedì, tranquillo.

Dopo la rasatura fu celebrato il rito del giuramento di morte: Jalal giurò davanti a tutti i guerrieri che il giorno dopo sarebbe morto. Poi giurò davanti a tutti che mai avrebbe pianto. Piangere è vietato a un guerriero: il pianto è punito con la morte. Morte senza valore, per mano di altri guerrieri, non per martirio.

Fu fatta l'abluzione, così che la mattina si svegliasse purificato, e fu recitata la sura *Al-Anfal*. La seguii nella mente, la conoscevo parola per parola.

Quando il comandante fu giunto al quattordicesimo versetto, fu ordinato a Jalal di ripetere ad alta voce: *"Assaggiate questo! I miscredenti avranno il castigo del Fuoco!"*.

Quando arrivò al diciassettesimo, di nuovo Jalal ripeté di fronte a tutti, a voce chiara e alta: *"Non siete certo voi che li avete uccisi: è Allah che li ha uccisi. Quando tiravi, non eri tu che tiravi ma era Allah che tirava, per provare i credenti con bella prova. In verità Allah tutto ascolta e conosce"*.

La voce adesso era spezzata, gli tremava nella gola.

Jalal fu poi invitato alla serenità e al ricordo di Dio: il comandante lo ammonì di rammentare che di lì a poco avrebbe incontrato Dio, i profeti, i giusti e i martiri. Niente aveva da temere, la nottata sarebbe trascorsa in serenità.

Quando il rito di preparazione fu terminato, Jalal fu salutato da tutti, da tutti abbracciato e baciato.

Alcuni guerrieri gli affidarono parole da portare ai loro defunti. Io sentii qualcosa torcersi nelle viscere.

Fu ricordata la sproporzione dei mezzi con cui i *kafir*, gli infedeli, nel mondo muovono la guerra ai fratelli musulmani, la necessità del martirio come arma: per mille musulmani ammazzati, soltanto un *kafir* perdeva la vita. Questa era la verità.

Io aspettai a salutarlo, dividevamo la stuoia che ci separava dalla terra, lo avrei fatto per ultimo.

La luna era grande e luminosa, aggiungeva luce al tremolante lumino a gas che toglieva un po' di buio al buco in cui vivevamo ammassati.

Jalal era sdraiato sulla terra, di fianco a me, i nostri corpi quasi si toccavano. Alla mia destra c'era Fiamma di luce, alla sinistra Jalal.

Gli parlai, piano.

Non rispose.

Capii: Jalal era assorto nella preghiera. Gli occhi chiusi, meditava, faceva *du'a* e chiedeva perdono a Dio, gli chiedeva coraggio.

Non lo distrassi. Gli lasciai quegli ultimi momenti per sé soltanto.

M'addormentai, e nei miei sogni entrò Jalal.

La mattina, all'alba, quando mi svegliai, Jalal era trasparente come una foglia. Aveva perso opacità, era quasi invisibile. Tremava.

Fu caricato d'esplosivo, legato con mattoncini attorno al petto, recitando di nuovo la sura *Al-Anfal*.

La sua voce era mite e terribile allo stesso tempo, nelle poche parole che pronunciò.

Arrivò il momento del saluto. A Jalal era riservato il più grande onore, l'onore del coraggio, di chi presto avrebbe vissuto al cospetto di Dio e dal Settimo cielo ci avrebbe ammoniti.

Guardai Ramaq: l'osservava con reverenza, negli occhi grandi e tremendi. Jalal aveva già smesso d'essere uomo, la sua natura era cambiata, era forse un angelo, al contempo infondeva serenità e terrore.

S'aveva paura a toccarlo. Per metà partecipava già alla morte, e quella è tremenda e sacra, troppo potente per la vista umana, come il sole senza schermatura.

Nonostante tutto lo strinsi: era un eroe, degno del massimo rispetto. Non ebbi parole, la sua grazia era troppo grande per essere nominata.

Era il re, era il califfo sul trono di luce.

C'era l'esplosivo a dividerci.

Gli occhi erano lucidi.

Jalal fu caricato su un mezzo tecnico e portato via.

La sera, mentre officiavo la preghiera del tramonto nello spiazzo fuori dal buco, mentre recitavo la sura Aprente, scorsi cinque guerrieri arrivare nel buio, e mettersi in coda agli altri guerrieri prostrati; le cinque sagome si stagliarono contro quello che restava della luce del giorno.

Uno tra loro mi parve strano: il viso era lucente e liscio come pelle di serpente.

Lo guardai a lungo: era Jalal.

In silenzio, si mise in coda agli altri, si prostrò, pregò intensamente.

Al termine della preghiera venni a sapere.

I mattoni non erano esplosi. Era un segno di Allah. Allah aveva parlato.

Non era il momento di Jalal.

"Non ci proverò mai più," mi disse quella notte, le nostre braccia che si toccavano, sulle stuoie.

Ora potevamo parlare, ora Jalal aveva una voglia infinita di parlare. "Dio ha scelto," disse. "E tanto mi basta per essere felice."

Gli strinsi la mano, forte.

Mi sembrò di stringerla a un fantasma.

33.

Il primo graffio

Era guerriero di luce che volevo diventare, e guerriero di luce, alla fine, divenni.

L'accesso all'ultimo grado dell'iniziazione militare avvenne di nuovo per intercessione di Ramaq. Fu lui a parlare con il comandante della mia maturazione nell'arte della guerra.

Finalmente avrei avuto un fucile tutto mio. Non sarei mai più stato costretto a dividerlo con qualcun altro, come era accaduto da piccoli con Ahmed, l'amico che m'aveva tradito e che da qualche parte stava combattendo la mia stessa guerra da nemico.

Era nero, con il calcio di metallo, diverso da quello di Ramaq, che era di legno: sarebbe stato per sempre il *mio* fucile, sarebbe diventato il terzo dei miei Custodi.

Sul calcio, Ramaq aveva inciso con un punteruolo le parole *Il castigo del Fuoco!*, prese dalla sura *Al-Anfal.*

Io non avrei potuto. Forse, pensai, un giorno mi sarei tatuato quella stessa frase su un braccio, come il comandante, oppure sul petto, come avevo visto a un altro guerriero durante le abluzioni comuni.

Il fucile mi fu affidato con una cerimonia senza nulla di solenne, alla luce del grande fuoco. Lì attorno, la sera, i guerrieri si radunavano per scacciare i demoni con le loro storie, dopo una giornata di combattimento.

Il fuoco era l'animatore e il purificatore.

Senza la vista della sua fiamma, si diceva, non sarebbe stato possibile lasciarsi andare al sonno.

Sapevo che quello del fucile era il battesimo più importante per un guerriero: significava dotarlo dell'incantesimo più fragile, e per questo più potente.

Quella notte, la comunità dei guerrieri mi concesse potere di morte.

"Ora sei uomo, e sei guerriero di luce," proclamò il comandante. Il cuore si fece sentire forte nella gola, mi piegai leggermente e strinsi i denti. "Sei chiamato a controllare il tuo potere mortale. Si diviene uomini solo quando si può togliere la vita, o darla. Soltanto allora si conosce la potenza. La potenza ci fa diversi dall'animale, che al contrario uccide per fame."

Com'era uso, chiusi gli occhi e ricevetti l'arma. Il ferro aveva già assorbito il calore della fiamma.

Non era richiesto che parlassi, e non lo feci.

Il comandante alzò il braccio: il rito era già finito.

Andò a sedersi a terra.

Lo imitammo tutti, ci raccogliemmo attorno al fuoco.

Era la mia prima volta da guerriero di luce: mi sentii diverso, parte d'una comunità millenaria che mi rendeva inarrivabile, superiore a questo mondo.

Era la mia protezione: ciò che più di tutto mi esponeva alla morte era la mia stessa protezione.

Ramaq sedette di fianco a me. "Da adesso, quando preghi dovrai fare *Salam* anche davanti, per salutare il terzo angelo," rise. Ricordai i moniti di *shaykh* Abu e le sue quotidiane bastonate: da allora ogni giorno avevo salutato i miei Custodi almeno sette volte, alle cinque preghiere e ai due pasti, alla mia destra e alla mia sinistra.

Ora avrei ricordato e salutato anche davanti, reso omaggio al mio protettore e a ciò che mi faceva uomo: il mio fucile.

La mia prima azione fu in città.

Si trattava d'assaltare un convoglio di Regolari. Una spia

aveva comunicato che un alto ufficiale avrebbe viaggiato dal loro campo alla città. Sarebbe stato scortato da tre mezzi corazzati: avremmo dovuto assaltare i blindati.

I Regolari sarebbero usciti dalla base dell'esercito sovranazionale che li ospitava, e da lì avrebbero raggiunto un edificio governativo.

Dovevamo assaltarli nel tragitto.

Partimmo in quindici, su quattro mezzi tecnici, arrivammo alla postazione fuori della città dopo dieci notti all'addiaccio.

I più giovani avrebbero aperto il fuoco con i fucili, gli altri, da dietro, rinforzato con missili e granate. Si trattava di aprire il convoglio, separare i blindati, colpirli a uno a uno.

Isolato dal branco, disse il comandante, l'animale diventava indifeso. Nell'istante in cui germogliava la debolezza, lì era la nostra forza.

Dovevo scendere, per la prima volta da solo, allo scoperto come avamposto o pioniere, in mezzo alla strada, sventagliare a lungo contro il parabrezza del primo mezzo di scorta, cercare d'aprire un foro nel vetro frontale.

Ci voleva perizia; il braccio fermissimo doveva centrare lo stesso punto con almeno cinque pallottole diverse. Il vetro blindato si sarebbe aperto soltanto allora.

Se ci fossi riuscito avrei facilitato l'operazione: il convoglio dei Regolari si sarebbe fermato, sarebbero caduti nelle nostre mani. Cinque secondi in tutto, poi sarei dovuto tornare dentro il mezzo tecnico, il fucile bollente come fuoco. Il caricatore vuoto.

Erano operazioni folli, questo lo sapevamo.

Parte della strategia era l'effetto sorpresa. A loro bastava caricare un aeroplano e sganciare una bomba. Noi, quelli, non li avevamo.

Folli e martiri: a noi questo era richiesto per non lasciare tutto ai *kafir*, per mostrare ai nostri fratelli l'arte della resistenza e della perizia di fronte alla morte.

Allah decideva di premiare la follia, e lasciava che le cose andassero per il verso giusto.

Dopo infinite ore d'attesa, finalmente vedemmo giungere i tre mezzi corazzati all'incrocio con la grande strada che portava all'ingresso della città.

Ci appostammo in mezzo alla carreggiata, così da chiudere il passaggio.

Mi sembrò che il dolore mi squarciasse il torace.

Scesi dal mezzo ancora in corsa, sventagliai a lungo. Il braccio rimase fermo, così riuscii ad aprire il vetro.

Dentro, colpii la sagoma al volante.

Cadde come un pupazzo quando è sbilanciato dalla testa. Non fu più d'una manciata di secondi in tutto, a me sembrò un'infinità.

Aprimmo il convoglio, poi i missili e le granate andarono a segno. Solo lì, soltanto allora, in quell'esatto momento, per la prima volta la mia ira poté finalmente fluire libera. Cominciai a sparare all'impazzata, in tutte le direzioni, quel primo nemico abbattuto mi sembrò la mia liberazione, mi sembrò ciò che avevo atteso per tutta la vita. Ero il guerriero che mai si sarebbe saziato, ero il soldato invincibile che nessun sangue avrebbe potuto placare. Più il petto mi doleva, più io sparavo.

Sarei dovuto tornare sul mezzo tecnico, farmi scudo con missili e granate, e invece rimasi per la strada, esposto, folle, un bersaglio impazzito. I compagni gridavano di tornare mentre caricavano i lanciarazzi e facevano fuoco, io rimasi lì in mezzo a sparare contro il nemico che avanzava, a sparare, sparare, sparare contro i loro mezzi corazzati, sparare contro quegli uomini e contro quel cielo che era divenuto rosso come fuoco, sparare per aprire il nostro varco, per segnare la nostra vittoria. Sparai finché ebbi cartucce, poi pazzo tornai indietro e ricaricai il fucile. Ramaq cercò di fermarmi, mi afferrò dalla mimetica, ma io tornai là davanti a scaricare la rabbia di tutto quello che ero stato nella vita e che ancora mai aveva trovato sfogo. Volevo soltanto essere un uomo. Volevo. Soltanto. Essere. Quello. Che. Ero. In ogni colpo c'ero io e tutto ciò che ero stato. In ogni colpo c'era il mio passato e ciò che forse sarei diventato.

Era di vita che volevo saziarmi, e di vita mi saziai.

La felicità di Tarif era lontana anni luce.

Quel giorno fu la mia gloria, e il mio punto più basso. Fu il giorno in cui uccisi un uomo. Conobbi l'ira, e la conobbi tutta insieme e tutta accesa. Era la guerra quella che mi stava di fronte, e io volli berla fino in fondo. Al colmo della follia, mentre sparavo gridai al cielo con quanta voce avevo in gola. Sparai e gridai tutti i nomi che in vita avevo avuto, tutti li volevo consumare. Se il cuore mi fosse scoppiato non me ne sarei neppure accorto.

Quando si spense l'eco dell'ultimo sparo mi toccai il petto con le mani ancora calde del metallo bollente del fucile: il biglietto di mio padre era lì, sotto la mimetica, e aveva riparato la cicatrice. Quel biglietto era il mio amuleto, la mia protezione.

La notte, dentro il silenzio del campo, tremavo.

Non mangiai, lo stomaco non riuscì a ricevere il pastone stopposo dell'*ugali*.

"Questa roba fa schifo," si lamentò qualcuno nel fitto del bosco senza fuoco dove stavamo riparati, ai confini della città.

Eravamo eccitati, era l'eccitazione dei vincitori.

Lo sapevamo, a quell'azione sarebbe seguita una violenta rappresaglia, ma quella sera avevamo vinto. Nessuno dei nostri era caduto, nessuno era stato ferito.

"Porti bene," aveva scherzato con me il comandante.

Era stata un'azione pulita. Veloce.

L'avevo coltivata così a lungo dentro l'immaginazione che terminò con lo schianto delle cose reali.

Respingevo il cibo e l'acqua.

"Bevi," disse Ramaq. "Sei un cencio. Quando bevi si liberano i polmoni, e ricominci a respirare." Ma non riuscivo nemmeno a mandare giù la saliva.

Il mio corpo s'era chiuso dall'interno, non lasciava entrare niente.

"Ho bisogno del fuoco che purifica" fu l'unica cosa che dissi quella notte.

Divenuto uomo per davvero, adesso conoscevo il potere del togliere e del dare. Era una contabilità terribile, che mi rendeva qualcosa di diverso da un uomo.

Non ero diventato uomo, pensai, aveva torto il comandante. Ero diventato qualcosa di più: un essere volatile, meraviglioso e pari agli angeli, una sostanza invincibile e leggera. Intoccabile e splendente: in un cielo ammantato dalla solitudine più buia.

"Lo so," fece Ramaq, accostandosi. "Lo so come ti senti adesso che devi incidere la tua prima tacca, tracciare il primo graffio."

Non riuscii a rispondere. Avevo una tacca da incidere sul letto; avevo preso parte a una sola azione e già avevo ucciso.

Ma ciò che diceva Ramaq, di nuovo, non era vero. Nessuno avrebbe mai fatto sua la mia solitudine. Era un vuoto che non aveva nome e lasciava senza parole. Ciò che ci faceva simili era quella stessa incomunicabilità. Bastava però a renderci fratelli? Bastava a condurci a un abbraccio?

Anche lui era un essere volatile e per sempre destinato alla solitudine, forse non saremmo mai più stati gli stessi.

Forse la corruzione dell'anima era cominciata. È da questo che io, per sempre, ti preserverò.

Uccidendo il primo nemico, avevo ucciso per sempre la mia trasparenza: ero duro come legno, resistente come ferro.

Che fosse questo, essere *uomo*?, mi chiesi.

Divenni dunque presto guerriero di luce, e prima ancora ebbi diritto a una tenda tutta mia. Sul legno della branda avrei inciso le mie tacche, che sarebbero rimaste a futura memoria del mio valore.

Da guerriero esperto, ebbi diritto a prendere moglie.

Ogni guerriero ne aveva una: giovani spose erano necessarie per la discendenza. Alla morte del guerriero occorreva che un figlio maschio lo sostituisse.

Erano una quindicina, le bambine portate al campo e disponibili. Dovevo scegliere.

Stavano in fila come tanti vitelli impauriti, gli occhi larghi e la bocca secca. Alcune erano in attesa, imploranti. La bellezza di cui ero dotato mi faceva apparire buono, incapace di compiere il male. La bellezza è scambiata per bontà, e questa è presa per verità.

Nessuno più di me sapeva quanto l'equazione fosse falsa: la mia bellezza e i miei dolci occhi trasparenti erano la tomba d'ogni bene.

Presi l'unica che non alzò lo sguardo a implorare.

La presi perché le altre le avevo già consumate interamente: con il battesimo del fuoco e il sorgere del male, la sensibilità si acuisce e il tempo si dilata. Quando dai la morte vedi tutto nel dettaglio, e tutto subito: in quei giovani occhi dilatati vidi il possibile e il necessario, seppi già ciò che sarebbe accaduto.

Presi per sposa l'unica che non mi guardò, quella che sembrava la più grande tra tutte.

Si chiamava Marya, e tu la conosci.

Era piccola, allora, uno scricciolo, vestiva di stracci e parlava a stento. Non era la più bella, il suo corpo non era il più aggraziato né il suo viso il più armonioso: la presi per quei suoi occhi bassi che cercavano la terra.

La presi, come nella leggenda del mio villaggio Yonus prese moglie: come la bellezza scelse la mitezza.

Mi resi conto che la profezia della vecchia Raja era finalmente realizzata. Il mio destino si era compiuto.

Marya era al campo da sei mesi, e già il curare, il lavare, il rammendare, il cucinare, il pulire, il creare ordine nel regno della distruzione avevano consumato lo splendore dei suoi occhi.

Aveva quattordici anni, e per un tempo che mi parve infinito non osò guardarmi.

La prima volta che posò gli occhi su di me erano tre mesi che dormivamo nello stesso letto. Lo fece come se mi avesse guardato sempre: i suoi occhi non s'aprirono in sorpresa. Come prima non m'aveva mai visto, così una notte iniziò a farlo.

"Guardavi il mio viso mentre dormivo," le dissi, stupito da tanta naturalezza.

Marya non volle rispondere.

Marya, nella sua semplicità mite, fu la prima che mi aprì al mistero felino e femminile.

34.

Marya

Si può immaginare una vita nella quale ciò che c'è di più dolce è allo stesso tempo sempre vicino alla fine? Si può immaginare una vita in cui in ogni momento si è preparati all'ultima separazione? In cui ogni istante è quello in cui perderemo ciò che ci rende vivi?

La mia vita e quella di Marya furono così.

Vivevamo in equilibrio su un filo che a ogni passo avrebbe potuto spezzarsi. Ogni giorno, infatti, io sarei potuto morire, l'avrei potuta abbandonare.

Di giorno ero preda di *jinn* malvagi che mi deformavano i lineamenti, rendendomi bestiale.

Al ritorno, verso la quiete, col calare del sole, sul mezzo tecnico, tastavo il viso e lo sentivo ammorbidirsi, riprendere le sembianze consuete.

Spesso le mani erano macchiate di rosso, a volte il viso, la bocca e i denti. L'istinto era di saziarmi nell'abbandono al caos. Era di mordere al collo le viscere della vita, smembrarla, stanarne il cuore e dimenticarmi del mio nome, Amal, dentro il suo pulsare.

Il legno del giaciglio nuziale era ormai quasi interamente inciso dalle tacche delle mie vittorie.

In poco tempo venni nominato capitano, il mio valore superò quello di Ramaq. Di nuovo, mi applicavo in una cosa e riuscivo.

Il mio letto aveva più tacche, la mia mira era più precisa e con più precisione focalizzata la mia collera. Forse, rispetto a Ramaq, ero equipaggiato con più ira: la mia origine servile mi aveva dotato di un bagaglio maggiore.

Più ero lucido, però, più divenni pazzo. Tu ricorda questo: la lucidità è un bene, mette a fuoco il mondo, ma conduce alla follia.

Soltanto la sera, alla luce di una candela, dentro la piccola tenda, mentre Marya con gesti lenti e nobili mi lavava le mani e ne purificava gli atti per prepararle alla pace della notte, le parlavo.

Lei non rispondeva mai, faceva la cosa più rara al mondo: mi ascoltava, in silenzio, senza fiatare, mentre medicava le mie ferite o mi lavava.

E così, con tutta la semplicità e la mitezza dei suoi gesti, Marya riuscì dove niente era mai riuscito: placò il dolore del mio cuore. Lo fece senza dire neppure una parola. Le parole erano le mie: entravano nei suoi occhi e tornavano indietro, amplificate.

Se di giorno, col rombo assordante e ferroso del campo di battaglia, il cuore mi scoppiava, la notte, con Marya, si calmava. Era la prima volta che non sentivo la sua voce. Marya di notte mi guariva.

A lei, ogni notte, dopo il cibo e il fuoco con i guerrieri, raccontavo le mie gesta, a ogni nuova tacca associavo un volto e un'azione. Lo facevo per ore, a volte l'alba ci sorprendeva svegli.

Una notte accadde. Eravamo sdraiati a fissare la copertura spiovente della bassa tenda, lavati, puliti, pronti per il sonno. Finii di raccontare il mio racconto, smisi di tessere le trame che svolgevano i fili del mondo e li riannodavano nel mio personale modo.

Marya si girò verso di me, allungò una mano e m'accarezzò la testa.

Lo fece con una sfuggente e intensissima carità. Non c'era affetto, non voluttà né amore: lo fece come una bocca riarsa ingoia la saliva.

Marya per la prima volta parlò, e anche questo fu naturale.

La sua voce era delicata e controllata.

Mi parve miele, che improvvisamente mi colasse dalla testa su tutto il corpo. Mi sentii sommerso e avvolto da quella dolce sostanza vischiosa.

La voce era ferma, matura, eppure fragilissima. Femmina.

Se ne fui stupito – forse per mesi l'avevo immaginata differente – lo stupore non durò che un attimo.

Non furono parole sue.

Marya mi raccontò una storia.

Era la storia di un cortigiano, un servo del califfo, che era scapolo e ogni notte invitava un nuovo ospite a casa. Una notte invitò un potente *jinn* che aveva preso sembianza d'uomo. Mentre parlavano del più e del meno, quello gli chiese che desiderio avrebbe voluto realizzare, se avesse avuto a disposizione un incantesimo. Il cortigiano, ridendo, disse che sarebbe voluto divenire califfo per un giorno, per poter così sconfiggere una volta per tutte il nemico *kafir*. Il *jinn* lo addormentò e lo portò a corte. Al suo risveglio, si ritrovò circondato da servi che lo chiamavano re. Il cortigiano non volle crederci, finché una giovane gli offrì i suoi servigi amorosi e con dolci parole lo convinse che tutto era suo. Prese a comportarsi da re. A quel punto il vero califfo lo riaddormentò e lo fece riportare all'umile dimora di sua madre. Il cortigiano disse d'essere califfo e lei, dopo essere stata picchiata dal figlio per non avergli creduto, lo chiamò col suo primo e vero nome e lo fece rinchiudere come pazzo, dove venne percosso ogni giorno, finché non smise di credersi califfo. Fu allora il vero califfo a rifarsi vivo e a rigettarlo nel sonno per riportarlo alla corte sotto le spoglie di re. Il cortigiano, già folle, scappò dalla reggia. Lì fuori trovò il *jinn* che, vedendolo frastornato e con gli occhi da pazzo, iniziò a ridere a crepapelle, e non smise per giorni. Il giovane cortigiano capì così d'essere caduto vittima di un tranello, ma rispose al *jinn* ringraziandolo: solo in quel modo aveva potuto affacciarsi alla follia, altrimenti avrebbe vissuto una vita soltanto, la sua.

Quando Marya smise di parlare, la guardai. Era una bella storia, e in qualche modo parlava di me. Me ne aveva fatto dono.

Le sorrisi, rimase impassibile.

Quella notte sognai battaglie e califfati, guerre ai *kafir* e supremazie arabe. Mi sognai in forma di toro. Ero io ma ero toro, dotato di lunghissime corna affilate e occhi iniettati di sangue. Ovunque mi girassi, rischiavo di tagliare teste e arti.

Marya, dopo quella prima notte, prese ogni notte a raccontarmi una storia.

Spesso erano storielle divertenti, aneddoti comici sulla vita delle cortigiane e dei re dell'antichità. Storie di avari che cadevano dentro pozzi dove credevano d'aver nascosto una delle loro monete e vi morivano, e di bellissime giovani che finivano trasformate in vecchie megere per essersi finte vergini illibate.

Iniziai, dopo l'incontro col sangue della giornata, dopo i combattimenti e le uccisioni e il campo di battaglia, ad attendere quei dolci momenti in compagnia della piccola Marya come per un anno intero si aspetta la festa di *Iid* che dà fine al *Ramadan*.

Fu soltanto dopo molte settimane che Marya iniziò a parlare con parole sue.

"Non abbiamo più niente," disse. Fu la prima cosa che disse con parole soltanto sue.

"Ci rimane la voce. È preziosa. Non va sprecata."

La ascoltai, smarrito nel suo miele.

"Qui dentro ci hanno tolto tutto," continuò. "Ma moriremo da esseri umani e non da bestie."

Marya mi confidò che tutti i giorni, da che era entrata nel campo, lei e le altre, nei momenti di vita comune, al fuoco oppure al pozzo, s'erano raccontate storie.

Era stata Zanah, la più vecchia – aveva diciannove anni allora –, ad avere l'idea. "Dobbiamo parlare tra di noi. Se stiamo zitte hanno vinto," aveva detto Zanah. "I Neri vogliono ridurci ad animali. Non ce la faranno. Ci hanno trasformate in schiave. È questo che siamo. Ma non annienteranno la nostra anima. Dobbiamo pregare. Quando siamo sole, sorelle, dobbiamo pregare. E di giorno, quando ci incontriamo, ognuna deve avere una storia pronta da raccontare alle altre. Così soltanto potremo rimanere donne. E, per davvero, vive."

Da quel giorno, ogni giorno, si erano scambiate quel patrimonio dolcissimo.

Divenne la loro liberazione.

Si abbeveravano alle parole delle compagne, quelle storie le avvolgevano e le facevano sentire protette, qualunque cosa fosse accaduta. Erano dentro una comunità, salvate dalle braccia della sorellanza.

Erano donne, ed erano sorelle nella parola: mai si sarebbero scagliate le une contro le altre.

Così facemmo noi, Marya mi fece tornare uomo.

"Finché ci sono le parole, anche soltanto quattro o cinque," mi disse una notte, sdraiati sul nostro giaciglio, alla luce della fiammella, "lì c'è, ancora, salvezza."

Quella stessa notte premette il suo esile corpo contro il mio, era la prima volta che veniva così vicina: furono le parole a trascinarla. Non c'è niente al mondo di più potente delle parole, seppi quella notte. Non il tesoro più grande, non il trono più imponente: sono le parole l'arma più invincibile. Avevo imparato a memoria il testo sacro, avevo subìto la dottrina dei guerrieri di luce, e soltanto adesso mi rendevo conto del potere della parola.

Marya s'accostò al mio orecchio: "Può accadere anche la

più spaventosa delle atrocità," sussurrò, "la tua famiglia può essere sterminata, puoi essere rapita e portata in un campo di Neri, puoi subire le più spaventose violenze. Ma se hai parole e una persona soltanto che le voglia ascoltare, allora il mondo è al suo posto, dopotutto".

Marya riuscì nel miracolo di farmi tornare ciò che da tempo non ero più: un uomo avvolto nel cuore caldo di una storia.

E un uomo sano. Con lei, misteriosamente, il cuore non doleva.

Quando la sera mi vedeva arrivare, Marya mi guardava con stupore. Ero vivo, avevamo ancora una notte da passare insieme, ancora una storia da condividere.

Si vive nella promessa della morte, questo è comune a tutti.

Così però era troppo vicina, così non lasciava tregua. Stava tra me e lei, e in ogni istante minacciava di dividerci.

35.

La Guerra santa

La guerra vissuta da dentro era al contempo terribile ed enunciabile.

Se il mondo era ancora al suo posto, era però un mondo fatto di violenza e di sangue, di guerriglia, d'avanzamenti e di ritirate.

Essere diventato capitano mi portava sempre in prima linea: il valore va provato e dissipato, non accumulato. Ci andavo senza farmi domande, cercando di dimenticare che la guerra avrebbe potuto portarmi via da Marya. Stringevo i denti e allontanavo il dolore.

Sul campo eravamo inferiori come armamenti, ma contavamo su un esercito infinito di giovani guerrieri convinti o rapiti dai villaggi che controllavamo.

A Ramaq fu affidato il comando delle reclute e delle spie. Quella era la sua natura, carpire e sottrarre, come una velenosa serpe.

In poco tempo raggiungemmo le mille unità di nuove reclute, il campo non era mai stato tanto affollato.

Ci preparavamo all'assalto dei villaggi *kafir*, i villaggi cristiani, presidiati dai Regolari.

Ci preparavamo a quella che chiamavamo Guerra santa.

Negli ultimi mesi i combattimenti si erano fatti ancora più duri.

Le missioni duravano settimane, e al fronte, la notte, in trincea, sentivo la mancanza di Marya e delle sue storie.

Non c'era nessuno a lavarmi le mani dal sangue dei vinti, nessuno a sfamarmi e a rendermi puro per la notte.

Divenni una bestia insaziabile.

Alla vigilia dell'ultima missione, Marya mi aveva detto una cosa che non voleva uscire dalla mia testa; la notte, prima di dormire, a pochi chilometri dai Regolari, continuavo a pensarci.

"Prendi quello che vuoi," aveva detto Marya. "Io voglio servirti per il resto della mia vita. Il mio corpo non l'hai ancora preso. Ti sto dicendo che puoi prendere tutto ciò che desideri," aveva sussurrato, nel silenzio della notte. Ripensare a quelle parole mi riportava a casa.

"Non voglio le cose. Io voglio il tuo desiderio, Marya. L'unica cosa che voglio è che tu mi voglia," avevo risposto.

Era stata la prima volta che il corpo, una voluttà sensuale, s'era infilato tra le nostre parole. Mai prima d'allora, in tanti mesi che condividevamo il letto da sposi. Era il nostro segreto. Avrei dovuto possedere il suo giovane corpo fin da subito, Marya dalla prima notte avrebbe dovuto iniziare a covare la mia discendenza. Era quello che faceva ogni guerriero: fosse stata una femmina sarebbe stata sfortunata, destinata al campo in cui era nata. Fosse stato un maschio sarebbe stato un valoroso guerriero, vendicatore del padre.

Invece, non avevo mai sfiorato il corpo di Marya. Era stata la sua anima ad afferrarmi, e faceva di me ciò che voleva.

Lei era rimasta in silenzio.

Io avevo continuato. "L'unica cosa che puoi darmi è una cosa che ti fa mia per sempre."

Marya aveva detto soltanto: "L'unica cosa che voglio è amarti. *Io non voglio altro che amore.* Lo disse una volta una santa e ora io lo dico a te".

Avevo chiuso gli occhi, mi ero morso la lingua.

M'ero girato dall'altra parte e avevo cercato di prendere sonno e di scacciare i cattivi pensieri.

Nel buco della guerra, più cercavo di non pensare a quelle ultime parole, e più mi bruciavano il cuore.

Perché Marya aveva nominato una santa? Una santa *kafir*? Non sapeva forse che il giorno seguente sarei andato ad ammazzare gente che pregava anche nel nome di quella santa cristiana? Voleva forse che ci rimanessi, su quella terra *kafir*, così da piangermi per il resto della vita?

Queste domande mi tormentavano e mi toglievano il sonno.

Comandavo una squadriglia di trenta guerrieri. Tra i nostri, e sui campi di battaglia, mi ero conquistato il nome di Alì del deserto. Ai guerrieri più valorosi rimaneva incollato un nome di guerra che modificava quello reale, come Fiamma di luce.

Io m'ero scelto il mio primo, l'attributo l'aveva aggiunto Ramaq.

Io e i miei trenta soldati eravamo il gruppo d'assalto del campo.

Avevo scelto personalmente ognuno di loro, erano i migliori. Sapevano sparare, assaltare, uccidere, volevano morire da martiri. Nessuno aveva paura di stare nella prima fila, d'aprire il fuoco. Erano folli: i più coraggiosi.

Eppure, di notte, le parole di Marya mi apparivano spie nemiche che covavo nel mio stesso corpo.

Stavo sveglio cercando di scacciarle.

Eravamo asserragliati un poco fuori da un villaggio rurale di *kafir*. Poche case assembrate, una piccola piazza centrale, una scuola e una chiesetta che la domenica mandava un timido suono di campane.

La guerra era di là dal centro abitato, a qualche chilometro, nella direzione in cui sorge il sole, così da avere luce alla fine dei combattimenti per raggiungere il buco.

Stentavamo ad avanzare, la notte la fatica di scavare nuove buche su un nuovo terreno era risparmiata ai più giovani aiuti che s'occupavano del cibo e delle trincee.

Un aiuto, una notte, venne da me e mi volle parlare.

Gli occhi erano abituati al buio, erano occhi di felino: accendere fuochi era impensabile.

"Voglio diventare come te," disse il giovane.

Stavo per iniziare la preghiera della notte, comunque gli diedi retta. "Quanti anni hai?" domandai.

"Undici" fu la risposta.

Non era tra i più piccoli. "Perché vuoi diventare come me?" chiesi ancora.

"Perché tutti parlano di Alì del deserto, tra i Neri e tra i Regolari. Tutti sanno chi sei, la fama ti precede."

"La fama mi segue," risposi. "Prima vengo io, sempre dopo arriva lei."

"Anch'io voglio avere fama," continuò il ragazzino. "La voglio grande come la tua."

"Non te lo auguro," gli dissi. Lo guardai negli occhi, erano piccoli e lucidi. Forse aveva masticato *khat*. Era una cosa che detestavo. Non drogai mai uno dei miei soldati, mai mi drogai io stesso. Molti invece lo facevano, per rendere la guerra più facile. Ma la guerra non deve essere facile.

"Perché?" mi domandò. Aveva la voce da bambino. Era un bambino.

"Perché indebolisce," risposi.

Il piccolo aiuto ci pensò. "Non è vero che indebolisce. Prendi Omar il Grande. Nessuno di noi lo conosce, eppure si dice abbia ucciso da solo diecimila Neri. La fama rende invincibili e spaventa. Come è per te tra i Regolari."

Omar il Grande era un terribile combattente Regolare, forse il più terribile. Era un comandante, uno che per anni aveva retto all'avanzata dei Neri ed era arrivato a guidare il reggimento più importante, quello chiamato a difendere i villaggi *kafir* dalla nostra Guerra santa, nato fuori dalla grande città dopo la fondazione del nostro campo. Era uno che mai era retrocesso dalla prima fila, anche se avrebbe potuto. Uno che aveva scelto la guerra come destino. Un giorno, mi dicevo da tempo, l'avrei incontrato e l'avrei sconfitto. Sarei diventato uno dei più valorosi Neri di tutti i tempi.

"Hai ragione," dissi alla fine. "La fama indebolisce dentro e rende più forti fuori."

Volle che gli promettessi che quando avremmo vinto la guerra e saremmo stati un grandissimo Califfato, sarei andato a casa sua a conoscere la madre.

"Te lo prometto," dissi. "Quando vinceremo, verrò."

Non mi costò niente, ma non ci credetti.

Avevo fatto felice un bambino che poté tornare a drogarsi, e il giorno dopo a combattere.

I giorni seguenti, i nostri assalti non portarono a niente.

Perdemmo quattordici uomini e due mezzi tecnici, lasciati sul campo in preda alle fiamme.

Ordinai la ritirata.

Saremmo ritornati con il doppio dei soldati e avremmo preso quel villaggio.

Non era ancora tempo.

Quando, dopo sette giorni di viaggio, fummo al campo, era notte e finalmente m'addormentai tra le braccia di Marya.

Ero troppo stanco per ascoltare una delle sue storie, persi i sensi non appena mi stesi.

"Se oggi fosse l'ultima volta che ti guardo mentre ti addormenti," bisbigliò Marya mentre chiudevo gli occhi, "chiederei a Dio di poter guardare ogni notte la tua anima che prende sonno."

Il mio sonno, però, quella notte fu interrotto da un terribile incubo. Marya era una *kafir*, e io mi trovavo nel suo villaggio, lo stavamo mettendo a ferro e fuoco.

D'un tratto mi svegliai.

Marya dormiva al mio fianco. La scossi.

Si girò spaventata, poi vide che ero io e si calmò.

"Stanotte sei qui con me," sussurrò, ancora mezza addormentata.

Ciò che m'aveva tenuto sveglio nella trincea venne fuori di colpo.

"Marya, tu sei cristiana," dissi, cercando di reprimere la rabbia. Avevo pronunciato l'impronunciabile.

Non rispose.

S'accucciò dall'altra parte.

Il suo respiro tornò leggero e regolare.

La mattina dopo me lo disse.

Eravamo svegli, ognuno dal proprio lato, con gli occhi sbarrati a guardare il telo della tenda. Quella domanda era rimasta sospesa nel vuoto.

"Sono stata rapita nel mio villaggio fuori dalla scuola e portata qui perché dessi una discendenza a un guerriero. Nessuno s'è mai preoccupato della mia fede."

"Sei cristiana?" domandai di nuovo.

"Sì," rispose, guardandomi dentro gli occhi. "I miei genitori sono cristiani, mi hanno cresciuta da cristiana."

Avevo sposato una *kafir*.

Avrei dovuto fare con lei ciò che ogni miscredente meritava. Avrei dovuto sottometterla al *jihad*. Avrei dovuto sopportare il suo peso e aggiungere una tacca al nostro letto. Avrei dovuto farlo lì, in quello stesso momento.

Mi voltai di scatto.

Sentii le mani formicolare come facevano al campo di battaglia, sentii tutto l'odio del mondo condensarsi nei miei palmi infuocati.

Le sarei saltato alla gola, l'avrei strangolata sul letto.

"Soltanto adesso me lo dici, piccola *kafir* traditrice!" urlai. Le mani sentivano il richiamo del sangue, che conoscevo così bene.

Marya non tentò neppure di parlare.

C'era tranquillità nei suoi occhi, attendeva la fine come la cosa più naturale al mondo, quella che da anni ci si è abituati ad aspettare.

Le mani scottavano, faticavo a tenerle ferme.

"Fallo!" disse, leggendomi il pensiero. "Fallo. Così mi liberi da questo amore in cui ogni minuto aspetto la notizia della tua morte. È peggio vivere così che morire. Ti prego, fallo. Uccidi la *kafir* che hai preso in moglie."

La bocca taceva, il mio sguardo era ancora fisso sulle mani che stavano per uccidere la persona che m'aveva ridato un cuore.

"Ho paura di rimanere sola. Ho paura che tu muoia," disse infine Marya. "Quindi fallo, per favore. Liberami."

La guardai.

Aveva occhi lucidi.

Non piangeva per la sua vita, piangeva per la mia.

Non ho mai incontrato una donna forte come la piccola Marya.

Non era ancora donna, e già era invincibile.

"Io sono immortale, Marya," le dissi. Dopotutto ero poco più che un ragazzo, anch'io.

Marya sorrise, come si fa con un bambino. "No Amal, tu sei mortale. Come tutti."

"Non è così, Marya. Io sono *immortale*." La guardai. "È l'amore che mi protegge."

Era la prima volta che nominavo l'amore. La strada per raggiungerlo era stata più lunga di quella della violenza. Non me ne vergognai. L'amore era una forza che sconfiggeva anche la vergogna, e mi dava il nome per chiamarlo, ad alta voce. Ora era lì, in mezzo a noi, e non si poteva più tornare indietro. Ricordai Ahmed e le giornate passate a prendere vento sul *dhow*. Lì, la felicità durava un istante. Qui, con Marya, sentii che sarebbe durata. Era forse la promessa di Tarif. Il cuore si colmò di gioia. Era la prima volta.

Marya mantenne il silenzio.

Poi fece per dire qualcosa, ma non trovò il tempo.

"Anche se moriremo," continuai.

Marya capì che non era di domande, che si sarebbe trattato.

"Ogni notte prego perché tu ritorni alla tenda e a questo letto," disse.

Non m'importò più a quale Dio rivolgesse le sue suppliche.

Non sarei stato io a uccidere lei, da *kafir*.

Avevo già portato il peso di un altro segreto, quello di Ahmed. Mio padre già portava un altro terribile segreto.

Seppi che con Marya sarebbe stato lo stesso.

La mia sposa era una cristiana. La mia sposa era una mia nemica. Ma nessuno, al campo, l'avrebbe mai saputo.

Quella notte, per la prima volta, unimmo i corpi.

Non fu come era stato con la selvaggia Fatah.

Fu come quando alla moschea avevo rivisto mio padre.

Fu come ritornare là dove non ero ancora mai stato.

Fu scoprire dentro di me un corpo che non era il mio.

36.
L'ultima battaglia

Il destino accetta i mutamenti solo se non annunciati.

La lotta si fece più violenta, venimmo a sapere che un nostro campo a est stava perdendo su tutti i fronti.

L'ordine fu di prepararci a un attacco simultaneo, con più battaglioni, che avremmo mosso a tre villaggi *kafir* insieme. Un nostro squadrone andò e nella notte assaltò un villaggio dell'interno, poco strategico e non protetto dai Regolari. Fu facile. Furono bruciate le case e la scuola, rase al suolo le rovine dei loro antenati. La cancellazione non soltanto del presente e del futuro, ma del passato, contiene il germe del diabolico. Ci abbassammo al livello dei *kafir* che da sempre ci sottomettevano.

Ramaq partì con una pattuglia in perlustrazione del luogo che avremmo assaltato qualche giorno dopo. Era necessario conoscere nel dettaglio gli obiettivi di un attacco, capire in che modo muoversi con i mezzi tecnici, dove appostarsi, quanto rapidamente agire. Era lavoro delle spie, e Ramaq era il migliore.

Andarono una sera prima del tramonto.

Ci salutammo come sempre fanno i soldati prima di una missione, ci stringemmo in un rapido e forte abbraccio, scambiammo qualche parola.

Erano giornate di vento pressante da nord, la sabbia del deserto era ovunque, il turbante gli lasciava scoperti solo quegli occhi penetranti e furbi, neppure le sopracciglia, soltanto lo spazio per quei proiettili nerissimi degli occhi che trapassavano.

Ramaq era livido, parlò poco, forse presagiva.

Erano in tre: li guardammo partire su una jeep civile, dovevano fingersi mercanti per spingersi nel cuore del villaggio, il bazar, e da lì mappare la strategia del nostro attacco.

Furono fatti prigionieri il secondo giorno, si seppe che gli uomini di Omar il Grande presidiavano in incognito ogni villaggio e conoscevano il volto di Ramaq, lo tenevano stampato come uno dei Neri più pericolosi.

Era guerra aperta, guerra a noi esplicitamente dichiarata: giustiziarono Ramaq e liberarono gli altri due.

Lo ammazzarono di fronte a loro, nel campo recintato fuori dalla grande città, in modo brutale, lo stesso che noi conoscevamo: gli tagliarono la gola. I due soldati furono liberati, così che potessero tornare da noi e parlare di ciò che avevano visto.

Non generarono che altro odio.

Non c'è odio che non generi altro odio. Tu evitalo come il peggiore dei mali.

La notte non dormimmo.

In circolo, alla luce del fuoco purificatore, recitammo mille volte la sura Yasin in onore di Ramaq, la sura dei defunti.

In quel giorno, i credenti e i virtuosi entreranno nei Giardini dove essi e le loro spose purissime siederanno su alti troni gustando la frutta e il cibo più prelibati. E "pace" sarà la parola rivolta loro dal Signore Misericordioso.

Era il modo dei guerrieri di luce di tenere lontana la morte e salutare i fratelli che Dio aveva preso accanto a sé.

Mille volte salutai Ramaq, quella notte.

Quel giovane vissuto e scaltro aveva avuto il potere di cambiare la mia vita. Aveva letto la mia anima meglio di chiunque altro, alla Grande Moschea. Silenziosamente aveva lavorato affinché andassi ad affiancarlo sul campo di battaglia. In me aveva visto un guerriero fin dai primi giorni, nel modo in cui quella notte il mio braccio aveva colpito la piccola scimmia, nell'orto. E adesso era morto.

Non lo avrei mai scordato.

Non avrei mai dimenticato i suoi modi vivaci e fuggevoli, il suo buonumore anche in trincea. La sua allegria e il modo mite con cui dava esempio ai più giovani non sarebbero mai stati sostituiti.

Il giorno seguente, comunque, ci preparammo per la spedizione.

La nostra missione sarebbe stata la più dura: avremmo assaltato il villaggio più vicino alla grande città, quello maggiormente coperto dai Regolari.

Eravamo certi che Omar il Grande sarebbe stato lì ad aspettarci col suo esercito. Il comandante decise di prendere parte alla missione.

Partimmo una notte, otto lune ci separavano dall'arrivo.

La mattina del nono giorno iniziammo l'attacco.

I Regolari lasciarono che per tutto il primo giorno incendiassimo, saccheggiassimo e devastassimo il villaggio.

Non prendemmo persone, non toccammo donne o bambini. C'impossessammo del pozzo, chiudemmo la scuola, barricammo la chiesa.

Facemmo tutto con la massima calma, sapevamo che i Regolari lasciavano che ci esponessimo per poi colpire con forza maggiore.

L'attacco giunse a metà della notte.

Ruppero una regola non detta della guerra: la notte è per il riposo.

Il comandante e io, che eravamo rimasti svegli, udimmo i loro cingolati già a mezz'ora di cammino dall'accampamento.

Svegliammo i guerrieri e saltammo sui mezzi tecnici: andammo incontro alla devastazione.

Combattemmo per dieci ore ininterrotte.

Il comandante aveva voluto che dividessimo gli uomini e accerchiassimo i nemici. Riuscimmo a circondarli, mentre il loro fuoco inestinguibile piegava molti nostri guerrieri di fronte alla terra.

Facemmo piovere missili e granate alla loro destra, alla loro sinistra e dietro di loro.

Molti caddero sul campo.

La mia sola anima quel giorno dovette sopportare il peso di dieci nemici.

Combattemmo come mai nella nostra vita.

Se un giorno fummo eroi, fu quello.

Animali a cui un vento terribile aveva strappato l'anima.

Ci attaccammo a ogni singolo colpo come all'ultima possibilità di portare un nome. Questo frenò i Regolari, che avevano contato su una vittoria rapida e indolore.

Da lontano, più volte vidi Omar il Grande aizzare i suoi, redarguirli, incitarli.

Lo vidi sparare, colpire e ammazzare.

L'avevo immaginato grande come il suo nome, era invece basso e grosso.

Quella notte il comandante ordinò la ritirata.

Qualcuno dei miei soldati s'oppose. Ma era un ordine, e andava eseguito.

Lasciammo l'accampamento.

Tornammo indietro, a un giorno di mezzi, e ci accampammo in una boscaglia.

Ogni volta era un rimestare di pale e scavatrici per costruire la trincea in cui dormire e avere riparo. Con ciò che si trovava si facevano coperture, si coprivano le buche come fosse funerarie.

Rimanemmo un giorno intero, lì prendemmo un poco di riposo.

Il comandante era spietato. "Non si arriva a comandare un campo di fondamentalisti se non si è spietati," aveva detto un giorno. "Dobbiamo imporre una legge che ci arriva da Dio, il compito più difficile," disse.

Stabilì che li avremmo attaccati di sorpresa.

I Regolari credevano che avessimo rinunciato, e noi invece saremmo ritornati. Avremmo atteso la mattina e colpito chiunque si trovasse per strada, sugli usci delle case, ovunque. Saremmo stati più accaniti che mai.

Avremmo messo a ferro e fuoco l'abitato. Distrutto ogni cosa, raso al suolo le case e il bazar, bruciato la chiesa.

Cercai di oppormi, non ci fu niente da fare.

"È l'unico modo che abbiamo per farci sentire," disse il comandante. "Nella guerra frontale ci ammazzano tutti."

Era vero.

Partimmo quella stessa notte, arrivammo a vedere le poche luci del villaggio la notte seguente.

Fuori dal suo ingresso, ci appostammo.

Come il sole s'alzò, iniziammo le preghiere che precedono l'azione. Inni a Dio e ringraziamenti per la vita che ci aveva concesso fino a quel giorno. Implorazioni di accoglierci nella Sua casa come martiri.

Eravamo appostati come avvoltoi in cerca di cibo.

L'idea del sangue iniziava a salire alla testa.

Quando il sole ebbe compiuto un poco del suo giro e la gente cominciava a uscire dalle case, entrammo.

Piano, senza che si generassero clamori, giungemmo al centro del villaggio, i mezzi tecnici col motore al minimo.

Le campane della chiesa suonarono, era la loro chiamata alla preghiera: noi abbiamo la voce umana, i *kafir* l'ausilio del metallo.

In concomitanza con la chiamata, noi entrammo al bazar e iniziammo il fuoco.

D'un tratto il comandante, nel mezzo della carneficina, chiamò me e altri sei guerrieri.

Aveva visto alcuni bambini avviarsi verso la scuola.

Fui preso da un terrore mai provato.
Ci ordinò di salire su un mezzo tecnico.

Arrivammo davanti al cortile che era già pieno di bambini.
Il rombo della jeep li spaventò.
Saltammo giù in fretta.

I più grandi tra loro iniziarono a correre in tutte le direzioni, i più piccoli rimasero immobili, strabiliati davanti alla
catastrofe imminente. Animaletti che ancora non conoscevano i punti cardinali ma fiutavano il pericolo.

Avvenne tutto in pochi attimi.

Accadde, e non saprei dire precisamente come e perché,
ma accadde, e dopo tutto fu diverso.

Forse accadde per te, forse accadde per farti conoscere la
vita.

Il comandante diede l'ordine di allinearci.

Come automi ci mettemmo in fila: otto uomini neri con i
volti coperti e le braccia di ferro e di fuoco. Gli occhi di vetro
e le ciglia di sabbia. I fucili da guerra stretti nelle mani.

Di fronte a noi, solo bambini.

Il comandante diede l'ordine di sparare.

Feci ciò che un guerriero non può fare senza essere ucciso.

Feci ciò che è vietato e che non può essere mostrato, e lo
feci senza volerlo.

Mentre i fucili da guerra dei miei compagni aprivano il
fuoco con un boato assordante e metallico, simultaneo, io
piansi.

Non riuscii a premere il grilletto, non sparai neppure un
colpo, misi tutta la malvagità che quell'atto richiedeva dentro
le seconde lacrime della mia vita. Mai avevo pianto prima, se
non alla vista del mio amato padre dopo l'abbandono. La
commozione mi sorprese nel momento più inatteso, m'aprì a
una compassione che dovette rimanere solo mia.

Davanti a me c'era la morte.

Sollevai il lembo inferiore della *kefiah* e lo calcai sugli occhi, ad asciugarli, a coprirli dalla vergogna dell'immobilità.

Non fu l'amore a darmi vergogna, ma il pianto.

Non piangevo il mio mancato coraggio: piangevo l'uomo che ero diventato.

Dovetti nascondere le lacrime, la vergogna più proibita a un guerriero, ai miei compagni.

Ciò che doveva accadere non durò più di qualche secondo.

Il mezzo era acceso, udii i miei guerrieri saltare dentro il cassone, il comandante chiamarmi.

Udii distintamente i cingolati dei Regolari raggiungere il posto, dall'altro lato.

Il comandante gridò nuovamente il mio nome.

Un altro guerriero lo ripeté. "Alì del deserto!" mi chiamò uno dei soldati.

"Amal!" urlò il comandante per l'ultima volta, usando il mio secondo nome.

Rimasi immobile, il mio fucile ancora spiegato davanti a un palco senza più attori.

Udii il nostro mezzo partire a tutta velocità.

La sabbia del terreno che si sollevò in un gran polverone entrò nella *kefiah* e salì alle narici.

Dal lato opposto, i cingolati inchiodarono. Scesero decine di Regolari.

Abbassai le braccia.

Lasciai che il fucile toccasse terra e mi lasciasse inerme.

37.
La rivelazione

Così, in un istante, svanisce ogni cosa che brilla.

Braccato, mi sentii come un animale in trappola e iniziai a correre.

Alle mie spalle udii i mezzi pesanti dei Regolari partire e poi fermarsi.

Non mi voltai.

Corsi per salvarmi, corsi per rimanere ciò che ero diventato.

Corsi per ore.

Giunsi nel fitto di un bosco, a chilometri dal villaggio. Continuai a correre.

Non mi fermai mai.

La mia folle corsa s'arrestò soltanto quando udii il mio nome gridato alle spalle, dopo un tempo infinito.

Fu tanto strano che quasi mi parve l'unica cosa che potesse accadere.

"Alì!" udii rimbombare nella quiete della radura.

Solo allora mi fermai.

Mi voltai.

Omar il Grande era di fronte a me. Lui, proprio lui, il più valoroso tra i Regolari. Finalmente l'avevo davanti. L'occasione che tanto avevo atteso era giunta. Le lacrime s'erano asciugate. Ero pronto per l'ultima battaglia.

Gli cercai le armi, non ne aveva.

"Nudo come te!" gridò dalla distanza.

Rimasi fermo dov'ero. Fu lui a venire da me.

Come mi fu vicino gli saltai addosso e m'afferrai al suo collo. Era grosso, i muscoli erano brevi e di ferro, io ero più alto e agile.

Ci rovesciammo a terra, rotolando ci colpimmo con pugni, schiaffi, morsi, calci.

Lo afferrai per i capelli, ne strappai a ciocche. Mi calcò un occhio, stava per accecarmi, riuscii ad afferrare la mano e a torcergli il dito, lo azzannai come bestia colpita, sentii il sapore dolce del sangue colare nella bocca.

Colpivo alla cieca, ero più forte di lui, cercai d'immobilizzarlo ma non mi riuscì.

Un istante ci fermammo, dopo un tempo lunghissimo, eravamo stremati.

Omar mi guardò da vicino, e per la prima volta lo guardai anch'io.

D'un tratto quello sguardo fu il più familiare che avessi mai visto, fu come se di fronte a me vedessi me stesso.

Aprì le mani, si rilassò. "Non mi riconosci?" chiese, e la sua voce era spezzata: era voce di speranza, suonava stonata, il respiro in gola era breve e affannato.

Cercai di colpirlo di nuovo, andai a vuoto. Ero stravolto, neppure i pugni facevano più ciò che dovevano.

Ancora la sua voce strozzata. "Non sai chi sono, *Amal*?" Trascinò il mio nome come se lo avesse riesumato dal centro della terra.

Mi staccai da quel corpo che non combatteva più.

La forma del viso era cambiata, era un uomo. Segnato dalla guerra, abbrutito dalla violenza.

Ma l'occhio non aveva smesso di guardare in fuori.

Non poteva essere vero.

Quello su cui avevo scagliato tutta l'ira dell'universo un tempo era stato il mio migliore amico.

Quello che tenevo tra le mani e a cui avrei potuto dare la morte era Ahmed.

Appena me ne accorsi, mi riebbi.

"Traditore!" E ricominciai a colpire come cieco e impazzito. Gli saltai sopra, lo immobilizzai col corpo. I pugni erano pietre pesantissime che si scagliavano sul suo volto.

Avessi avuto un coltello, l'avrei usato su quella gola traditrice.

Avessi avuto un fucile, avrei sparato a quel cuore traditore.

Non oppose resistenza. Provai vergogna per lui. Come s'era ridotto, il vecchio Ahmed.

"È questo Omar il Grande?" gridai al vuoto di quella boscaglia. "Omar il Grande saresti tu?" sputai su quel corpo inoffensivo e riverso per terra.

"Alzati!" ordinai. "Combatti da uomo. Se i Neri sapessero che donna sei, verrebbero e il più debole tra i guerrieri ti strapperebbe il cuore a mani nude. Alzati ho detto!" gridai. Quanti anni erano che avevo aspettato quel momento? Per quanto tempo l'avevo accarezzato?

Ahmed era immobile, inoffensivo.

Mi alzai.

Presi a calciare con tutta la mia ira su quella piccola sagoma adesso accucciata, le braccia proteggevano la testa e io miravo la schiena, le gambe, lo stomaco, ovunque.

"Vendicati!" La sua voce usciva sorda dal petto, tanto era ripiegato su se stesso. "Piccolo servo! Vendica l'origine di tuo padre! Vendicati, servo!" mi gridava.

Più gridava, più io picchiavo. Più picchiavo, più quel pazzo gridava.

Voleva farsi ammazzare. Era questo che voleva.

Forse anche lui l'aveva desiderato per tutta la vita.

Forse quello era rimasto a unirci, segretamente, per tutti quegli anni: il senso della vendetta, l'atto del dolore finale.

Mi fermai, mi piegai su di lui e lo strappai a forza da quella posizione.

"Guardami!" gli ordinai. "Guarda in faccia il tuo tradimento." Adesso ero io che ordinavo a lui. La guerra m'aveva reso un capitano, ero un guerriero valoroso. I signori come lui mi facevano schifo, e andavano ammazzati.

Ma sapevamo che stavamo giocando a un gioco più grande di noi?

E poi da sotto la giubba venne fuori una catenella di metallo. Lì attaccato c'era quello che era stato il nostro bossolo. L'aveva sempre portato con sé. Sorrisi. Il mio giaceva in fondo al mare.

Quella lotta eravamo noi, due amici destinati alla nascita a divenire nemici.

Lì finiva la nostra storia. In quel momento.

Lì era la sua naturale conclusione.

Ahmed mi guardò, e in quello sguardo finalmente fu Omar.

Smisi di riconoscerlo come mia anima, come mia famiglia, e improvvisamente me lo ritrovai di fronte sul campo che quel dannato fucile rubato a suo padre ci aveva aperto: il campo della guerra.

Si tirò seduto, l'occhio sghembo non si dava tregua. "Non ti ho tradito," disse. "Mai."

Mi fermai.

"Sei stato tu?" gridò. "Hai rivelato tu al villaggio che vendetti il mio vecchio imam per un fucile?"

Non parlai.

"Mi hai tradito tu?" ripeté, e questa volta la sua furia era reale. "È il terrore che ho covato in tutti questi anni." A quel punto, seppi, avrebbe potuto uccidermi. A quel punto, solo a quel punto, mi sentii davvero a casa. A quel punto la mia storia cominciò ad avviarsi sulla via del ritorno.

Eravamo uguali. Di nuovo, eravamo uguali.

La vita ci aveva separati e messi sui due fronti opposti: ma io e lui eravamo rimasti uguali.

Quel terrore era la sua ferita, che mille morti tra i nemici non avrebbero potuto sanare.

Fu soltanto allora che davvero lo guardai.

Non era cambiato, era sempre lo stesso Ahmed.

"Lo sai," risposi.

"Non so più niente, da troppo tempo. La guerra m'ha trasformato," disse.

"No," dissi. "Mai lo avrei fatto. Il traditore sei tu. Sei sempre stato tu."

"Io ti ho salvato," disse Ahmed col filo di voce che gli rimaneva. "La mia famiglia ti ha salvato," ripeté. "Mai t'avrei tradito. Eri l'unica cosa pura della mia vita."

"Sei un bugiardo!" gridai.

Mi scagliai nuovamente su di lui, di nuovo lo gettai a terra.

Ahmed non rispose ai colpi, lasciava che lo battessi come un sacco di sabbia.

Con tutto me stesso lo percossi, con le mani, con la testa, con i piedi, con i denti. Come un cane rabbioso strappai brani di carne viva.

Lui soltanto ripeteva, ridendo, come un bambino cullato dalla madre, come se io fossi la sua benedizione, come se quelle percosse terribili finalmente lo riportassero al mondo e non avesse atteso altro nella vita: "Noi ti abbiamo salvato. Quel cuore che ti porti in petto è mio padre Said che l'ha comprato...".

Picchiavo forte, come Iblis in persona. Volevo la morte del mio migliore amico, la desideravo come mai niente avevo desiderato al mondo, la volevo come la riunificazione della mia famiglia, come potesse aggiustare ciò che anni prima s'era sfaldato, come fosse in grado di ricucire ogni strappo, di cancellare la mia e la sua nuova natura di assassini, di restituirmi il mio amico più caro, come se quella morte potesse riportarci bambini che correvano liberi sulle onde, dominando il vento a bordo di un *dhow*. La guerra m'aveva reso pazzo.

Più pensavo questo e più percuotevo il corpo di Omar il Grande, e più ne volevo la fine.

"...mio padre l'ha fatto per avervi in pugno, non per bontà..." rideva, "...nient'altro avrebbe potuto sottomettere l'anima nomade di tua madre, e la tua..."

Presi quella testa ormai sanguinolenta, la sollevai e con un ultimo grande tonfo la sbattei sulla terra.

Ahmed, finalmente, tacque.

Solo di fronte a quel silenzio temetti per ciò che avevo fatto: l'avevo ammazzato per davvero, pensai.

Tutta la mia ira d'improvviso scomparve.

Sentii, dentro di me, il più grande dei silenzi.

Lì, e lì soltanto, per sempre me ne liberai.

Il cuore smise per sempre di dolermi e di far sentire la sua voce.

L'ira che era stata l'anima cucita nella mia carne, in quell'istante svanì.

La sentii evaporare.

Mi piegai su Ahmed.

Respirava ancora. Non l'avevo ucciso.

Da lontano sentii il rumore di mezzi cingolati.

I Regolari stavano arrivando a prenderlo.

Mi tirai in piedi e scappai.

38.

Un profumo non più nuovo

Arrivai al nostro campo due giorni dopo, era notte.

Lo attraversai in silenzio, i guerrieri dormivano.

Ero stravolto da due giorni di cammino.

Nella tenda delle armi, andai e presi due fucili. Il mio era rimasto sulla terra del villaggio *kafir*.

Arrivai alla mia tenda.

Marya dormiva come una bambina.

Era lì, m'aveva aspettato.

Non piangeva il marito morto, non aveva abbandonato ogni cosa: m'attendeva come s'attende la certezza di un amore.

Non la svegliai.

Appoggiai i fucili al letto e mi sdraiai al suo fianco, gli occhi sbarrati, l'ira del guerriero appagata, il sangue alla bocca di chi era stato sul punto di uccidere il suo amico migliore.

Poi tornai in piedi. Camminavo per la piccola tenda come un animale in gabbia.

Le parole di Ahmed pesavano come tutti i sette cieli sopra il primo, quello abitato dagli uomini.

Quelle parole mi salivano alla testa come sangue infetto.

Toccai il biglietto che portavo al collo.

Era divenuto parte di me, m'aveva accompagnato in guerra, aveva assistito a tutti i morti che le mie mani avevano levato alla terra, a tutte le tacche del mio letto.

Sfilai la sottile collana di spago.

Cercai la candela.

L'accesi.

Aprii il sacchetto. Presi il biglietto.

Lo svolsi e lo tenni tra le mani, lo rigirai.

Niente. Nessun segno.

Perché mio padre l'aveva fatto?

Perché il vecchio e rugoso Hassim aveva voluto portare da solo il suo segreto?

Avvicinai quella carta vuota alla fiamma della candela.

Un angolo prese fuoco.

M'accucciai a terra, nel mezzo della tenda.

Lasciai bruciare il foglio e tutto il niente che conteneva.

Quando non fu rimasta che cenere, seppi ogni cosa.

Quando non fu rimasto che odore di foglio bruciato nell'aria, seppi ogni cosa detta e non detta. Quel foglio era stato bagnato con olio profumato.

Ogni cosa tornò al suo posto: e fu in un istante solo.

Il profumo del foglio che bruciava era quello della notte della partenza di mio padre. Cannella e bacche nere.

Lo stesso che la fiera Fatima aveva bruciato nel silenzio della loro camera da letto. Prima di andarsene, mio padre l'aveva versato.

Quell'odore riportò tutto in vita, in ogni dettaglio. Ricordai ogni parola tra mia madre e mio padre, ogni parola dimenticata. Ricordai ogni rumore di quella nottata, ogni più piccolo fruscio.

Quel profumo mai sentito prima, e che avevo portato al collo per un tempo lunghissimo, aveva contenuto il segreto della mia vita senza che lo sapessi.

In quell'essenza mia madre aveva voluto custodirlo, e in quell'assenza mio padre aveva voluto donarmelo.

Meglio di come mi sarei mai forse conosciuto io stesso, mi conosceva il mio silenzioso padre: sapeva che avrei bruciato, al colmo del dolore.

Sapeva che le boccette della fiera moglie non contenevano spiriti ballerini, ma la verità della memoria. Erano bastate poche gocce per consegnare a quel foglio la memoria dell'ultima notte. Abituato al profumo del mare, sapeva che nella cosa tra tutte più volatile è contenuta la nostra storia: nell'aria, nel vento, nell'effimera inviolabilità d'un profumo. Avevo sempre immaginato la ragione delle cose pesante, articolata, complessa. All'opposto, compresi che essa è leggera, impalpabile. Si nascondeva da sempre dentro di me.

Era stato il corpo di Fatima la fiera a salvarmi.

Ero stato salvato col segreto del vecchio Hassim, l'uomo di legno.

Di tutto questo mi parlò quel profumo. Mi svelò che mia madre per anni aveva venduto il suo corpo al ricco signore del villaggio per salvare la mia vita, che Said aveva pagato l'operazione che m'aveva tenuto vivo, donandomi un cuore *kafir*. Dopo avere scoperto Said nel suo letto nuziale, mio padre era dovuto fuggire per evitare la morte della moglie e la disfatta della famiglia. Da tanti anni andava avanti l'adulterio: da quando io ero rimasto vivo. Se mio padre fosse restato, avrebbe dovuto domandare giustizia alla comunità, dopo avere scoperto il tradimento. Ma la lapidazione è la pubblica condanna per le adultere, secondo la *sharia*, il Cammino che porta alla fonte che ogni giorno da anni avevo indicato ai distratti e ai *kafir*, prima con le parole, poi col fucile. Lapidazione pubblica fino al decesso. La fiera Fatima sarebbe morta nella piazza davanti alla moschea.

Mio padre fuggì per salvare mia madre, e mia madre si era venduta a un vigliacco per salvare me.

Non era stato Ahmed a tradirmi, ma suo padre Said. Lo stesso che poi aveva scritto quella lettera per salvare il figlio. Non provai l'istinto della vendetta, la mia ira era placata. Con la mia vita, Said aveva comprato il corpo della più bella del villaggio, che mai avrebbe potuto avere. Quando mio padre lo scoprì, dovette portare via la colpa. Il villaggio, come sempre, fu accontentato: sapeva, e finse di non sapere. Il prezzo fu la fuga del vecchio Hassim. "Tuo padre porta il segreto," dicevano tutti. E Hassim portò il segreto, portò via il peccato mortale di sua moglie dagli occhi del villaggio. La vendetta di mia madre, dopo la fuga di mio padre, fu di diventare vecchia e brutta, non più un frutto per Said.

Così tutto s'acquietò.

Tutto questo mi svelò quel biglietto che bruciava.

Guardai Marya.

Il piccolo fuoco non l'aveva svegliata.

Placidamente dormiva come la bambina che non era mai stata e mai aveva smesso di essere.

39.

Il grande futuro

Andai da Marya, dolcemente la svegliai.

Non ci fu stupore nei suoi occhi. M'abbracciò e mi tenne stretto per attimi infiniti.

"Marya," la chiamai. "È ora che andiamo. Prendi ciò che ti serve. Ritorniamo verso casa."

Marya si tirò su dal letto e mi guardò con gli occhi grandi. "Dove andiamo, Amal?"

"Via da qui."

"E dove?"

"Torniamo a casa."

"Quale casa?" chiese la mia giovane sposa.

"La nostra."

"La casa dove tu sei nato, Amal?"

"Sì, quella casa. Sarà la nostra casa."

Marya non parlò.

Poi domandò: "E cosa ci troveremo, in quella casa, Amal?".

"Ci troveremo il futuro, Marya."

Marya raccolse le uniche due cose che voleva portare con sé: un velo nero e il rosario.

Io imbracciai i due fucili, uno sulla spalla destra, l'altro sulla sinistra.

Ne passai uno a Marya. Era meglio ne tenesse uno con sé.

Eravamo in piedi, il lumicino che aveva rivelato il mio segreto era ancora acceso, avrebbe continuato a bruciare finché la vita gliel'avrebbe concesso.

Due passi e saremmo stati fuori dalla tenda, avvolti nelle ombre della notte.

Marya prese il fucile e lo calcò in spalla.

"Qual è il nostro futuro, Amal?" chiese piano.

"Il nostro futuro è grande, Marya."

Mi parve di sentire un rumore provenire da fuori.

Eravamo immobili, fantasmi neri in una notte grande come l'universo.

Attesi in silenzio.

Quando fui sicuro che non ci fosse nessuno, ripresi a parlare.

"Il nostro è un grande futuro, Marya. Il nostro è un grande futuro."

Scavalcammo la recinzione, fummo fuori, nel silenzio.

Il mondo s'apriva tutto davanti a noi, sterminato, pieno di promesse, avvolte da un sole che allora soltanto faceva intendere che sarebbe rinato.

Ci fidammo.

Per venti giorni io e Marya camminammo, dormimmo dove trovammo, sotto piante accoglienti o il cielo infinito.

Attraversammo un campo di beduini: in cambio d'acqua, cibo e ristoro lasciammo uno dei due fucili da guerra. Ci concessero il letto più comodo, dopo tante notti per terra ci fu di conforto.

Il ventunesimo giorno, a piedi, raggiungemmo un grosso villaggio, il mezzogiorno era appena trascorso.

Un camion carico di carbone stava per partire.

Avrebbe tagliato il deserto, dopo due giorni di viaggio sarebbe giunto al mare: alla grande città non lontana dal villaggio in cui ero nato.

Mostrammo il secondo fucile.

L'autista ci accolse con un sorriso.

Due giorni dopo fummo nella grande città in cui mai ero stato, che sempre m'era apparsa vasta come il mondo intero.

Da allora il mondo era sorto e tramontato dentro di me, compiendo il suo giro infinito.

L'autista ci lasciò in uno spiazzo per camion. Si trattava di raggiungere il molo.

Ci avviammo a piedi. Non ci fu bisogno di domandare la direzione: mi bastò seguire il profumo del mare.

Era il mio mare, quello. L'avrei riconosciuto a chilometri di distanza.

Marya non l'aveva mai visto, il mare. Non sapeva riconoscerne l'odore.

Quello stesso pomeriggio fummo al molo.

Tante volte l'avevo visto dal mare, una sola dalla terra, dallo stesso punto in cui adesso ci trovavamo. Era stato in uno dei momenti più difficili e promettenti della mia vita: quando avevo lasciato il villaggio per la Grande Moschea.

Nel vedere il mare, Marya rimase a fissarlo senza trovare le parole per chiamarlo.

Rimanemmo al molo per ore: niente, infatti, avevamo più da scambiare.

"Non ha nome," mi disse Marya, d'un tratto, mentre fissava la vastità dell'acqua. "Il mare li contiene tutti."

"Questo è il mare che mi parlava," le risposi.

"E questo mare ora sta parlando a me," disse Marya. "E sta dicendo che dentro ti porto un figlio."

L'unica volta che i nostri corpi s'erano uniti avevano generato.

Marya guardava dritto al mare, non dentro i miei occhi.

"Sarà maschio, e lo chiameremo Futuro," disse, come se

lo sapesse da sempre, "e mai dovrà conoscere ciò che abbiamo conosciuto noi."

Lo promisi.

Fu a te che promisi, Futuro.

Chiunque uccida un uomo sarà come se avesse ucciso l'umanità intera. E chi ne abbia salvato uno, sarà come se avesse salvato tutta l'umanità, dice il Corano. Noi abbiamo salvato te, Futuro. Ho dovuto perdermi, guidato dalla condanna del mio mezzo cuore *kafir*, per incontrare tua madre. Mi sono smarrito e mi sono ritrovato. Tu sarai Futuro e sarai *Salam*, la Pace.

Avevo ritrovato il mare, e quello m'aveva generato discendenza.

Era forse il suo regalo per tutta quella lontananza.

Attendemmo ore, al molo, stretti come una cosa sola, finché un mercante di capre che col *dhow* ogni giorno faceva la spola tra la città e l'isola acconsentì a portarci.

In cambio, disse, avrebbe avuto la nostra compagnia.

Era storpio; mai nessuno, nella vita, gli aveva voluto parlare. Soltanto le capre: le prime nuove compagne del nostro viaggio.

Solcammo l'oceano che tante volte avevo attraversato con Ahmed: l'orlo irregolare e meraviglioso delle mie isole m'accelerò il cuore. Il mio cuore pacificato era in attesa di tornare a casa tanto quanto me, forse più ancora di me.

La mia isola si faceva sempre più vicina.

Il *dhow* del mercante di capre procedeva veloce, il vento arrivava dalle spalle, le vele erano aperte come orecchie d'elefante; io avrei voluto rallentare per arrivarci il più tardi possibile.

Era l'incontro con il mio passato e insieme con il mio futuro quello che m'attendeva, quello che ci attendeva.

Lentezza, serviva, per metterli d'accordo. E il lavoro del

ricordo: la fabbricazione nella mente dei volti un tempo conosciuti. L'attesa dei nuovi.

Alla moschea avevo imparato il *sabr*, la pazienza; l'avrei
usata.

Poi arrivammo.

La prima a scendere fu Marya.

Rimasi in piedi in mezzo al *dhow*. Ecco la mia spiaggia,
ecco la mia isola. Ecco il molo da cui Ahmed era partito, da
cui tutto era cominciato.

Niente era cambiato, tutto era com'era stato lasciato.

A riva c'erano due o tre bambini che giocavano con una
palla.

Cercai di riconoscere in loro me e Ahmed e Karima, ma
troppa vita era passata tra le acque di quella risacca.

Marya era tranquilla, sorrideva.

Fece la conoscenza della mia isola e del mio villaggio
come se da sempre fossero stati anche suoi.

La presi per mano e c'incamminammo sulla stretta via in
salita che portava a quella che era stata la mia casa.

Alla destra e alla sinistra era tutto conosciuto, sembrava
essere rimasto fermo in attesa del mio ritorno.

Le prime case, di cui tutto sapevo.

Alla sinistra, lo slargo della grande piazza, ora vuota, dove
mille volte, da bambino, avevo giocato.

Continuammo a salire per il viottolo di terra battuta.

La mia casa era a qualche centinaio di passi sulla destra.

Lì avrei trovato la mia amaca, la fiera Fatima forse seduta
a terra là davanti a trafficare con i suoi oli.

Passammo davanti a una bassa casa di legno che non ricordavo. Era stata costruita di recente.

La porta era spalancata, come sempre al villaggio.

Davanti, una tenda sottile per tenere lontane le mosche.

Dentro, passando, scorgemmo un profilo di donna gravida e due bambini su un giaciglio.

Passammo là davanti, diretti alla mia casa.

Alle nostre spalle udimmo una voce.

Disse qualcosa che non colsi.

L'istinto fu quello di girarmi, e così fece Marya.

Ci voltammo.

La donna era ora in piedi sull'uscio di quella casetta, e mi nominò.

Dalla mia casa soltanto due svolte ormai ci separavano.

La mano che stringevo a Marya si fece dura come una tenaglia.

"Alì è tornato!" gridò, davanti a sé, la donna gravida.

Fu al villaggio, e fu a nessuno.

La guardai.

I due bambini furono tra le sue gambe, gemelli.

Veloci sbucarono fuori dalla porta, oltre la tenda, a guardarmi.

Era il mio primo nome, quello che aveva gridato a tutti e a nessuno.

"Karima," dissi.

La donna sorrise. Era bella.

E fu come non essere mai partiti.

Grazie ad Alì per avermi raccontato della sua vita tutto ciò per cui ha trovato le parole.

Oggi, Alì dedica le sue giornate a tenere i bambini del villaggio lontani dalla guerra.

Nota dell'autore

È dal 2012 che sono immerso in questi temi, da quando per la prima volta sono stato nel deserto al confine tra Somalia e Kenya per vedere con i miei occhi.

Grazie ad Alessandra Morelli di UNHCR per avermi ospitato all'interno del campo Onu di Mogadiscio e per avermi fatto capire che cosa è la guerra tra "Neri" e "Regolari". Grazie a L.M. del governo somalo per essersi impegnato a trovare un modo per mettermi in contatto con "Atom", ex capo degli Shabaab che ora collabora con il governo. Grazie ai due ufficiali di African Union e della missione Amisom per avermi illustrato le strategie dei "Regolari". Grazie a C.T. per aver mediato per farmi incontrare un altro ex combattente. Grazie ad Antonella Palmieri per aver condiviso con me le sue ricerche sul campo e le sue riprese. Grazie a Human Rights Watch per le informazioni che mi ha dato sui bambini soldato.

Indice

9 Parte prima
AL VILLAGGIO
*Dove Amal scopre che una felicità, da qualche parte,
lo aspetta*

11 1. Due luci, due nomi, due vite
17 2. Chi è Amal? Amal è l'ultimo
22 3. Vita nel villaggio
27 4. Il fucile
35 5. L'incontro con i Neri
44 6. Alla moschea
49 7. Riprendersi il fucile
53 8. Karima, Ahmed e Amal
58 9. Il vento, e il primo incontro con la felicità
63 10. Segnale
69 11. Il patto
77 12. La scelta di Ahmed
82 13. In fondo al molo
85 14. Perdita
91 15. Un profumo del tutto nuovo
96 16. La voce del mare
101 17. Un'incolmabile distanza

107   Parte seconda
       ALLA GRANDE MOSCHEA
       *Dove Amal trova una strada che soltanto
       si può apprendere da soli*

109   18. Il viaggio
117   19. La Grande Moschea del Deserto
128   20. La stoffa del mio destino
133   21. Il colobo, e Ramaq
141   22. *Rabbani*
147   23. Il Cammino che porta alla fonte
153   24. I cunicoli e le candele
158   25. Il *jihad*
166   26. L'incontro
173   27. Uscita

183   Parte terza
       AL CAMPO
       *Nella cosa tra tutte più volatile è contenuta
       la nostra storia*

185   28. Il campo d'addestramento
189   29. Prigione
195   30. Il *qari* senza abito
202   31. Guerriero di luce
208   32. Jalal
213   33. Il primo graffio
221   34. Marya
227   35. La Guerra santa
235   36. L'ultima battaglia
242   37. La rivelazione
248   38. Un profumo non più nuovo
252   39. Il grande futuro

261   Nota dell'autore